JANNE MOMMSEN

Wiedersehen in der kleinen Inselbuchhandlung

Roman

Rowohlt Polaris

2. Auflage März 2020

Originalausgabe
Veröffentlicht im Rowohlt Taschenbuch Verlag, Hamburg, März 2020

Covergestaltung HAUPTMANN & KOMPANIE Werbeagentur, Zürich
Coverabbildung LucynaKoch / Getty Images
Satz aus der Plantin
Gesamtherstellung CPI books GmbH, Leck, Germany
ISBN 978-3-499-27661-3

Allen Freunden

PROLOG

Die nordfriesische Meeresküste ist über Jahrmilliarden von den Gezeiten drastisch verändert worden. Der faustgroße Stein, den man am Strand der Insel findet, stammt von Gebirgen weit im Norden, die längst abgebaut sind und für die es keine menschlichen Zeugen mehr gibt. Wind, Wasser und Sonne haben den Stein in all der Zeit beharrlich bearbeitet. Hundert Jahre können wir Menschen uns zur Not noch vorstellen, tausend Jahre kaum noch, zehntausend Jahre übersteigen unsere Vorstellungskraft vollkommen – aber Milliarden Jahre? Und die Elemente bearbeiten ihn weiter, sie sind noch lange nicht am Ende mit ihm.

Vögel, Fische, Robben und andere Tiere leben ebenfalls seit Urzeiten im Meer und auf dem Land zusammen. Menschen tauchten erst vor kurzem hier auf. Irgendwann krabbelten sie über die Dünen und errichteten sich dort Hütten und Verschläge, die bei jeder Sturmflut überspült wurden. Doch die Siedler waren zäh, sie kamen wieder und bauten sie unermüdlich wieder auf.

Nach einigen gewaltigen Sturmfluten, die die ganze Küste überrannt haben, ist diese Insel entstanden. An ihrem Westzipfel gründeten Siedler ein Dorf, das sie mit einem Deich gegen die Fluten schützten. Vor dem Wall hat sich ein kleiner Strand gebildet, den nur die Einheimischen kennen. Er wird das «Sörenswai-Vorland» genannt.

Sand, Strandhafer und andere Pflanzen werden im Winter immer wieder vom Meer überspült. Es ist alles wild und ungeordnet hier, am Himmel ziehen riesige Walfische, Vögel, Drachen und Paläste in Wolkenform vorbei. Zwei Mädchen und zwei Jungen aus dem Dorf spielen regelmäßig an diesem Strand, sie sind alle im gleichen Alter. Die Kinder lieben diesen Ort.

Das blonde Mädchen mit den braunen Augen ist schon als Kind eine Schönheit, und je älter sie wird, desto schöner wird sie. Sie wirkt zurückhaltend, ist aber nicht schüchtern: Alle suchen ihre Nähe. Menschen wie sie müssen nicht viel tun, um gemocht zu werden. Das dunkelhaarige Mädchen mit den Sommersprossen ist ziemlich groß für ihr Alter. Ihre hellen blauen Augen leuchten wie Punktstrahler, sie lacht viel und ist immer in Bewegung. Der blond gelockte Junge mit den breiten Schultern und dem kantigen Kinn hat ebenfalls blaue Augen. Er sieht aus wie das Klischee eines Friesen und spricht mit Akzent, obwohl seine Eltern nicht von der Insel stammen. Ihn sieht man am Sörenswai-Vorland oft mit einem Buch in der Hand. Der andere Junge ist ein echter Brocken, dunkelhaarig, breit und kräftig. Er ist von früh an der Bestimmer, sein Berufswunsch wundert niemanden: Er will Chef werden, egal wo und von was. Aber er besitzt unbestreitbar Charme, und die anderen mögen ihn, weil er zupackend und aufrichtig ist.

Außer den vier Freunden ist nie jemand am Sörenswai-Vorland, es ist so etwas wie ihr privater Strand. Schon früh spielen sie alleine hier. Von klein auf können sie schwimmen und kennen das Wattenmeer besser als ihre Kinderzimmer, was soll da schon passieren? Die Landschaft um sie herum ist wie Musik, die Melodien des Meeres und des Windes haben ihre ganz eigenen Töne, die ihnen vertrauter sind als sämtliche Kinderlieder, mal laut, mal leise, mal hell, dunkel, schnell, mal verträumt.

Sie sammeln Strandgut ein, kleine Holzlatten und Plastikteile, manchmal eine Glasflasche mit arabischer oder chinesischer Aufschrift. Einmal finden sie an der Wasserkante zwei meterlange Äste, die dick wie Wasserrohre sind. Mit vereinten Kräften schaffen es die Freunde, sie zu bergen und an den Strand zu ziehen. Es sind Teile eines uralten Baumes, der ein paar hundert Jahre an einem norwegischen Fjord stand, jedenfalls ist das ihre Vermutung. Sie lagern sie hinten bei den Dünen.

Noch wissen sie nicht, was sie damit anfangen sollen, das wird sich ergeben.

Kurze Zeit später verliert ein Frachter draußen auf hoher See einen Container und entlässt Tausende Sneakers jeder Größe ins Wasser. Für die Freunde ist das kein Müll, sondern Spielzeug. Sie stecken ihre Füße in die viel zu großen Erwachsenenschuhe und machen Wettläufe darin. Ein Riesenspaß, denn sie stolpern jedes Mal, sosehr sie es auch vermeiden wollen.

Im Sommer bevor sie in die Schule kommen, bauen sie aus dem Treibgut einen Verschlag. Als Erstes buddeln sie die tiefsten Löcher, die sie je gegraben haben, und stellen die beiden dicken Äste hinein. Wie ein Tor ragen sie in den Himmel. Daran befestigen sie kleinere Äste und Holzstäbe, in das Gerüst werden Sneakers, Schilf und Stoffreste als Wände eingearbeitet. Sie arbeiten jeden Tag neun Stunden, was ungeheuer anstrengend ist. Ihre Eltern staunen, was sie auf einmal essen können: Die Jungen und das dunkelhaarige Mädchen schaffen zum Abendbrot sechs dicke Käsestullen!

Der bullige Junge bringt irgendwann eine alte Plane mit, die mal ein Zelt war. Damit haben seine Eltern in ihren Jugendjahren Camping gemacht. Das wird ihr Dach, nun ist die Hütte regendicht. Sie ist gerade groß genug, dass alle vier hineinpassen, und sie wird ihr täglicher Treffpunkt, auch im Winter. Gegen die Kälte nehmen die Freunde von zu Hause dicke Decken mit. Nie haben sie sich wieder so wohl gefühlt wie hier.

Doch kurz nach Weihnachten wird ihre Hütte bei einer schweren Sturmflut vollständig vernichtet. Alles ist weg, nur die dicken Äste ragen noch wie ein Mahnmal in den Himmel. Die vier zögern nicht einen Tag und bauen die Hütte mit neuem Strandgut wieder auf.

An diesem Strand vertieft sich ihre Freundschaft mit jedem Tag. Manchmal kommen sie nur zu zweit hierher, mal die beiden Mädchen, mal die Jungen, mal der Kräftige mit der Schönen, die Dunkelhaarige mit dem Blonden. Diese beiden beginnen irgendwann, Querflöte zu spielen. Und sie alle lesen viel. Dann sitzen sie still nebeneinander in der Hütte mit Büchern aus der Fahrbücherei, die einmal in der Woche ins Dorf kommt. Lesend begeben sie sich in Welten, die sie noch nie gesehen haben, von denen aber klare Bilder in ihrem Kopf entstehen. Vor allem das dunkelhaarige Mädchen und der blonde Friesenjunge verschlingen alles, was ihnen in die Finger kommt. Den anderen tragen sie ihre Lieblingstexte laut vor. Manchmal kichern sie dabei oder werden zusammen traurig.

Doch dann scheint etwas passiert zu sein. Plötzlich kommt keiner mehr. Und der Sörenswai-Strand gehört wieder sich selbst. Die Hütte wird erneut von Sturmfluten überspült, bis nichts mehr übrig ist. Niemand baut sie wieder auf. Einzige Überbleibsel sind die beiden Äste, die tief im Sand stecken, sich aber bald zum Boden neigen. Irgendwann kommt die Dunkelhaarige noch einmal alleine hierher, setzt sich in den Sand und weint.

Im Lauf der unzähligen Jahre war die Episode mit der Strandhütte nicht einmal ein Wimpernschlag. Nichts hat sich verändert, die Gezeiten kommen und gehen. Jahre später kommt die Dunkelhaarige mit den blauen Augen wieder hierher. Sie hat ihre beiden Kinder dabei. Und alles beginnt von vorne.

1

Die Flut lief gerade auf, und der Himmel war leicht bedeckt. Wiebke stand in Overall und Gummistiefeln an der Wasserkante des Sörenswai-Vorlandes und blickte hinüber zur Nachbarinsel, die ein paar Seemeilen entfernt vor ihr lag. Ein kräftiger Wind fuhr durch ihr dunkles, schulterlanges Haar. Sie ging bis zu den Knöcheln ins Meerwasser und spülte die klumpige Marscherde von den Stiefeln ab.

Hinter ihr hoben die Zwillinge gerade ein tiefes Loch aus. Enna und Broder sahen dabei hochkonzentriert aus, für sie bedeutete das Schwerstarbeit. Dass ihre wuseligen Haare ihnen andauernd ins Gesicht wehten, merkten sie nicht einmal. Beide streckten beim Buddeln unwillkürlich ihre Zungen heraus. So sah man ihre Zahnlücken, die Schneidezähne waren ihnen gerade erst ausgefallen. Sie waren fast sechs Jahre alt und sollten nach dem Sommer in die Schule kommen, worauf sie sich riesig freuten: endlich der ersehnte Aufstieg in die erste Klasse! Wiebke erinnerte sich daran, dass es bei ihr genauso gewesen war. Die ersten zwanzig Jahre ihres Lebens wollte sie so schnell wie möglich älter werden, um endlich für voll genommen zu werden und alles zu dürfen. Mit ihren neununddreißig Jahren sah sie das inzwischen nüchterner: Erwachsene verhielten sich im Grunde nicht anders als Kinder, da änderte sich gar nicht so viel.

«Mama, hilfst du uns?», rief Enna aufgeregt.

Wiebke ging zu ihnen hinüber und schaute in das Loch. Sie erstarrte. Ganz unten wurde ein halbverrotteter Stumpf sichtbar, der mal ein Pfahl gewesen sein könnte. Ihr lief ein Schauer über den Rücken. Waren das die Reste der Strandhütte, die sie damals mit ihren drei besten Freunden gebaut hatte, als sie so alt wie Enna und Broder war?

«Hier stand mal ein Haus», erklärte sie lächelnd.

Broder sah sie skeptisch an. «Direkt am Strand?»

«Ich habe es mit meinen Freunden aus Treibgut gebaut.»

Enna staunte. «Hast du dadrinnen auch gewohnt?»

«Ja, manchmal.»

In dieser Hütte war eigentlich alles passiert, was in ihrer Kindheit von Bedeutung war. Im Winter wie im Sommer, an Weihnachten wie an Geburtstagen, voller Liebeskummer oder glücklich verliebt. Hier hatten sie geredet, gelesen, geküsst und getrauert.

«Wer waren denn deine Freunde?», fragte Enna.

«Sie hießen Nicole, Hauke und Kai und kamen aus dem Dorf.»

«Seht ihr euch noch manchmal?», fragte Broder.

«Nein.»

«Wieso nicht?»

«Ach, das ist eine lange Geschichte.»

«Wir haben Zeit», bettelte Enna. «Erzähl sie uns – bitte.»

«Später. Wie wäre es, wenn wir uns hier genauso ein Haus bauen wie damals?»

«Super!», riefen beide gleichzeitig und fielen ihr in die Arme.

Seitdem stürmten die drei jeden Tag los und sammelten alles an Treibgut ein, was sie finden konnten. Broder entdeckte zwei Langhölzer, die parallel zueinander tief eingegraben wurden, das sollte der Eingang werden. Eine Querlatte kam zwischen die Pfähle, die sie erst einmal provisorisch mit Algen und Strandgras befestigten. Anschließend legten sie ein paar Steine in den Sand, um den Grundriss zu markieren.

«Das könnte was werden», befand Broder.

Eine Woche später waren die Wände so gut wie fertig, es fehlte nur noch das Dach. Die Sonne schien an diesem ungewöhnlich windstillen Tag ungefiltert auf sie herab. Wiebke sah unruhig auf ihre Uhr, es war bereits vier. Einerseits wollte sie die Fertigstellung der Hütte nicht verhindern, Enna und Broder konnten es gar nicht abwarten. Andererseits musste sie nun wirklich los.

Über den Deich wanderten sie zurück zu ihrem Trecker. Sie startete den Diesel, sofort darauf tönte Benjamin Blümchen aus dem uralten CD-Player. Der kleine Otto wurde vermisst, Benjamin Blümchen suchte ihn und fand ihn schließlich – in der Speisekammer. Das fanden Enna und Broder immer wieder spannend, obwohl sie die Geschichte schon hundertmal gehört hatten.

Die Fahrt war kurz und führte an Wiebkes Feldern vorbei. Im Augenblick wuchs dort vor allem Mais für die Biogasanlage im Dorf, auf den Weiden grasten ihre Kühe. Wiebkes Hof lag nur ein paar Kilometer hinterm Deich. Er bestand aus einem alten Reetdachhaus und einem modernen Stall für hundert Kühe, drum herum lagen ihre Weiden und Felder. Ihr Betrieb war nicht besonders groß, es reichte gerade so zum Überleben. Sie hatte den Hof nach dem Tod ihrer Eltern übernommen, da war sie gerade mal zwanzig gewesen. Die Kühe und das Ackerland bewirtschaftete sie seitdem alleine, was eine Menge Arbeit war. Das Wichtigste war dabei für sie, dass Enna und Broder neben all der Arbeit nicht zu kurz kamen. Oft stiegen sie einfach mit auf den Trecker und hörten CDs, während sie auf den Feldern ihre Furchen zog.

Heute war ein ganz besonderer Tag. Sie wollte sich so schön machen, wie es ging, dazu würde sie das Beste einsetzen, was ihre Garderobe hergab.

Doch bevor sie sich um ihr Aussehen kümmern konnte, huschte sie in den Stall, ließ das Spülwasser aus der Melkanlage ab und schloss die ersten sechs Kühe an die Melkmaschine an. Dann stellte sie laut Musik an, um die Milchproduktion zu steigern. Es waren Mozarts «Kleine Nachtmusik» und die «Moldau» von Smetana. Auch für sie ging so alles viel leichter.

Ihre Kühe sah Wiebke häufiger als ihre Freunde, jedes Tier war ihr bestens vertraut und hatte von ihr einen Namen bekommen. Lotte, Annabell, Ricarda, Bunti, Sarah, Sandrine und die anderen waren für sie echte Schönheiten – jede auf ihre Art. Genauso wie die vielen anderen Tiere auf dem Hof, zu denen sie die Kinder überredet hatten, die für die Landwirtschaft allerdings kaum Nutzen hatten: drei Ziegen, zwei Schafe, Zwerghühner, Truthähne, Tauben und Kaninchen. Sie waren das Ergebnis reiner Liebe und rannten mehr oder weniger frei über das Gelände. Natürlich durften sie nie geschlachtet werden, das war hoch und heilig versprochen.

Wiebke blickte nervös auf die Uhr, langsam sollte sie sich fertig machen. Da kam zum Glück auch schon ihre Aushilfe um die Ecke, in Blaumann und grünen Gummistiefeln: Auf den sechzehnjährigen Leif, den Sohn von Nachbar Thorsten Ingwersen, war Verlass.

«Moin!», grüßte er und legte eine Plastikhaube über seine langen Haare. Strenge Hygiene war im Stall unerlässlich, das wusste er von zu Hause.

«Moin, Moin.»

«Und du willst heute um die Häuser ziehen?», fragte er.

«Das ist vielleicht etwas zu viel gesagt. Ich will zu einer Lesung.»

Er sah sie verständnislos an. «Da sitzt einer auf einem Stuhl und liest was vor?»

«Jo.»

«Mehr passiert da nicht?»

«Doch. Wenn es richtig spannend wird, trinkt er einen kleinen Schluck Wasser aus seinem Glas.»

Er lachte. «Klingt voll nach Action.»

Wiebke lächelte zurück. «Du kommst hier klar?»

Er nickte und wandte sich der Melkmaschine zu. Wenn

er fertig war, würde er Enna und Broder ins Bett bringen und auf sie aufpassen, bis sie zurück wäre. Das hatten sie schon öfter so gemacht, und die Kinder liebten ihren Babysitter heiß und innig.

Wiebke eilte ins Haus in ihr frisch renoviertes Badezimmer. Sie hatte es eigenhändig zu einer kleinen Wellness-Oase ausgebaut, inklusive eleganter grauer Schieferplatten an den Wänden. Der Raum war jetzt doppelt so groß wie früher, es gab eine Badewanne, eine Massagedusche und ein riesiges Waschbecken.

Sie warf einen skeptischen Blick in den Spiegel: Aus der Dorfpomeranze im Overall sollte in einer halben Stunde ein heißer Feger werden?

Mission impossible, Wiebke!

Sie musste es trotzdem probieren. Ihre Nase war einen Tick zu lang, das fand sie schon immer, ihre Augen etwas zu klein. Doch das ließ sich heute Abend nicht mehr ändern. Ansonsten war sie groß, dünn und athletisch, um ihre Augen herum erkannte sie beim genauen Hinsehen feine Fältchen. Die unsichtbar zu machen, dafür gab es zum Glück Mittel und Wege.

Erst einmal raus aus den Klamotten und ab unter die heiße Dusche. Ins Haar kam eine Kur und aufs Gesicht eine Tonerde-Maske, die würde ihre Haut laut Versprechen auf der Verpackung zart machen wie in Kindheitstagen. Die Hoffnung stirbt zuletzt.

Wie würde sie wohl auf Hauke wirken? Hatte sich ihr Aussehen in den letzten Jahren vielleicht so drastisch verändert, dass er sie gar nicht wiedererkannte? Sie blickte in den Spiegel. Mit der tonerdenen Gesichtsmaske war das schwer zu beurteilen. Ihre knallblauen Augen stachen als starker Kontrast daraus hervor.

«Aaaar!», schrien Enna und Broder, als sie hereinstürmten und sie mit der Maske sahen. Sie sah wirklich aus wie ein Monster an Halloween.

«Wohin gehst du?», fragte Enna, als sie sich wieder beruhigt hatte.

Wiebke wusch sich das Gesicht sorgfältig ab, cremte es ein, trug eine hauchdünne Schicht Make-up auf und fischte sich als Nächstes den Eyeliner aus ihrem Schminktäschchen. «Ich treffe einen alten Freund wieder. Hauke hat damals unser Strandhaus mitgebaut.» Sie malte einen dünnen schwarzen Strich oberhalb der Augenlider. «Ich sehe ihn heute Abend das erste Mal seit zwanzig Jahren wieder.»

Sie überprüfte ihr Gesicht und war noch nicht zufrieden. Sie griff zum Rouge. Sie war aufgeregt wie seit Jahren nicht mehr.

«Habt ihr euch nie gemailt?», fragte Broder. «Oder telefoniert?»

«Nein.»

Ihre gesamte Kindheit und Jugend hatte sie mit Hauke und den anderen verbracht, sie hatten sich jeden Tag gesehen, während der Schulzeit, an Silvester und in den großen Ferien. Das letzte Jahr vor dem Abitur hatte er sogar bei ihr auf dem Hof gewohnt. Und trotzdem hatten sie seitdem so gut wie nichts voneinander gehört, was auch an ihr gelegen hatte. Kai zum Beispiel war irgendwann sogar wieder auf die Insel gezogen, sie hatte ihn zwar hin und wieder von weitem gesehen, aber nie mit ihm gesprochen.

Enna kratzte sich nachdenklich am Kopf. «Aber du hast diesen Hauke bestimmt mal gegoogelt.»

Sie nickte. «Er ist ein berühmter Schriftsteller geworden.»

«Schreibt er auch Kinderbücher?», erkundigte sie sich.

«Nee, Krimis.»

«Hast du mal einen von ihm gelesen?»

«Alle.» Sie hatte Haukes Karriere über all die Jahre verfolgt. Er schrieb einen Bestseller nach dem anderen, wer hätte das damals gedacht? Sie griff zum Lidschatten, den sie ewig nicht mehr benutzt hatte. Für wen auch, hier auf dem Bauernhof? Für die Kühe?

Enna setzte sich neben sie und rieb sich ein bisschen Make-up aufs Gesicht. «Mochtest du Hauke?»

«Ja.» Er war lange Zeit der wichtigste Mensch in meinem Leben, dachte Wiebke – von meinen Eltern vielleicht abgesehen.

«Hast du ihn mal geküsst?»

«Nicht richtig.»

Enna verzog das Gesicht. «Häh? Kann man auch falsch küssen?»

Wiebke ging nach nebenan ins Schlafzimmer. Das luftige, hellblaue Sommerkleid mit dem weißen Blumenmuster hing schon gebügelt am Schrank. Das würde mit ihren blauen Augen harmonieren, im besten Fall.

Sie war wirklich sehr nervös.

Das Kleid besaß keine Taschen, sie konnte also nicht wie beim Overall ihre Hände darin verschwinden lassen. Stattdessen nahm sie eine kleine lederne Handtasche mit, die ihre Freundin Greta ihr mal aus Hamburg mitgebracht hatte und die sie sehr liebte. Es gab dafür leider nur selten Verwendung, aber heute Abend passte sie perfekt. Lippenstift, Schlüssel, Taschentücher und ein kleiner Spiegel fanden Platz darin sowie eine Packung Fisherman's Friend, falls sie während der Lesung husten musste.

Zum Abschied gab sie ihren Kindern einen Kuss auf die Stirn, dann tapste sie auf ihren hochhackigen Sandalen über den Hofplatz zum Auto. Sie kam sich vor wie ein Storch und sah bestimmt auch so aus. Das ging gar nicht! Also stakste sie zurück ins Haus und schlüpfte in ihre grünen Slipper, die zwar deutlich bequemer waren, aber farblich überhaupt nicht zum Kleid passten. Dann eben doch die Sandaletten!

Sie atmete tief durch und lief ein paarmal auf dem Hofplatz auf und ab, bis es einigermaßen funktionierte. Sie würde sich sehr konzentrieren müssen. Schon ein bisschen selbstsicherer schritt sie zu ihrem dunkelroten, fünfzehn Jahre alten Passat-Kombi. Babysitter Leif war fertig mit dem Melken und kam gerade aus dem Stall.

«Mensch, Wiebke, siehst super aus!», rief er.

Sie lächelte dankbar. Wenn das schon ein Sechzehnjähriger sagte …

«Föl thoonk!»

Bevor sie in den Wagen stieg, atmete sie erneut tief ein

und aus. Ob es mit Hauke sein würde wie früher? So vertraut und selbstverständlich? Oder würden sie sich fremd und distanziert gegenüberstehen?

Sie drehte den Zündschlüssel um – es passierte nichts. Sie probierte es erneut, alle Lampen gingen an, aber der Motor regte sich nicht.

«Nicht heute!», rief sie wütend und schlug gegen das Lenkrad.

Sie blickte auf die Uhr, noch war genug Zeit. Im Schuppen stand das alte Moped ihres Vaters, auf dem sie manchmal mit den Kindern zum Spaß auf dem Grundstück herumkurvte. Aber es war nicht angemeldet und hatte kein Kennzeichen, das traute sie sich dann doch nicht. Sollte sie also das Fahrrad nehmen? Damit wäre es zeitlich noch zu schaffen, aber sie wollte nicht verschwitzt in der kleinen Inselbuchhandlung ankommen, wo die Lesung stattfand.

Oder sollte sie den kaputten Wagen als Zeichen nehmen? Niemand konnte die Zeit zurückdrehen. Vielleicht sollte sie einfach zu Hause bleiben.

2

Hauke lag hellwach in seinem Bett. Eigentlich hätte er vor seiner großen Reise ausschlafen sollen. Aber keine Chance: Die Morgensonne schien steil durchs Fenster seiner Dachwohnung am Neuköllner Maybachufer. Er erhob sich, öffnete die Tür der kleinen Dachterrasse und schaute auf den Landwehrkanal. An der Böschung ließen die vertrauten Trauerweiden ihre Äste ins Wasser hängen. Die Cafés gegenüber waren noch geschlossen.

Er ging wieder rein und setzte einen Kaffee auf. Die Dreizimmerwohnung mit den hohen Decken hatte er vor einem halben Jahr gekauft, obwohl die Preise im Kiez gerade in die Höhe schossen. Früher war Neukölln ein berüchtigter sozialer Brennpunkt gewesen, heute sickerte die Boheme vom gegenüberliegenden Kreuzberg in die Altbauwohnungen aus der Gründerzeit. Er selbst passte da voll ins Bild, auch wenn er es noch nicht ganz glauben konnte.

Seine Einrichtung war eine Mischung aus Alt und Neu. Die Biedermeierkommode und den Tiroler Bauernschrank hatte er mit Stahlmöbeln und einer gemütlichen Liegelandschaft kombiniert. Die meiste Zeit verbrachte er jedoch im Arbeitszimmer, das nach hinten rausging.

Es war vollgestellt mit tiefen Regalen, in denen Unmengen von Papieren lagerten, auf dem Boden türmten sich hüfthohe Bücherstapel. Hier musste dringend mal wieder klar Schiff gemacht werden. Sein Schreibtisch bestand aus einer riesigen Glasplatte auf robusten Holzböcken.

Dabei war ihm sein Arbeitsplatz vollkommen unwichtig. Wenn er an einem Roman schrieb, versank er vollständig in seiner Geschichte und nahm die Außenwelt gar nicht mehr wahr. Er hätte seine Bücher auch im Badezimmer schreiben können. Manchmal saß er vierzehn bis sechzehn Stunden am Schreibtisch, bis die Buchstaben vor seinen Augen zu tanzen begannen. Obwohl er dann hundemüde war, konnte er oft nicht einschlafen, denn die Figuren bewegten sich weiter in seinem Kopf.

Irgendwann, nachdem er das fertige Manuskript seiner Lektorin zugesandt hatte und es redigiert in den Druck gegangen war, bekam er dann von seinem Verlag das fertige Buch zugeschickt. Das war jedes Mal ein echtes Wunder für ihn. Auf dem Schreibtisch stand ein Karton mit seinem gestern erschienenen Roman. Das Cover mit dem Foto eines Leuchtturms, über dem düstere Wolken aufzogen, leuchtete ihm entgegen.

Plötzlich packte ihn die Angst: Und was passierte, wenn sich das Buch nicht verkaufte? Wenn das der Anfang vom Ende war? So etwas war schon ganz anderen Autoren passiert. Seine letzten beiden Romane waren zwar Bestseller gewesen und sogar mehrfach ins Ausland verkauft worden, aber das war keine Garantie. Er selbst wusste am wenigsten, warum es so gut für ihn gelaufen war. Er schrieb einfach so, wie er es selbst als Krimileser gerne lesen würde. Dabei kam ihm bestimmt zugute, dass seine Geschichten alle an der Küste spielten: Viele Menschen waren gerne am Meer. Glück gehabt, dachte er sich.

Von solchen Autoren, wie er einer geworden war, hatte er früher nur in der Zeitung gelesen. Nun wurde er selbst in allen möglichen Magazinen und Zeitschriften abgebildet. Als Sohn eines Gemeindearbeiters und einer Supermarktkassiererin, aufgewachsen auf einer abgelegenen Insel, konnte er darüber nur staunen.

Er trank seinen Kaffee aus, duschte schnell und packte dann seinen Koffer für eine Woche, inklusive Badehose. Als er fertig war, klingelte er in der Nachbarwohnung. Patricia öffnete ihm barfuß und im gestreiften Pyjama. Ihre roten Haare hingen ihr kreuz und quer im Gesicht, sie sah vollkommen verschlafen aus.

«Hey, Hauke, um diese Zeit? Ist was passiert?»

«Habe ich dich geweckt?» Er schaute auf seine Uhr: Acht war tatsächlich viel zu früh für sie. Patricia arbeitete bei einer Fernsehproduktionsfirma, die fingen erst um zehn an.

Sie lächelte trotzdem. «Komm doch rein, dann frühstücken wir zusammen.»

«Würde ich gerne, aber ich muss los. Kannst du ein paar Tage meine Blumen gießen und die Post in meine Wohnung legen?»

«Klar.»

Umgekehrt hatte er das auch schon oft für sie gemacht.

Er reichte ihr die Schlüssel für Wohnung und Briefkasten, dazu sein gerade erschienenes Buch.

«Oh», sagte sie. «Was ist das denn?»

«Mein neuer Krimi», erklärte er.

Sie blätterte kurz darin und entdeckte auf der ersten Seite eine handschriftliche Widmung.

«Für mich? Wow, danke!» Patricia umarmte ihn, sie roch nach Schlaf.

Er freute sich immer, wenn er sie sah, manchmal tranken sie zusammen einen Kaffee. Dass er mit seinen neununddreißig Jahren theoretisch ihr Vater hätte sein können, störte sie anscheinend nicht besonders.

Der Koffer kam auf den Rücksitz, seine Holzquerflöte auf den Beifahrersitz, die hatte er auf Reisen immer dabei. Ein neues Auto hatte er sich nach seinen Erfolgen nicht gekauft, sein über zehn Jahre altes Golf-Cabrio schnurrte noch ohne Probleme, und offen zu fahren, machte jede Reise zum Genuss. Dass der Wagen nach außen wenig hermachte, war ihm egal.

Über den Tempelhofer Damm schlängelte er sich auf die Autobahn Richtung Norden. Es ging nur langsam voran, ganz Berlin schien gerade irgendwo hinzuwollen. Hinter Reinickendorf wurde es dann besser. Die Sonne schien, es war warm, doch er war zu nervös, um das gute Wetter zu genießen.

Kurz hinter der Abfahrt Herzsprung sah er Warnblinker vor sich und bremste abrupt ab. Nichts ging mehr.

Irgendwann holte er seine Querflöte aus dem Etui und

schraubte sie zusammen. Er begann, die alten Stücke von früher zu spielen, und improvisierte etwas. Einige Fahrer in seiner Nähe ließen ihre Fenster runter, um ihm zuzuhören. Seine Flöte hatte ihn durch die Pubertät getragen, alle Gefühle und Probleme fanden auf ihr eine Melodie. Heute schwankte seine Musik zwischen gut gelaunt und melancholisch.

Irgendwann setzte sich die Kolonne wieder in Gang, um nach wenigen Kilometern erneut zu stoppen. Er dachte an das Interview, das er gestern zum Erscheinen seines Buches gegeben hatte. «Sie leben seit zwanzig Jahren in Berlin», hatte der Moderator gesagt, «alle Ihre Bücher spielen am Meer, aber Ihr neustes Werk spielt nun auf der Nordseeinsel, auf der Sie aufgewachsen sind. Gab es dafür einen besonderen Grund?»

Ja, seine Heimatinsel war für ihn eine Art heiliges Land, er hatte gehofft, dass ihn das beim Schreiben beflügelte. «Ich kenne die Insel besser als jeden anderen Fleck auf der Welt», hatte er geantwortet. «Sie versetzt mich in einen Ausnahmezustand.»

«Sie sind während des Schreibens bestimmt oft dort gewesen, oder?»

«Ja, natürlich.»

Das war gelogen. Hauke hatte die Insel in den letzten zwanzig Jahren selten betreten, genau genommen das letzte Mal vor neun Jahren, und das nur kurz.

«Was ist das für ein Gefühl, jetzt mit einem Roman dorthin zurückzukehren?»

Ja, was war das für ein Gefühl? Schwer zu beschreiben.

Er hatte ein Lächeln aufgesetzt und sich für eine einfache Antwort entschieden: «Ich denke, die Insulaner werden ihre Heimat wiedererkennen. Und die Leser vom Festland nehme ich einfach mit zu einem Urlaub am Meer.»

Während er so seinen Gedanken nachhing, war der Verkehr weitergegangen. Das Navi führte ihn nach Hamburg, wo er für ein weiteres Interview eine Zwischenstation machen musste.

Ein paar Stunden später befand er sich auf der Autobahn Richtung Norden. Der starke Ostwind zerrte lautstark am Verdeck seines Wagens. Die Landschaft wurde flach wie ein Teller und der Himmel mit den weißen Schäfchenwolken immer größer. Ein ganz besonderes, klares Licht breitete sich um ihn herum aus, er wurde richtig euphorisch. Es war alles so vertraut, er hatte plötzlich das Gefühl, viel freier atmen zu können als in Berlin.

Er schloss das Verdeck und gab Gas. Wenn er seine Fähre nicht verpassen wollte, musste er jetzt zügig durchkommen.

Als er endlich auf die Straße zum Hafen abbog, breitete sich das Wattenmeer vor seinen Augen bis zum Horizont aus. Er hätte heulen können, so schön war das! Seine Heimatinsel lag wie eine grüne Perle mitten in der Nordsee.

Plötzlich wurde er unsicher. Wer und was erwartete ihn dort? Würde ihn überhaupt jemand erwarten? Er versuchte, sich zu beruhigen: Falls es zu frustrierend wurde, konnte er nach der Lesung sofort wieder abreisen.

Die Sonne stand tief am Horizont. Allerdings war außer ein paar kleinen Pfützen im Watt kein Wasser zu sehen, sie hatten gerade Ebbe. Die Autofähre lag zum Glück noch am Kai, er hatte es gerade so geschafft, das Schiff würde in zehn Minuten ablegen. Doch der Mann am gläsernen Ticketschalter schüttelte bedauernd den Kopf: «Heute fährt nichts mehr.»

«Wieso? Laut Fahrplan ...»

«Wir haben bei diesem Ostwind nicht genug Wasser unterm Kiel. Die letzte Überfahrt fällt aus.»

Da hatte er alles gegeben – und dann das?

Aber so war es eben. Es erinnerte ihn an seine Kindheit. Bei starkem Ostwind wurde das Wasser weggetrieben, wenn Ebbe war, und wegen des Windes kam auch die Flut nicht wieder. Damit war die Insel von der Außenwelt abgeschnitten.

«Wann fährt denn wieder was?», erkundigte er sich.

«Mit Glück morgen früh.»

Also beschloss Hauke, sich wie andere Gestrandete im «Hotel am Deich» einzumieten.

Unter seinem Zimmerfenster flatterte eine friesische Fahne in den Farben Blau-Rot-Gelb an einem langen weißen Pfahl. Er blickte direkt auf seine Heimatinsel, die nur ein paar Seemeilen entfernt lag. Die Häuser der Hauptstadt konnte er schemenhaft erkennen. Es sah so aus, als könne man zu Fuß über den Meeresboden hinübergehen, aber das täuschte. Als Insulaner kannte er die Priele mit ihrer gefährlichen Strömung, die das verhinderten. Hatte er damals überhaupt bemerkt, wie unglaublich schön das

Licht hier war? Wie frei der Himmel, wie weit der Blick? Für ihn war das alltäglich gewesen.

Der Sonnenuntergang war gigantisch, der riesige, rot glühende Ball entzündete den ganzen Himmel und versank dann schnell im Meer. Was drüben auf der Insel gerade passierte, blieb für heute Abend ihr Geheimnis. Wie würde es dort für ihn werden? Hatte sich viel verändert?

Die halbe Nacht lag er wach und zermarterte sich das Hirn, an Schlaf war nicht zu denken. Er wünschte sich, dass alles noch so wäre wie damals, bevor er weggegangen war. Aber das war wohl eine Illusion.

3

Am nächsten Tag schien die Sonne über der Nordsee. Die Fahnen vor Haukes Hotel flatterten im Wind, der über Nacht gedreht hatte und nun von Westen wehte. Das Frühstück ließ er ausfallen, er wollte sofort los. Als er mit offenem Verdeck auf die Fähre rollte, wies ihn ein Mann in seinem Alter mit weißem Uniformhemd ein.

«Moin, Hauke, da bist ja all wedder», murmelte er.

Hauke erkannte ihn erst auf den zweiten Blick: Es war «Dumbo», Dieter Bohn, der auf der Eilun Feer Skol eine Klasse unter ihm gewesen war. Er war wegen seiner großen Ohren von allen so genannt worden und fand das auch in Ordnung.

«Moin, Dumbo.»

Mehr Zeit zu schnacken, hatten sie nicht. Dumbo hatte mit dem Einweisen der Pkw und Lastwagen alle Hände voll zu tun. Dass ihn direkt jemand wiedererkannt hatte, nahm Hauke als gutes Omen.

Kurze Zeit später legte die Fähre ab. Hauke stellte sich auf dem Vorderdeck an die Reling und sah fasziniert zu, wie die Inselhauptstadt langsam näher rückte. Auf den Sandbänken neben der Fahrrinne rekelten sich ein paar Seehunde in der Sonne, dahinter lag die Hallig Langeneß mit ihren Warften, die über mehrere Kilometer hintereinander aufgereiht waren. Sein Körpergefühl veränderte sich spürbar, er atmete tiefer als sonst. Die Landschaft signalisierte ihm: Gut gemacht, Hauke, hier bist du richtig!

Der Inselhafen kam ihm ziemlich fremd vor, in den letzten Jahren war hier einiges neu gebaut worden. Im Schleichgang fuhr er von der Fähre und näherte sich der kleinen Hauptstadt.

Über ein paar Seitenstraßen begab er sich zum neuen Nobelhotel «Fering» am Südstrand, das am Ende der Hauptpromenade in einem kleinen Wäldchen lag. Greta von der kleinen Inselbuchhandlung, die seine Lesung organisierte, hatte ihn hier untergebracht. Er kannte sie schon seit seiner Kindheit und freute sich sehr, sie wiederzusehen.

Sein Golf-Cabrio stellte er auf dem Hotelparkplatz ab, dann nahm er seinen Koffer vom Rücksitz und ging hinein. Von der Lobby aus blickte man durch eine riesengroße Panoramascheibe direkt aufs Meer. Laut Website verfügte das Hotel über einen Wellness- und Spabereich vom Feinsten, inklusive Schwimmbad, auch darauf freute er sich. Die freundliche Mittzwanzigerin an der Rezeption mit dem dunkelblauen Hosenanzug lächelte, als er sich dem Tresen näherte.

«Moin, Herr Thorvald, schön, dass Sie da sind.»

«Moin, ich freue mich auch, hier zu sein.»

«Ich hoffe, Sie hatten eine gute Anreise?»

«Ja, super.» Der Tag Verlängerung wegen der extremen

Ebbe hatte es nur spannender gemacht und war längst vergessen.

«Moin, Hauke», meldete sich nun eine raue Männerstimme hinter ihm. «Wie is?»

Ein Mann in dunkelblauer Hoteluniform stellte sich neben ihn, er war groß und kräftig, dazu braun gebrannt. Sein Gesicht kam Hauke vage bekannt vor, aber wer war das? Nach einer Sekunde hatte er es: Das war Hannes, mit dem er in eine Klasse gegangen war.

«Moin, Hannes! Alles gut, und selber?» Hauke hatte den alten Schnack gleich wieder drauf.

«Auch.» Er grinste. «Und du machst einen auf Schreiber und liest hier aus deinem Buch?»

«Jo.»

«Und kommst damit über die Runden?»

«Muschja.»

«Her mit deinem Koffer», befahl Hannes.

Sein Mitschüler wollte seinen Koffer schleppen?

«Nee, hör auf.»

«Doch, dat muss.»

Hannes schnappte sich das Gepäck und begleitete Hauke in die oberste Etage auf sein Zimmer. Ihm war das unangenehm, außerdem war er unsicher: Gab man einem alten Kumpel Trinkgeld? Oder war es doof, es *nicht* zu tun? Schließlich nahm Hauke einen Fünfeuroschein in die Hand und versuchte es mit einem blöden Spruch: «Hier – Lohntag.»

Hannes wies das Geld empört zurück. «Lass stecken, das hol ich mir von den Festländern.»

Er zählte also immer noch zu den Insulanern, das tat gut.

Das Zimmer hatte einen verglasten Balkon nach vorne zum Meer, von dem aus man bis zur Nachbarinsel blicken konnte. Die tiefblaue Nordsee war leicht gekräuselt, kleine Wellen hüpften bis zum Horizont auf und ab. Darüber lag ein hellblauer Himmel mit Wolken, die wie übermütige Aquarelle wirkten. Vor allem roch es so frisch und unverwechselbar nach Meer und Heimat, dass Hauke die ganze Zeit lächeln musste.

Er warf seinen Koffer aufs Bett und verließ fünf Minuten später das Hotel. Gretas kleine Inselbuchhandlung an der Südpromenade lag nur eine knappe Viertelstunde zu Fuß entfernt. Vorher machte er noch einen kleinen Schlenker durch die Altstadt, bummelte an den alten Fischerhäusern entlang. Die Inselhauptstadt war schöner geworden, fand er, es gab mehr Blumen, viele Fassaden waren frisch verputzt. Ein bisschen vermisste er allerdings auch die lässige Schmuddeligkeit vergangener Tage; Häuser, deren Stein leicht verwittert war, weil das Meer und die salzige Luft täglich an ihrer Patina wirkten.

Er passierte die Eisdiele mit dem Namen «Eis-Pilz», das schmale Rathaus, «Bonbon-Kalle» – seine Erinnerungen ploppten im Sekundentakt auf. Dann ging er zurück zur Strandpromenade. Fast alle Strandkörbe waren besetzt, es roch nach Sonnencreme und Nordsee. Die Flut lief gerade auf, bald würden alle ins Wasser springen.

Er erreichte die Buchhandlug. Das rot geklinkerte Haus, das früher einmal Gretas Tante gehört hatte, stand da wie eine trotzige Burg. Tante Hille, wie sie damals jeder nannte, hatte darin jahrzehntelang einen Textilladen mit dem wunderbaren Leuchtschild «Wetter- und Brautmoden» über der Tür geführt. Ihre Nichte Greta kam früher jede Ferien aus Frankfurt zu Besuch, sie war ein paar Jahre älter als Hauke. Eine Zeitlang war sie sogar mal seine Babysitterin gewesen, seine Eltern waren mit Tante Hille befreundet. Greta war dann Flugbegleiterin geworden, so hatten sie sich lange Zeit aus den Augen verloren. Bis er vor ein paar Jahren zufällig mit ihr von Berlin nach New York geflogen war. Sie hatten sich kurzerhand in Manhattan auf einen Kaffee verabredet und waren von da an in Mail-Kontakt geblieben, zu den Geburtstagen hatten sie telefoniert. Einmal hatte Hauke sie und ihre Tochter Jana in Frankfurt besucht. Als Greta ihm irgendwann erzählte, dass sie in Tante Hilles ehemaligem Textilladen die kleine Inselbuchhandlung eröffnet hatte, war das für ihn eine Sensation gewesen.

Im Wintergarten leuchteten ihm Bücher in allen Farben entgegen. Die schönste Buchhandlung der Welt, dachte er spontan. Vor dem Eingang standen zwei Strandkörbe, in einem saß Greta, schlank wie immer, in weitgeschnittener blauer Matrosenhose und weißem T-Shirt, ihre blonden Haare leuchteten in der prallen Sonne. Als sie ihn erkannte, sprang sie jubelnd auf.

«Moin, Hauke!»

«Greta!»

Sie drückten sich herzlich.

«Wie schön, dich zu sehen.»

Greta lebte mit ihrem Freund Florian glücklich im Haus über dem Buchladen, Tante Hille war mit ihrer Freundin Karen in die Marsch gezogen, ihr war es an der Promenade zu rummelig geworden.

«Es sieht alles anders aus hier», rief er.

Sie lachte. «Meinst du etwa mich damit?»

«Ach was, ich sehe nirgends Anzeichen, dass du älter geworden bist.»

So war es tatsächlich, Greta hatte sich seit ihrem letzten Treffen vor vier Jahren überhaupt nicht verändert – beneidenswert.

«Komm rein, ich zeige dir alles.»

Vorne im großen Wintergarten standen in niedrigen Regalen und auf Tischen die Neuerscheinungen. Greta nahm ihn aber direkt mit nach hinten, hier befand sich das Antiquariat, das nicht nach Titeln, sondern nach Farben geordnet war. Die Geräusche zwischen den Regalen waren gedämpft, das Licht war trübe. Die Räume erinnerten an ein altes Kloster. Die Welt draußen wirkte plötzlich sehr weit weg.

«Wunderschön», flüsterte er.

«Finde ich auch.»

Nach einer Weile des Stöberns und Schauens gingen sie wieder nach draußen und setzten sich in einen der Strandkörbe.

«Wir räumen nachher den Wintergarten aus und stellen Stühle rein», erklärte Greta. «Da kriegen wir bestimmt siebzig Leute unter.»

Es war einer der schönsten Leseorte, den man sich

vorstellen konnte, mit Blick über den Strand direkt aufs Meer! Er schaute versonnen in die Ferne. Plötzlich erschien Wiebke vor seinem inneren Auge. Sie war damals als Einzige von den vier Freunden auf der Insel geblieben, irgendwo hier musste sie jetzt sein. Es war ein seltsames Gefühl. Ob sie vielleicht gerade zufällig die Promenade entlangging? Oder am Strand war? Einerseits sehnte er sich danach, sie zu sehen, andererseits fürchtete er sich davor. Es war traurig, dass sie nie wieder Kontakt hatten, nicht mal bei einem seiner wenigen Besuche auf der Insel. Er schob den Gedanken schnell beiseite.

Nach einem Tee im Strandkorb und einem kurzweiligen Gespräch verabschiedete er sich von Greta. Vor der Lesung heute Abend hatte er noch etwas vor.

Er ging kurz ins Hotel, ruhte sich eine halbe Stunde aus und wollte dann weiter Richtung Marsch.

Über ihm spannte sich der vertraute Himmel. Er fuhr an der alten Holländermühle vorbei, staunte über Antjes kleines Haus mit dem privaten kleinen Inselmuseum, das bis zum Dach von Hagebuttenbüschen zugewuchert war. Die Bäume und Büsche hier waren viel höher als in seiner Erinnerung, die Natur machte eben in zwanzig Jahren keine Pause.

Schließlich erreichte er sein Ziel im äußersten Westen der Insel. Hier standen fast nur Reetdachhäuser. Früher war es ein Bauerndorf gewesen, mit Ställen und Scheunen, heute waren die meisten Höfe Zweitwohnsitze von Festländern. Alles sah adrett und sauber aus, sogar kleine Feldwege waren glatt geteert. Es kam ihm vor wie ein Freilichtmuseum. Andererseits waren durch das Geld von außen auch viele Häuser vor dem Verfall gerettet worden, das war die positive Seite der Veränderung.

Er fuhr über den schmalen Sörenswai und parkte vor dem Deich, der sich wie ein mächtiger grüner Wall vor ihm auftürmte. Ungeduldig sprang er aus dem Wagen und rannte nach oben. Als er auf der Deichkrone stand, explodierte die Weite förmlich vor seinen Augen. Überwältigt blickte er hinüber zur Insel Sylt, die mit ihren hellen Dünen in vollendeter Schönheit dalag. Der Wind pfiff ihm um die Ohren. Er schloss die Augen und atmete tief ein, die Luft roch genauso, wie er es in Erinnerung hatte.

Dann schlug er die Augen wieder auf und ließ den Blick über seinen Kinderstrand kreisen. Das einst so vertraute Sörenswai-Vorland hatte seine Form stark verändert, das war schon damals nach jeder höheren Flut so gewesen.

Es gab aber etwas anderes, was ihn viel mehr irritierte und was er sich beim besten Willen nicht erklären konnte: Die Strandhütte, die er und seine Clique damals aus Treibgut gebaut hatten, stand wieder dort! Und zwar genauso, wie sie sie damals errichtet hatten. Das Dach fehlte noch, aber die Wände aus Treibgut waren fast fertig. Zwei dicke Pfähle bildeten den Eingang, genau wie früher. Nach zwanzig Jahren konnte ihre alte Hütte doch nicht auferstanden sein – wie war das möglich?

Hauke zog sich die Schuhe aus und rannte den Deich hinunter, um sich die Sache genauer anzusehen. Die Mischung aus feinem Sand und Grasbüscheln unter seinen Füßen war ihm vertrauter als jeder Fußboden dieser Welt.

Seine Gedanken wanderten zurück. Seine ersten neunzehn Jahre waren untrennbar mit Nicole, Wiebke und Kai verbunden gewesen. Sie waren im selben Sommer im selben Ort geboren worden, der im äußersten Westen der Insel lag. Da sie alle Einzelkinder blieben, waren sie wie Geschwister füreinander gewesen. Wie junge Hunde waren sie jeden Tag durch ihr Dorf getollt. Das war mit fünfhundert Einwohnern nicht besonders groß, aber wenn man es als Spielplatz ansah, besaß es riesige Ausmaße: Keine Scheune, kein Stall, kein Dachboden war vor ihnen sicher, sie erkundeten und bespielten jeden Winkel. Bei jedem Wetter und zu jeder Jahreszeit waren sie draußen, der Wind war ihr ständiger Begleiter, zusammen mit der Sonne hatte er ihre Wangen rot gefärbt.

Nicole war eine echte Schönheit gewesen, ihre großen braunen Augen waren magisch. Alle bemühten sich um ihre Aufmerksamkeit und ihre Zuneigung, sogar die Lehrer, sie brauchte kaum etwas dafür zu tun. Die anderen Jungen auf dem Schulhof hatten jedoch kaum eine Chance, an sie heranzukommen, denn sie stand in den Pausen immer nur mit ihrer Clique zusammen. Hauke hätte es damals nie zugegeben, aber es war so: Sie war seine heimliche Traumfrau gewesen. Er liebte ihren trockenen Humor und ihre praktische Art. Nicole machte keinen Firlefanz, sie war hilfsbereit und immer für alle aus der Clique da.

Die groß gewachsene, schlanke Wiebke kam vom Bauernhof, sie war sehr mutig und ein bisschen eigen. Ihre knallblauen Augen leuchteten unter ihren dunklen Haaren wie Schweinwerfer. Sie besaß in allen künstlerischen Dingen eine unglaubliche Begabung, ob es Malen, Flötenspiel oder Schlagzeug war. Außerdem konnte sie hervorragend schreiben. Alles leider keine Fähigkeiten, die man auf dem Bauernhof dringend brauchte, den sie von ihren Eltern übernommen hatte, wie ihm zu Ohren gekommen war.

Der dunkelhaarige Kai war breit und stark wie ein Türsteher, er war der Boss. Seine Stimme war tief, und er redete wenig. Kai ruhte in sich selbst und zeigte nie Selbstzweifel. Schon als Jugendlicher war er ein Macho, aber einer mit Charme. Man konnte sich immer auf ihn verlassen. Kai hatte sie im Schulbus ohne zu zögern gegen jeden Nachbardörfler verteidigt, der sich mit ihnen anlegen wollte.

Zu viert waren sie ein unschlagbares Team gewesen. Egal, was passieren würde, sie wollten zusammen durchs Leben gehen, möglichst auf der Insel.

Doch dann geschah etwas, womit niemand von ihnen gerechnet hatte. Ein Jahr vor Haukes Abitur beschlossen seine Eltern, die Insel zu verlassen. Sein Vater hatte einen Fabrikjob in einem Ludwigshafener Chemiewerk aufgetan, wo er ein Drittel mehr verdienen würde als bei seiner Tätigkeit als Gemeindearbeiter.

Als die Eltern ihm ihren Entschluss mitteilten, stürzte Hauke in eine tiefe Krise. Und nicht nur er. Auch Nicole,

Wiebke und Kai kam in den nächsten Tagen kein Lächeln mehr über die Lippen. In der Strandhütte beratschlagten sie, was sie tun konnten. Aber es fiel ihnen nichts ein.

Bald schlug die Trauer in Panik um, zwischendurch überlegten sie sogar, ob sie nicht alle mit Hauke nach Ludwigshafen ziehen sollten. Keiner konnte sich ein Leben ohne die anderen vorstellen.

Doch eines Tages kam Wiebkes Vater Brar um die Abendbrotzeit in ihr kleines Haus am Dorfrand. Brar redete lange mit seinen Eltern, während Hauke in seinem Zimmer nebenan wartete und sich nervös auf die Lippen biss. Die Stimme von Wiebkes Vater hörte sich ganz ruhig an, aber hinterher waren seine Eltern wütend und aufgebracht.

«Was denkt der sich?», riefen sie empört, als Brar draußen war.

«Wieso?», fragte Hauke.

«Brar will, dass du zu ihm auf den Hof ziehst!»

Hauke hätte vor Freude in die Luft springen können. Aber er spürte, seine Eltern brauchten noch Zeit, bevor sie nachgaben. Und schließlich taten sie es.

Brars Hauptargument war das bevorstehende Abitur der Kinder gewesen. Ein Schulwechsel so kurz vor Schluss konnte nicht gut sein. Für Kost und Logis sollte Hauke hin und wieder auf dem Betrieb anpacken.

Hauke erinnerte sich noch genau an den Tag des Einzugs: Die kleine Kammer hinter der Küche war für ihn ein Paradies! Von da an lebten Wiebke und er unter einem Dach auf dem Hof ihrer Eltern. Sie spielten stundenlang am Strand zusammen Flöte, manchmal hielten sie ihre Instrumente einfach in den Wind und hörten zu, welche Töne er anschlug. Hauke lernte sie in Momenten kennen, in denen sie sich unbeobachtet fühlte. Sie war wie eine Schwester für ihn gewesen.

Ein leichter Windstoß fuhr in den offenen Eingang des Verschlags. An der Wasserkante entdeckte Hauke eine Holzlatte, die vom Salzwasser ziemlich porös geworden war. Für die Hütte war sie perfekt, er hob sie auf und dichtete damit eine kleine Lücke neben dem Eingang ab. Dann fand er noch ein paar Plastikteile und Stöcker, die er an der Seite einbaute.

Für sie vier hatte sich hier fast zwei Jahrzehnte lang der Mittelpunkt der Welt befunden. Mit dicken Decken und Federbetten ließ es sich in der Hütte auch im Winter bestens aushalten. Hier hatten sie sich ihre Zukunft auf der Insel ausgemalt. Woanders hinzugehen, wäre ihnen nie in den Sinn gekommen: Wieso sollten sie das Paradies freiwillig verlassen?

Er schaute hinüber zur Nachbarinsel.

Keinen von ihnen hatte er je wiedergesehen, obwohl nichts Dramatisches passiert war. Nach dem Abitur war einfach Schluss gewesen. Sie hatten, bis auf Wiebke, die Insel verlassen und waren in alle Richtungen auseinandergegangen. Als ob es das Versprechen von einer gemeinsamen Zukunft nicht gegeben hätte. Nie wieder hatte sich jemand bei ihm gemeldet. Er selbst auch nicht bei den anderen, wenn man von zwei Anrufen bei Wiebke einmal absah. Er konnte sich das Ganze bis heute nicht erklären, es war ein Rätsel.

Fest stand nur, dass er nie wieder solche Freunde gefunden hatte. Es war eine Lücke zurückgeblieben, und hier am Sörenswai-Vorland empfand er sie als besonders schmerzlich.

4

Wiebke tuckerte mit ihrem Trecker auf einem Seitenweg durch die Marsch. An diesem ungewöhnlich warmen Sommerabend war es fast windstill, vom Meer wehte höchstens ein Hauch herüber. Sie hatte alle Fenster der Fahrerkabine weit geöffnet, ihr Sommerkleid kräuselte sich im Fahrtwind. Duftnoten von frischem Gras und Meer stiegen ihr in die Nase. Die goldene Abendsonne setzte den sattblauen Himmel das letzte Mal an diesem Tag in ein festliches Licht. Alles leuchtete: die Gräser der Marsch, die alte Mühle und die Hagebuttenbüsche.

Nachdem ihr Wagen nicht angesprungen war, hatte sie kurz entschlossen den Trecker genommen, an dem überall Matsch und Kleie vom Feld hing. Sie musste aufpassen, dass sie sich ihr Kleid nicht versaute. Das klobige Gaspedal fühlte sich unter den hochhackigen Sandaletten ungewohnt an. Sie fuhr kurz rechts ran, zog die Schuhe aus und fuhr barfuß weiter.

Je näher sie der Inselhauptstadt kam, desto nervöser wurde sie. Sie fühlte sich in ihrer leichten Kleidung ungeschützt. Andererseits war es auch angenehm, mal nicht in Latzhose und klobigen Gummistiefeln herumzulaufen. Plötzlich wurde ihr bewusst, dass sie sich in den letzten

Jahren viel zu wenig Zeit für sich selbst genommen hatte. Wie hätte das auch gehen sollen, mit zwei Kindern, auf einem Hof, den sie alleine bewirtschaftete?

Wiebke hielt das Lenkrad ihres Treckers locker in der Hand und blickte beim Fahren in die windstille, goldgrüne Marsch. Im Schleppgang näherte sie sich ihrem Ziel.

Wie würde Hauke wohl reagieren, wenn er sie sah? Wie er jetzt aussah, hatte sie sich im Internet angesehen, dort gab es eine Menge Fotos von ihm. Sie zeigten allerdings nicht den Hauke aus ihrer Erinnerung. Sein Blick war ein anderer, darin lagen zwanzig Jahre Leben verborgen, von denen sie nichts wusste.

Wiebke versuchte, sich die Lesung in der kleinen Inselbuchhandlung konkret vorzustellen. Greta würde ein paar einführende Worte sagen, dann würde Hauke die Bühne betreten, sich hinter einen Tisch setzen, auf dem ein Wasserglas stand, und dann … Und dann?

Würde er sie überhaupt wiedererkennen? Und wenn ja, würde er später mit ihr reden wollen? Sie war sich nicht sicher.

Als sie ihr Ziel erreicht hatte, stellte Wiebke den Trecker auf einem Parkplatz hinter der Südpromenade ab, ganz in der Nähe der kleinen Inselbuchhandlung. Die Strände waren an diesem milden Abend immer noch voll. Sie ging barfuß weiter, ihre Schuhe hielt sie in der Hand. Sie war viel zu früh dran.

Mit angespanntem Nacken ging sie auf den Wintergarten zu. Vor der Inselbuchhandlung versammelte sich jetzt schon eine größere Menschenmenge, darunter viele Insulaner: Polizistin Ellen mit Krabbenfischer Jan, Andrea, die Arzthelferin bei Dr. Sörensen, Pastorin Carola und viele andere. Alle waren neugierig, wie Hauke ihre Insel in seinem Krimi beschrieben hatte, und hofften, sich oder andere wiederzuerkennen.

Dann zuckte Wiebke zusammen. Wie aus dem Nichts stellte sich jemand zu den anderen, den sie ewig nicht gesehen hatte, obwohl er schon länger wieder auf der Insel wohnte: Kai Nissen. Unter seinen Sportklamotten zeichnete sich ein kleiner Bauch ab, er trug eine modische Sonnenbrille.

Nachdem ihm als Geschäftsführer eines Familienhotels in der Nähe von Zürich gekündigt worden war, arbeitete Kai mittlerweile als Koch in der Pizzeria in der Königsstraße, das wusste sie. Dass sie sich in den letzten Jahren auf der Insel so gut wie nie begegnet waren, war erklärlich: Er lebte äußerst zurückgezogen und fuhr in seiner Freizeit, wie so einige Inselhauptstädter, nie in die Marsch, sondern ausschließlich mit der Fähre aufs Festland.

Sein Haar war dünn geworden, seine Haut blass, er kam anscheinend selten an die frische Luft. Jetzt schlenderte er grinsend auf Greta zu und begrüßte sie. Mit ihm und Hauke war ihre Clique von damals vollständig, es fehlte nur noch Nicole.

Die huschte ein paar Sekunden später heran. Unglaublich! Soweit Wiebke wusste, war sie Ärztin geworden und wohnte in Berlin. Wiebke wurde heiß und kalt gleichzeitig. Hatte sie irgendwas nicht mitbekommen?

Nicole trug ihre blonden Haare immer noch lang wie

früher, es war exakt dieselbe Frisur. Allerdings waren jetzt einige Falten in ihrem Gesicht zu erkennen. Ein kleines bisschen runder war sie geworden, was ihr aber durchaus stand.

Die Volleyballer am Strand hatten gerade ein neues Spiel begonnen, die Kinder buddelten weiter im Sand. Wiebke verspürte einen starken Widerwillen, jetzt noch in die kleine Inselbuchhandlung zu gehen. Nicole oder Kai die Hand zu schütteln, wäre ihr gegen den Strich gegangen, sie konnte sich auch nicht erklären, warum.

Im letzten Moment, bevor die Lesung begann, huschte sie dann doch in den Wintergarten. Der Raum war bereits voll. Nicole saß in der zweiten Reihe, Kai eine Reihe dahinter. Sie versuchten angestrengt, aneinander vorbeizusehen. Wiebke setzte sich auf den für sie reservierten Platz ganz hinten. Ihr Herz pochte so laut, dass es ihre Sitznachbarin hören musste.

Dann kam Hauke herein und setzte sich an den Tisch. Hauke. Nach zwanzig Jahren.

5

Er sah ganz anders aus als auf den Fotos im Internet. Sein weißes Hemd passte hervorragend zu seinem dunklen Teint, und seine Jeans saß so, wie sie im besten Fall auch sitzen sollte. Sein Blick war anders als früher, erwachsen halt. Gleichzeitig schimmerte immer noch etwas von dem Jungen von damals durch, vor allem, wenn er lächelte.

«Moin, Moin all tosoom!», rief er in die Runde.

Seine sonore Stimme hatte sich kaum verändert, Wiebke hätte sie unter Tausenden wiedererkannt.

«Moin, Moin», kam es von allen Seiten aus dem Publikum zurück.

Die meisten Leute kannten ihn, er war unbestritten ein Starautor. Trotzdem wirkte er nervös, was Wiebke verwunderte: War die heutige Lesung für einen Bestsellerschreiber wie ihn doch mit Sicherheit nur eine unwichtige Veranstaltung in der Provinz.

Sie geriet ins Grübeln. Mit diesem Mann hatte sie eine Zeitlang jeden Tag zusammen verbracht, sie kannte ihn wie kaum einen anderen Menschen. Dass Hauke inzwischen eine öffentliche Person war, fühlte sich seltsam für sie an.

Während sie ihren Gedanken nachhing, hatte Hauke angefangen zu sprechen. Bevor er die erste Passage aus seinem Buch vorlas, erzählte er dem neugierigen Publikum etwas über seine Arbeit:

«Ich habe während des Schreibens die ganze Zeit auf der Insel gelebt. Dazu musste ich mein Arbeitszimmer allerdings nicht verlassen: Die Nordseewellen schlugen direkt bei mir in Neukölln an den Strand.»

Vor der Strandhütte hatten Hauke und sie zusammen Flöte gespielt und sich ausgemalt, wie die Welt außerhalb der Insel wohl aussah. Nebenbei hatte er ihr in Mathe geholfen. Dabei legte er eine Geduld an den Tag, die bemerkenswert gewesen war, denn sie war wirklich ein schwerer Fall.

Nun ging Hauke dazu über, ein paar Abschnitte aus seinem Roman vorzulesen. Ein Mafioso aus New York versteckt sich auf der Insel und wird von zwei Einheimischen enttarnt. Der Mann hat nämlich nicht geahnt, dass praktisch jede Familie auf der vermeintlich abgelegenen Nordseeinsel ausgewanderte Verwandte in New York hat. Die beiden Insulaner versuchen nun, ihn zu erpressen.

Es war verblüffend: Wiebke kannte wirklich jeden Ort auf der Insel, den Hauke in seinem Roman beschrieb. Unter der Buche auf dem Rickmers-Feld hatte sie das erste Mal einen Jungen geküsst, im Sparmarkt hatte sie Bonbons für je zwei Pfennig gekauft. Und auf die Friedenseiche in Oevenum war sie mit Hauke bis in die Krone geklettert. Die meisten Schauplätze waren früher einmal bedeutsam für ihre Clique gewesen, auch das fiel ihr auf:

die alte Mühle, die Büsche hinter dem Leuchtturm, die unheimliche Ruine in der Marsch, die Disco und das Wattenmeer sowieso. Ob er beim Schreiben an seine alten Freunde gedacht hatte?

Hauke erklärte nun seinen Zuhörern, wie er die Figuren seines Romans entwickelt hatte:

«Zuerst waren sie bloße Ideen auf Papier, aber irgendwann begannen sie, lebendig und zu echten Menschen zu werden. Ab der Hälfte des Romans haben sie mich wie von selbst durch die Geschichte getragen, ich musste es eigentlich nur noch aufschreiben.»

Diese Worte kamen für sie aus einer unbekannten Welt. So hatte er früher nicht geredet. Zwischendurch entdeckte sie allerdings immer wieder vertraute Gesten, zum Beispiel, wenn er sich die Nasenspitze rieb, das hatte er früher schon häufig getan.

Hauke machte über die Insel und die Feriengäste Scherze, die gut ankamen, dann wieder las er seinen Text souverän und lebendig vor. Ein- oder zweimal hatte sie das Gefühl, dass er sie in der letzten Reihe entdeckt hatte und sich ihre Blicke trafen. Oder bildete sie sich das nur ein?

Irgendwann drifteten ihre Gedanken vollends ab, sie hörte gar nicht mehr, was er las. Die Spitze des rot-weißen Leuchtturms auf der Nachbarinsel, den sie als Kinder jeden Tag vor sich gesehen hatten, trat vor ihr geistiges Auge. Seit sie denken konnte, wollten sie dringend nachschauen, wie es dort aussah. Sie war bis dahin nie hinübergekommen, das war ein anderes Land. Stundenlang hatte sie mit Hauke über die Nachbarinsel spekuliert, sie hatten sogar Gerüchte gehört, dass dort reiche Leute Champagner in ihre Pools schütteten und ihn dann auf rauschenden Festen mit ihren Gästen ausschlürften. Hauke wusste, dass sämtliche Sportwagen aus seinem Autoquartett dort herumfuhren, auch die ganz seltenen. Berühmte Schauspieler und Musiker machten dort Urlaub, auf der Straße trugen die Menschen Goldschmuck, der Millionen wert war. Außerdem sprachen die Insulaner drüben ein ganz anderes Friesisch, das keiner auf ihrer Insel verstehen konnte.

Wie oft hatte Wiebke ihre Eltern angefleht, einmal mit ihr hinüberzufahren, aber die hatten nur abgewinkt. Sie konnten nicht verstehen, dass eine Sechsjährige, die den Leuchtturm jeden Tag vor sich sah, ihn unbedingt von nahem anschauen wollte. Den anderen aus der Clique ging es genauso. Auch bei Nicole, Kai und Hauke fuhr niemand mit ihnen hinüber. Tatsächlich gab es etliche Insulaner, die bei ihren Verwandten in New York oder San Francisco gewesen waren, aber noch nie auf der Nachbarinsel. Irgendwie tat man das nicht: wenn man irgendwohin fuhr, dann nicht nach gegenüber, sondern weiter weg.

«Da kommst du schon noch hin», wiegelten ihre Eltern ab. Doch irgendwann wollte und konnte sie nicht mehr warten. Wer wohnte hinter diesen Dünen da drüben? Piraten, Wikinger, Feen und Zauberer? Mal war es für Hauke und sie eine Märchen-, mal eine Schatzinsel. Sie malten sich aus, welche unermesslichen Kostbarkeiten sie dort im Strandsand finden würden. Wiebke wäre glatt bei Ebbe mal hinübergelaufen, aber zwischen ihrer Heimatinsel und Sylt gab es nun mal den großen Priel mit der starken Strömung, durch die man nicht schwimmen konnte.

Eines Tages machte sie sich dann doch auf den Weg zur Nachbarinsel, das war kurz vor ihrer Einschulung. Aus heutiger Sicht war ihr unerklärlich, woher sie den Mut dazu genommen hatte. Für ihre Eltern war es ein Albtraum. So etwas wollte Wiebke mit Enna und Broder nie erleben, sie würde vor Sorge sterben!

Damals hatte sie Hauke überredet, mitzukommen. Beide wussten, dass Hinnerk Traulsen mit seinem Kutter jeden Tag Feriengäste nach Hörnum auf Sylt schipperte, das wollten sie ausnutzen. Mit ihren kleinen Rädern fuhren sie frühmorgens in den Nachbarort. Dort versteckten sie sich an Bord des Kutters unter einer Persenning und warteten. Stundenlang passierte gar nichts, aber schon das war aufregender als jeder Abenteuerroman. Sie wusste noch genau, dass Hauke Kaugummi dabeigehabt hatte. Der Geruch von Wrigley's Spearmint Gum breitete sich unter der Persenning aus, und das hatte die beiden beruhigt.

Irgendwann kamen Passagiere an Bord, und die Leinen wurden gelöst. Der Kutter schaukelte bei der Überfahrt heftig auf der offenen See. Als Hinnerk in Hörnum festmachte, verharrten sie noch eine Weile unter der Persenning. Schon die Geräusche hier hörten sich anders an als zu Hause, sogar die Möwen krächzten mit fremdartigen

Rufen. Als Hinnerk an Land ging, pulten sie sich aus ihrem Versteck. Ihre Gelenke waren vom stundenlangen Liegen steif geworden, sodass sie sich zunächst kaum bewegen konnten. Über einen Steg humpelten sie an Land.

Das Erste, was ihnen auffiel, war, dass es in Hörnum viele Häuser mit hohen, steilen Dächern gab. Sie wirkten fremd. Und damit äußerst spannend. Die Autos auf den Straßen sahen zwar so aus wie die ihrer Heimatinsel, wirkten aber doch anders. Und auch die Menschen bewegten sich weltgewandter. Hauke und sie wanderten zum Strand an der Westseite, wo es viele Dünen gab. Riesige Wellen rollten heran und brachen sich mit Getöse.

Im Ort entdeckte Hauke dann ein Ufo, und zwar genau im Garten einer Villa. Unglaublich! Es besaß die Form einer Burg, war zwei Stockwerke hoch und komplett aus Plastik. Die Hörnumer Kinder schienen keine Angst davor zu haben, sie sprangen auf dem Raumschiff herum, als sei es ein Spielzeug. Hauke und sie beobachteten das eine Zeitlang, dann schlichen sie sich in den Garten. Er war voller Kinder, da fielen sie gar nicht auf.

«Woher kommt das?», fragte Wiebke einen Jungen mit Stoppelschnitt.

Der verstand sie nicht. «Was meinst du?»

«Na, das Raumschiff.»

«Das ist kein Raumschiff», antwortete der Junge ernst. «Das ist eine Hüpfburg.»

Vorsichtig näherten sie sich dem unbekannten Objekt und sprangen mit. Ein Gefühl, das sie nie in ihrem Leben vergessen würde. Später dann gab es Kartoffelsalat und

Würstchen, die Sonne schien, alles war gut. Die Mütter saßen in schicken Kleidern auf der Terrasse und tranken Sekt. Hauke und sie spielten mit ihren Zöglingen, ohne dass jemand merkte, dass sie gar nicht dazugehörten.

Blöderweise hatten sie beide keine Uhr dabeigehabt, und so liefen sie viel zu spät zum Hafen zurück. Sie konnten nur noch zusehen, wie Hinnerks Kutter Richtung Heimatinsel auslief. Wiebke fing an, bitterlich zu weinen. Hauke versuchte, sie zu beruhigen, aber auch ihm standen die Tränen in den Augen. Was sollten sie jetzt tun? Sie hatten kein Geld dabei, um jemanden von einer Telefonzelle aus anzurufen. Schließlich vertrauten sie sich einem Fischer im Hafen an, der per Funk ihre Eltern anrief. Der Fischer wartete nicht, bis diese kamen, sondern brachte sie gleich rüber.

Im kleinen Utersumer Hafen sahen sie schon von weitem Blaulicht flackern. Die Freiwillige Feuerwehr hatte aus Haukes und ihrer Notlage eine Übung gemacht: Sie wollten proben, wie man Schiffbrüchige im Empfang nahm. Peinlich.

Ihre Eltern warteten bereits ungeduldig am Steg. Sie waren entsetzt, verzweifelt, wütend und zugleich unendlich erleichtert. Als sie ihre Kinder in die Arme schlossen, weinten und lachten sie. So durcheinander hatte Wiebke sie noch nie gesehen. Heute wusste sie, welche Sorgen sie sich gemacht haben mussten. Auf der ganzen Insel hatte man nach ihnen gesucht, mit Polizei und Feuerwehr!

So seltsam es sich anhörte: Der unerlaubte Ausflug hatte ihr Leben verändert. Sie war danach wie ausgewechselt, ihre Schüchternheit verflogen. Ihre Heimatinsel war für sie piefig geworden, später als Jugendliche schwänzte sie die Feuerwehr, die Musikschule und den Sportverein. Das Bild von Sylt bekam sie nie mehr aus dem Kopf. Hier kam ihr alles vor wie ein Kaff. Alles war provinziell. Und das Schlimmste war: Es gab nicht eine einzige Hüpfburg!

Was ihr das Leben erträglich, ja glücklich erscheinen ließ, war allein die Tatsache, dass Hauke an ihrer Seite war und ihr Schicksal teilte, genau wie ihre ganze Clique.

6

Der Wintergarten von Gretas kleiner Inselbuchhandlung unterschied sich von sämtlichen anderen Orten, an denen Hauke sonst seine Lesungen abhielt: Das Dach war verglast, sodass er über sich den Himmel sah, und nur ein paar Meter neben ihm rollten die Wellen an den Strand. Am Horizont machte sich die Abendsonne bereit für den Untergang. An die siebzig Zuhörerinnen und Zuhörer saßen eng beieinander ihm gegenüber, darunter auch einige Insulaner, die er noch von früher kannte: Kalli, sein ehemaliger Wehrführer bei der Freiwilligen Feuerwehr, Hannes aus dem Fering-Hotel, sein früherer Deutschlehrer Herr Dr. Lundt und einige mehr. Dazu kamen eine Menge Feriengäste und zwei Journalisten, die sich kurz vorher bei ihm vorgestellt hatten.

Es hätte die perfekte Lesung werden können. Stattdessen fühlte er sich so gestresst, dass er sich kaum auf seinen Text konzentrieren konnte. Mehrmals war er kurz davor, den Faden zu verlieren. Denn er hatte im Publikum drei Menschen entdeckt, die für ihn weit mehr waren als alte Bekannte: Wiebke, Nicole und Kai. Seine Clique war vollständig erschienen – nach so vielen Jahren des Schweigens.

An Wiebke war ihm als Erstes ihr hellblaues Kleid mit den weißen Blumen aufgefallen. Ihre Haut war braun gebrannt, die knallblauen Augen stachen im Kontrast zu ihren dunklen Haaren so intensiv hervor, dass es ihn fast erschreckte. Er hatte sie das letzte Mal gesehen, als sie neunzehn war. Was für eine starke, wunderschöne Frau sie geworden war. Es verschlug ihm den Atem. Und das während seiner Lesung!

Nicole hatte immer noch die großen braunen Augen, die ihn damals um den Verstand gebracht hatten. Die Falten im Gesicht, die mit den Jahren dazugekommen waren, dachte er sich einfach weg.

Kai war derselbe bullige Typ mit dem skeptischen Türsteherblick geblieben, nur dass er weniger Haare als früher hatte.

Richtig seriös und erwachsen sahen sie alle aus. Ihre Blicke waren anders, in ihren Gesichtern waren zwanzig Jahre Leben eingraviert, von denen er nichts mitbekommen hatte. Er schaute schnell auf sein Buch, um nicht vollends aus dem Konzept zu geraten.

Die meisten Handlungsorte seines Romans waren Treffpunkte der Clique gewesen, sie alle hatten eine besondere Bedeutung für die vier. Jeder von ihnen wusste genau, was dort alles passiert war. Manchmal, wenn er einen Satz zu Ende gelesen hatte, blickte er verstohlen in ihre Richtung und versuchte, in ihren Gesichtern irgendeine Reaktion zu erkennen: Lächelten sie, sahen sie nachdenklich oder verärgert aus? Es war nicht auszumachen. Er hätte ihnen lange in die Augen sehen müssen, um ihre

Blicke interpretieren zu können, aber das ging natürlich nicht.

Bei der gesamten Lesung wurden Tausende Erinnerungen auf einmal ausgeschüttet, er schwamm förmlich mit ihnen weg. Doch während seine Gefühle Amok liefen, saß er blöderweise an diesem Tisch vor zig Menschen und sollte sein Buch vorstellen. Mühsam kämpfte er um Konzentration und las viel langsamer als sonst. Trotzdem tanzten die Buchstaben immer wieder vor seinen Augen auf und ab.

Dass die drei nicht zusammensaßen, war ein schlechtes Zeichen. Sie mussten sich doch vor der Tür getroffen haben, so groß war Gretas kleine Inselbuchhandlung ja nicht!

Er stellte dem Publikum seinen Held Emmanuele Colani vor, der in New York bei einem kriminellen Clan als Buchhalter gearbeitet hatte und nun gegen seinen ehemaligen Boss aussagen wollte. Die US-Polizei hatte ihn in den Zeugenschutz genommen und auf der scheinbar abgelegenen friesischen Insel versteckt. Doch die Beziehungen zwischen der Insel und New York waren enger, als die amerikanischen Behörden ahnten, seit Jahrhunderten wanderten Insulaner nach Amerika aus. Zwei Insulaner erkannten ihn – und erpressten ihn. Das Buch lebte stark vom Lokalkolorit, von den Eigenheiten der Inselfriesen, dem allgegenwärtigen Meer, dem Wind, der Sonne und den Dünen. Düster und Hell lagen eng beieinander, vor allem am Sörenswai-Vorland, an dem die zentralen Szenen des Romans spielten.

«Wenn man wie ich auf der Insel aufgewachsen ist»,

wandte er sich während einer kurzen Lesepause an das Publikum, «trägt man das Meer immer in sich, egal, wo man sich gerade aufhält. Die Arbeit an diesem Roman war für mich eine wunderbare Zeit. Es war, als wäre ich noch einmal in meine Jugend eingetaucht.»

Was nicht gelogen war. Trotzdem wusste er, als er diese Sätze aussprach, nicht, wie er ins Publikum schauen sollte, ohne einen Blick von Nicole, Wiebke oder Kai aufzufangen. Es hätte ihn in dem Moment vollkommen aus der Fassung gebracht.

Kalli, sein Wehrführer bei der Freiwilligen Feuerwehr, meldete sich nun zu Wort. Er trug damals wie heute eine Vollglatze, nur ein goldener Ohrring am rechten Ohr war dazugekommen.

«Ich dachte ja immer, in deine Romane packst du immer nur das Beste», grummelte er.

Hauke nickte. «Klar.»

«Wieso hast du dann nicht schon früher über deine Heimatinsel geschrieben?»

Hauke dachte kurz nach. Dann sagte er wahrheitsgemäß: «Es dauerte, bis ich mich das getraut habe.» Er stockte, weil ihm bewusst wurde, wie persönlich diese Frage war. Schnell lenkte er ab: «Es ist ja auch so, dass jeder, der hier auf der Insel wohnt, dann anfängt, sich selbst und seine Nachbarn in der Geschichte zu suchen. Ich musste darauf achten, dass sich bloß keiner wiedererkennt. Also, wie sieht der wirkliche Bäcker am Hafen aus? Dick? Dann mache ich ihn besser dünn, sonst beschwert er sich noch womöglich. Das gilt für alle Figuren.»

Das war tatsächlich so. In einem Roman konnte er nicht etwa schreiben: «der stinkige Filialleiter einer Bank», weil es hier auf der Insel nur zwei Banken gab und jeder Insulaner beide Filialleiter kannte. Wenn er Pech hatte, traf seine Beschreibung zufällig auf einen davon zu. Um sich abzusichern, hatte er das alles im Internet recherchiert, oder Greta hatte ihm geholfen.

Aber das größte Hindernis, seine Heimatinsel zum Schauplatz des Romans zu machen, war etwas ganz anderes gewesen. Beim Schreiben hatte er gemerkt, wie sehr ihn die gemeinsame Zeit mit der Clique immer noch beschäftigte und dass er das ungeklärte Ende ihrer tiefen Freundschaft immer noch nicht richtig verarbeitet hatte. Aber daran durfte er in diesem Augenblick auf keinen Fall denken!

Phantastische Spielorte bot die Insel mehr als genug. Hauke beschloss schnell, noch ein paar Kapitel zu lesen, die in der Marsch und auf der großen Düne spielten sowie in dem Reetdachhaus, in dem sich der Zeuge versteckt hielt – in Wirklichkeit Wiebkes Hof.

Dann war der offizielle Teil der Veranstaltung beendet. Das Publikum applaudierte herzlich und ausdauernd. Greta trat auf die Bühne, überreichte ihm einen Blumenstrauß und wandte sich an ihre Gäste: «Ich bedanke mich für eure Aufmerksamkeit und wünsche euch einen guten Abend! Wer will, kann gerne noch bleiben und ein Gläschen trinken. Der Autor signiert dann auch noch Bücher.»

Innerlich atmete Hauke auf. Er war heilfroh, dass er seinen Auftritt ohne größere Ausfälle geschafft hatte.

Doch sofort zog sich sein Magen zusammen. Was würde passieren, wenn er gleich auf Nicole, Wiebke und Kai treffen würde? Wie würde das werden? Locker oder angespannt? Er beschloss, es einfach auf sich zukommen zu lassen, und begab sich zum Signiertisch.

Nach einer Lesung bildete sich immer ein Pulk von Menschen um ihn. Der erste Signaturwunsch kam von Kalli. Er hatte drei seiner Krimis bei Greta gekauft: einen für sich, einen für seine Mutter und einen für Olaf, einen ausgewanderten Cousin in New York, der von dort aus alle Ereignisse auf seiner Heimatinsel aufmerksam verfolgte. Als erfahrener Autor fragte Hauke immer nach der genauen Schreibweise eines Namens, da konnte man nie sicher sein.

Eine sympathische, hochschwangere Frau war als Nächstes an der Reihe. Sie stellte sich als Sandra Malien, die Putzfrau der Buchhandlung, vor. Nachdem er ihr Exemplar signiert hatte, winkte sie ein paar andere Leute heran. «Das ist mein Lesekreis», erklärte sie. «Wir treffen uns regelmäßig hinten im Antiquariat und diskutieren gemeinsam Bücher. Ab nächste Woche lesen wir deinen Krimi.»

«Wirklich? Hoffentlich gefällt er euch auch.»

Sie grinste. «Wir überprüfen natürlich genaustens, ob deine Inselbeschreibungen stimmen.»

Hauke lachte. «Oje, seid nicht zu streng mit mir. Viel ist dichterische Freiheit.»

Dann stellte sie ihm die anderen Mitglieder des Lesekreises vor: eine Polizistin Ellen, ein Krabbenfischer

Jan, eine Arzthelferin Andrea und ein Grundschullehrer Björn. Sie wünschten sich ein Gruppenbild mit ihm, anschließend wollte jeder Einzelne auch ein Selfie mit ihm haben.

Bekamen sie alles.

Hauke war so mit den Signierwünschen beschäftigt, dass er nicht überblicken konnte, wo sich die anderen aus der Clique aufhielten. Warteten sie draußen auf ihn? Wie würde das werden, wenn er herauskam? Würden sie sich umarmen oder steif die Hand geben?

Doch als er endlich das letzte Buch signiert hatte, blickte er sich enttäuscht im Raum um: Alle Gäste waren verschwunden, nur noch Greta war da. Einerseits war er erleichtert, andererseits war es auch bitter, dass sie sich nach zwanzig Jahren nicht einmal «Moin» gesagt hatten.

Plötzlich kam von hinten aus dem Antiquariat Wiebke auf ihn zu. Die Gute, quasi seine Schwester! Sie hielt ein Exemplar seines Buches in der Hand.

«Moin, Hauke.»

«Moin, Wiebke.»

Von nahem sah sie vertraut aus und gleichzeitig fremd, aber auch schön und interessant. Ihr Blick war ganz klar, sie wirkte wie eine Frau, die wusste, was sie wollte. Zu einer Umarmung reichte es nicht, sie gaben sich förmlich die Hand. Nachdem er früher mal ein ganzes Jahr bei ihr gewohnt hatte, war das wenig. Warum hatten sie danach fast nichts mehr voneinander gehört? Vielleicht war es schlicht und einfach Feigheit gewesen, auch von seiner Seite.

Sie legte das Buch vor ihn auf den Tisch. «Kannst du das bitte signieren?»

«Gerne. Spielst du immer noch Flöte?», fragte er, während er schrieb.

«Wann immer ich mir eine Stunde freischaufeln kann. Meistens nach dem Melken.»

Er schrieb in ihr Exemplar: «Moll im Sommer, Dur im Winter. Für Wiebke, herzlich verbunden für immer, Hauke.» Sie waren sich in dieser Frage stets einig gewesen: Im Sommer hatten sie auf ihren Flöten eher ruhige, melancholische Melodien gespielt und im Winter musikalisch mit den wilden Stürmen getanzt.

Wiebke nahm das Buch entgegen und wollte ihm zum Abschied wieder die Hand geben.

Er hätte gerne weiter mit ihr gesprochen, doch plötzlich stand ein Herr Brockstedt vom «Inselkurier» mit einem altmodischen Diktiergerät vor ihm und bat um ein Interview. Den mittelalten Reporter mit dem strengen Seitenscheitel kannte anscheinend jeder auf der Insel.

«Moin, Wiebke, Moin, Herr Thorvald», grüßte der Mann.

«Moin, Brockstedt», erwiderte Wiebke.

Aus irgendeinem Grund wurde er nur mit seinem Nachnamen angeredet.

«Ich verschwinde dann mal wieder», sagte Wiebke nun zu Hauke.

«Ihr kennt euch?», fragte Brockstedt erstaunt. Er war kein Insulaner und konnte das nicht wissen.

«Wir sind zusammen aufgewachsen», sagten Wiebke und Hauke unisono. Beide mussten lächeln.

Brockstedts Augen flackerten auf. «Darf ich das schreiben?»

«Klar.»

Der Reporter grinste. «Und wie war er früher so, bevor er berühmt wurde?», fragte er Wiebke.

«Ich mag es kaum sagen», antwortete Wiebke spontan.

«Wieso nicht?»

«Es klingt wie ein Klischee.»

«Inwiefern?»

«Damals war Hauke bescheiden und zurückhaltend. Aber seit seinem großen Erfolg lässt er die Puppen tanzen und haut voll auf den Putz …»

Sie machte eine kleine Kunstpause.

Hauke war wie erstarrt. Greta, die hinzugetreten war, ebenfalls.

Wiebke lächelte und winkte ab. «Na ja, das würde man vielleicht denken. Nein, er ist noch wie früher, und er liebt unsere Insel, das merkt man jeder Zeile seines Buches an.»

Hauke grinste sich einen.

«Was ist für Sie der Hauptunterschied zwischen der Insel und Berlin?», fragte der Reporter nun Hauke.

Was für eine dämliche Frage.

«Haben Sie eine Woche Zeit?», entgegnete er. «Dann erläutere ich Ihnen einen kleinen Teil davon.»

Brockstedt schien trotz der ausweichenden Antwort zufrieden. «Sie bekommen bei uns eine halbe Seite, Herr Thorvald. Das wird Ihr Durchbruch!»

Falls jemand außerhalb der Insel deine Zeitung liest, ergänzte Hauke im Stillen.

Aber Brockstedt war schon auf dem Weg nach draußen.

«Danke für die Unterstützung», sagte Hauke zu Wiebke.

«Ich muss dann jetzt auch!», antwortete die.

Keine Verabredung? Nicht mal auf einen Kaffee? Er war enttäuscht. «Vielen Dank und schönen Abend noch.»

«Dir auch ...»

Umgekehrt hatte er auch nicht den Mut, ein Treffen anzubieten.

Hauke starrte ihr lange hinterher. Wieso hatte er nicht mehr gesagt? Er verstand sich selbst nicht.

7

Als alle Gäste gegangen waren, schloss Greta die Tür des Wintergartens ab.

«Tolle Lesung», rief sie. «Die Leute waren begeistert.»

«Danke», sagte er. Aber statt sich über die gelungene Veranstaltung zu freuen, hing er seinen Gedanken nach. Die erste Begegnung mit seiner Clique nach all den Jahren hatte er sich anders vorgestellt. Mit Wiebke hätte er gerne ausführlicher gesprochen, von den anderen beiden ganz zu schweigen: Die hatten sich noch nicht einmal von ihm verabschiedet.

«Komm, lass uns noch was essen gehen», sagte Greta.

Sie schien so glücklich über den Abend, das wollte er ihr nicht verderben. Außerdem hatte er auch sie lange nicht mehr gesehen.

«Gerne», sagte er.

Sie holten ihre Jacken und verließen die kleine Inselbuchhandlung. Auf der Promenade schlenderten zu dieser späten Stunde noch mehr Menschen als am Tag. Greta führte ihn zu ihrem kleinen Auto.

«Wohin geht's denn?», erkundigte er sich.

«Überraschung.»

Als sie durch die Marsch fuhren, wurde er plötzlich richtig schwermütig: Würde er jemals einen seiner alten Freunde wiedertreffen? Niemand außer Wiebke, Nicole und Kai wusste, wie er als Kind und Jugendlicher gewesen war – allein das war durch nichts und niemand zu ersetzen!

Greta fuhr durch den Ort Oevenum mitten in der Marsch.

«Fahren wir zufällig gerade zu Krögers?»

«Erraten.»

Er klatschte in die Hände. «Super Idee!»

Das «Krögers» war eine alte Dorfgaststätte mitten auf der Insel. Damals waren alle dorthin gegangen, Alt und Jung. Das war ein entscheidender Unterschied zu Berlin: Die Insel war einfach zu klein für eine eigene Hipsterszene für die jungen Leute, und das war auch gut so. Zumal die älteren Insulaner oft ausgeflippter waren als die Jungen, das passte bestens zusammen.

«Die machen immer noch den besten Fisch auf der Insel», erklärte Greta.

Krögers Gasthof befand sich in einem großen weißen Haus mit Reetdach. Davor standen vier Linden, deren Blätter sich im leichten Wind kräuselten. Drinnen war alles mit schlichten Holzmöbeln ausgestattet, neben dem normalen Gastraum gab es noch einen Festsaal mit kleiner Bühne. Wirtin Anni bediente immer noch in weißer Kittelschürze, in einer Ecke neben dem Tresen saß ihre Mutter und schnippelte Kartoffeln in eine Schüssel. Wenn er es nicht besser gewusst hätte, hätte er vermutet, dass das alles für ein Museumsdorf so inszeniert worden war. War es aber nicht.

Genau deswegen liebten Insulaner wie Feriengäste das Krögers.

«Na, Hauke, all wedder da?», fragte die mittlerweile grauhaarige Anni. Als er von der Insel wegging, war sie Ende dreißig gewesen – so wie er jetzt. Was ihm damals unendlich alt vorgekommen war.

«Jo.»

«Bist Schreiber geworden, habe ich gehört?»

«So ist das.»

«Denn sett di man dol.»

Mehr Kommentare brauchte es von ihrer Seite aus nicht. Hauke und Greta setzten sich an einen Tisch und bestellten Kabeljau mit Bratkartoffeln. Im Gastraum gab es eine Standuhr mit Messingpendel, an der Wand hingen alte Schwarzweißbilder von Dorf und Gasthof. Männer mit gezwirbelten Schnurrbärten und blitzsauberen langen Schürzen standen kerzengerade vorm Eingang unter den Linden und lächelten in die Kamera, die um 1920 bestimmt monströs gewesen war. Es waren auch einige Gemälde von der Marsch zu sehen, deren Farbpigmente im Lauf der Jahrzehnte stark verblasst waren – bei Krögers wurde früher viel geraucht.

«Willst du eigentlich länger auf der Insel bleiben?», fragte Greta, nachdem die Getränke serviert worden waren.

«Weiß ich noch nicht.»

Er hatte bereits einige Interviews in Berlin mit dem

Hinweis verschoben, dass er gerade auf einer Rechercheреise war.

Sie fragte nach Wiebke, Nicole und Kai, und Hauke erzählte ihr, dass er außer kurz mit Wiebke mit niemanden von ihnen geredet hatte.

«Ihr habt euch nicht mal ‹Moin› gesagt?», fragte Greta erstaunt.

«Immerhin hat Wiebke dem Reporter von uns erzählt», sagte er.

«Das war alles?»

«Ja.»

«Nach dem, was ihr zusammen erlebt habt?»

«So ist das nun mal.»

Greta schüttelte den Kopf. «Ihr seid echt blöd, das muss ich mal sagen.»

«Stimmt wohl leider.»

Dann redeten sie über andere Dinge. Greta erzählte, wie sie die kleine Inselbuchhandlung aufgemacht und ihren Florian kennengelernt hatte, der vor zwei Tagen mit seinem Wasserflugzeug nach Norwegen geflogen war. Hauke war beeindruckt. Insgeheim bewunderte er Greta für ihren Mut. Sie hatte es geschafft, sich in kürzester Zeit gleich drei Wünsche zu erfüllen: eine eigene Buchhandlug zu eröffnen, für immer auf die Insel zu ziehen und ihre große Liebe zu finden. Er seufzte. Konnte jemand wirklich so viel Glück auf einmal haben? Auch bei ihm lief es beruflich richtig gut, was sicher einiges wert war. Aber was die anderen Punkte betraf, konnte er sich nur eingestehen: Großes Glück sah anders aus.

Später im Hotelzimmer schaltete er noch das Radio an, wo im Kultursender das Interview mit ihm aus Hamburg gesendet wurde. Er wusste, dass es am Abend nach der Lesung auf der Insel ausgestrahlt werden sollte.

Sein neues Buch wurde vorgestellt und hochgelobt. Hauke mochte sich selbst nicht gerne hören. Am wohlsten fühlte er sich am Schreibtisch in vollkommener Stille. Während er zuhörte, begann er, seine drei Freunde auf dem Smartphone zu googeln. Er hatte sie viel zu lange verdrängt.

Kai hatte Koch gelernt, ein paar Semester studiert und war danach Geschäftsführer eines Familienhotels in der Schweiz geworden. Als er dort rausflog, war er auf die Insel zurückgekehrt. Greta hatte ihm vorhin verraten, dass er in einer winzigen Einzimmerwohnung am Rand der Inselhauptstadt lebte. Hauke staunte, er hatte damals fest damit gerechnet, dass Kai Boss eines größeren Unternehmens werden würde. Er besaß einfach das «Chef-Gen» und konnte Leute von sich überzeugen, egal, worum es ging. Hauke hatte das beneidenswert gefunden, davon hätte er gerne auch ein bisschen mehr gehabt. Aber sollte er sich beschweren?

Nicole hatte Medizin studiert und war mittlerweile Oberärztin im Berliner Virchow-Klinikum. Offenbar hatte sie eine steile Karriere gemacht.

Wiebke hatte damals den Hof ihrer Eltern übernommen. Nicht ganz freiwillig, weil ihre Mutter Enke kurz nach ihrem Abitur starb und ihr Vater ein Pflegefall wurde, wie er wusste. Aus Wiebke hätte eine Künstlerin werden können, stattdessen molk sie nun Kühe. Aber war sie deswegen unglücklich? Es hatte vorhin nicht den Eindruck gemacht, im Gegenteil.

Hauke schaltete Radio und Smartphone aus und trat zum Balkon. Er setzte sich an das Tischchen und starrte in die Dunkelheit. Unsichtbare Meereswellen rollten sanft an den Strand und liefen schmatzend aus.

Damals hatten sie nebeneinander im Sand gelegen, aufs Meer geschaut und darüber spekuliert, wo sie wohl in zwanzig Jahren stehen würden. Alles schien offen. Klar war nur, dass Nicole keine Ärztin und er kein Künstler werden würde. Aber die entscheidenden Pointen schrieb das Leben nun mal auf eigene Faust. Inzwischen lag ein erheblicher Teil ihres Lebens hinter ihnen, nächstes Jahr im Juli wurden sie alle vierzig. War das zu fassen?

Plötzlich wurde ihm klar, dass er nicht einfach so wieder nach Berlin zurückfahren konnte. Alle aus seiner Clique waren zu der Lesung gekommen. Auch wenn sie danach nicht miteinander geredet hatten, gab es vielleicht doch noch eine kleine Chance, sich zu treffen. Und die wollte er auf gar keinen Fall verpassen.

8

Hauke wachte in seinem Hotelzimmer auf und ging erst einmal auf den Balkon. Die Luft war schon jetzt erstaunlich warm, es konnte einer jener schönen Sommertage werden, an die man noch nach Jahren zurückdachte. Vor ihm lag die Nordsee wie eine dunkelblaue Samtdecke, das Wasser glitzerte in der Morgensonne, als sei es mit Diamanten besetzt. Eine schwanenweiße Fähre glitt mitten hindurch zur Nachbarinsel. Dazu piepsten ein paar Austernfischer, Möwen krächzten. Das war der Sound seiner Kindheit.

Er war erleichtert, dass die Lesung gut gelaufen war und die Insulaner ihm ihr Okay für seinen Roman gegeben hatten. Ein Mord auf ihrer Insel in der Hauptsaison, ohne dass der Täter gefasst war, wäre im wirklichen Leben eine Katastrophe, danach sehnte sich keiner.

Er musste an Wiebke denken. Ihre treibende Kraft hatte ihn damals dazu gebracht, heimlich mit nach Sylt zu fahren. Sie war schon immer mutiger als er gewesen. Eine Woche nachdem sie abends kleinlaut wieder zurückgekehrt waren, hatte Wiebke Geburtstag. Sie beide rechneten fest damit, dass sie als Strafe nicht feiern durfte. Aber da hatten sie ihre Eltern unterschätzt.

Brar und Enke waren richtig erschrocken gewesen, weil sie erst durch diese Aktion verstanden hatten, wie übermächtig der Drang ihrer Tochter gewesen war, auf die Nachbarinsel zu fahren. Solche Wünsche waren ihnen bei all der Arbeit auf dem Hof komplett entgangen, und es tat ihnen sogar leid.

An Wiebkes Geburtstag mietete Brar Hinnerks Kutter und nahm die ganze Clique mit an Bord. Gemeinsam ging es dann rüber nach Sylt. Enke und Brar hatten sich gekleidet, wie es Bauern eben tun, die sich auf den Weg in die Stadt machen: Enke trug ein altmodisches Kostüm zu ihrer Dauerwelle, der hagere Brar einen schlackernden Anzug, dazu weißes Hemd mit schwarzem Schlips. Hauke fand das völlig in Ordnung, aber Nicole, Wiebke und Kai war ihr Aufzug peinlich.

Als sie in Hörnum ankamen, nahmen sie erst mal den Linienbus ins mondäne Kampen. Hier hatten Brar und Enke vor Jahrzehnten mal Kaffee zusammen getrunken, das wollten sie nun wiederholen.

Kampen erfüllte jedes Klischee von Reichtum. Im Ort standen die prächtigsten Reetdachhäuser. Einige waren noch größer als die in Nieblum, und die waren schon imposant. Auf den Straßen kutschierten grauhaarige Herren junge Frauen in Cabrios durch die Gegend. Für Hauke war der Anblick ein Fest: Hier waren tatsächlich sämtliche Sportwagen aus seinem Autoquartett zu sehen! Porsche war der kleinste unter ihnen, er sah das erste Mal Lamborghinis, Jaguars und sogar den seltenen und irrsinnig teuren Jensen Interceptor, sein Traumauto.

Sie kehrten auch in den Sommergarten des «Gogärtchen» in der sogenannten Whiskystraße ein. Die Gäste waren überwiegend weiß gekleidet, trugen getönte Brillen. Hauke und seine Freunde verunsicherte die mondäne Umgebung, er fühlte sich wie ein unbeholfener Dorfjunge. Wiebkes Eltern hingegen schien Kampen nicht sonderlich zu beeindrucken.

«Wo kommen Sie her?», erkundigte sich ein Mann am Nebentisch neugierig. Der Mittfünfziger hatte seine Haare zurückgegelt und trug eine Sonnenbrille mit blau getönten Gläsern. An drei Fingern seiner rechten Hand trug er klotzige Goldringe.

«Wir haben einen Hof auf der Nachbarinsel», sagte Brar.

Der Mann schien überrascht. «Im Ernst? Sie sind echte Bauern?»

«Irgendjemand muss ja dafür sorgen, dass ihr was zu essen kriegt», entgegnete Brar gelassen.

«Von Diamanten wird man halt nicht satt», fügte Enke mit ihrem starken friesischen Akzent hinzu.

Der Mann lächelte, als hätte er gerade in eine Zitrone gebissen.

Im Nachhinein fand Hauke das kess und selbstbewusst, aber damals wäre er vor Scham am liebsten im Erdboden versunken. Nicole fand sich sofort zurecht in dieser vornehmen Welt, sie bestellte souverän einen Eisbecher, der hier so viel kostete wie drei auf ihrer Heimatinsel. Für einen Moment stellte Hauke sich vor, wie es wäre, allein mit ihr an diesem Ort zu sein. Er spürte, dass er diesen Gedanken aufregend fand. Erst als Nicole ihn ansah, merkte er, dass er sie die ganze Zeit angestarrt hatte. Schnell schaute er weg. Später schämte er sich für seinen Tagtraum: Sie waren eine Clique, sie vier gehörten zusammen. Wie kam er überhaupt dazu, nur zu denken, dass er und Nicole …

Hauke strich mit der Hand über die Holzbrüstung des Balkons und schaute aufs Meer. Wie wäre sein Leben wohl verlaufen, wenn Nicole und er tatsächlich zusammengekommen wären? In den letzten Jahren hatte Hauke mal mit Partnerin gelebt, mal als Single, das wechselte. Auch beruflich war es wechselhaft gewesen. Er hatte lange Zeit mehr mit dem Überleben in der Großstadt zu tun gehabt als mit ernsthaften Beziehungen. Bis irgendwann der Durchbruch als Schriftsteller gekommen war. Hatte sich das wirklich gelohnt?

Es war müßig, sich solche Fragen zu stellen. Dieser Tag, bei einem derartigen Traumwetter, war nicht für schwere Gedanken gemacht. Er zog sich schnell die Badehose an, schnappte sich ein Handtuch und ging nach unten in die Hotelhalle. Er wusste nicht, ob das bei Gästen und Personal als angemessene Kleidung gesehen wurde, aber es war ihm egal.

Der Strand begann direkt vorm Haus. Er sprang vergnügt ins Wasser. Das flache Wattenmeer hatte sich in der Sonne und bei Ebbe stark aufgeheizt, es war erstaunlich, wie warm die Nordsee war. Mit schnellen Zügen kraulte er ein Stück hinaus und tauchte dann ein paar Meter. Unter Wasser musste er erneut an Nicole denken. Daran, wie sie damals alle zusammen durch Kampen geschlendert waren und über die große Welt gestaunt hatten oder jedenfalls das, was sie dafür hielten.

Plötzlich zischte ein Schatten über ihm durchs Wasser, ihn durchzuckte ein stechender Schmerz an der Schulter. Er tauchte auf und schnappte nach Luft. Irgendwie bekam er mit, wie neben ihm ein junger Surfer sein Brett zum Stillstand brachte.

«Sorry, ich habe Sie nicht gesehen», sagte er erschrocken. «Ist etwas passiert?» Der Jugendliche war schlank und sehr muskulös.

«Nein.»

«Sie bluten aber an der Schulter.»

Jetzt erst bemerkte Hauke das Blut, das ihm die Achselhöhle hinunterlief. Der Surfer musste ihn mit seiner Finne erwischt haben. Es tat ziemlich weh.

«Ich bringe Sie an Land», sagte der junge Mann.

«Vielen Dank, aber das schaffe ich schon alleine.»

Doch der Surfer winkte hektisch die Leute von DLRG herbei. Die kamen kurze Zeit später mit einem kleinen Boot angefahren, transportierten Hauke zurück zum Strand und legten ihn dort auf eine Trage, was Hauke reichlich übertrieben fand.

«Es ist doch gar nichts», stöhnte er. «Ich brauche nur einen Verband.»

«Das sollte sich lieber ein Arzt ansehen», widersprach ein DLRG-Junge.

Wenige Minuten später stand ein Krankenwagen mit Blaulicht auf der Promenade, um ihn einzusammeln. Unzählige Feriengäste scharten sich um ihn und starrten ihn an.

«Sind Sie nicht der berühmte Schriftsteller?», fragte einer der Sanitäter.

«Hmm.» Hauke war gerade nicht in Stimmung, das zu kommentieren.

Die Sanitäter brachten ihn ins nahe gelegene Inselkrankenhaus. In der Notaufnahme bat ihn ein Pfleger, sich auf eine Liege in einem kleinen Raum zu legen. «Der Arzt kommt gleich», versprach er.

In diesem Moment huschte eine Ärztin in weißem Kittel vorbei.

Konnte das wahr sein? Oder halluzinierte er?

«Nicole?», fragte er.

Keine Antwort.

Er hatte eindeutig halluziniert.

Um auf andere Gedanken zu kommen, starrte er auf die Schautafeln an der Wand, die zeigten, wie man einen Patienten bei Herzstillstand richtig animiert. Was für ein Unsinn! Die Ärzte sollten das ja wohl auswendig wissen, und die Patienten, die hier lagen, konnten sich kaum selber reanimieren.

Nach einer Weile öffnete sich die Tür. Es war die Ärztin, die er für Nicole gehalten hatte.

«Moin, Hauke. Wer hätte gedacht, dass wir uns so schnell wiedersehen?»

Er rieb sich die Augen. «Bist du es echt, Nicole?»

Sie nickte.

«Ich dachte schon, ich spinne. Was machst du hier?»

«Arbeiten.»

«Lebst du nicht in Berlin?»

Sie lächelte. «Nicht mehr. Seit einer Woche bin ich wieder auf der Insel.»

«Hat dich die Sehnsucht zurückgetrieben?»

Sie schüttelte den Kopf. «Meine sechsjährige Tochter soll lieber hier aufwachsen. In der Großstadt erstickt sie noch an den Abgasen, und außerdem ist es dort viel zu hektisch. Deswegen habe ich entschieden, mit ihr hierherzuziehen.»

«Und was sagt ihr Vater dazu?», erkundigte sich Hauke, obwohl ihm die Frage gar nicht zustand.

«Der ist in der ganzen Welt unterwegs.» Sie blickte kurz zu Boden. «Wir sind seit längerer Zeit getrennt. Und wenn er mal da ist, ist es ihm auch egal, ob er nach Berlin oder hierher fährt, um Constanze zu sehen.» Jetzt schaute sie ihn direkt an. Ihre Augen hatten immer noch das intensive Braun von früher. Es berührte ihn, ein Zeichen der Frau von damals wiederzuerkennen. Ansonsten hatte sie sich äußerlich ziemlich verändert. Er war sich nicht sicher, ob er sie auf der Straße wiedererkannt hätte.

Hauke staunte. Dafür dass sie gestern nicht ein einziges Wort miteinander geredet hatten, war das hier schon eine Menge Text.

«Was ist denn mit deiner Schulter passiert?», erkundigte sie sich.

«Nichts. Ich wollte gar nicht hierher, aber die von der DLRG haben darauf bestanden.»

Sie bewegte seinen Arm vorsichtig auf und ab. «Geht das?»

Ihr Parfüm roch gut.

«Ohne Probleme.»

«Es ist nur eine Schürfwunde, ich desinfiziere sie, das war es dann.»

«Okay.»

«Wie sieht's mit Tetanus aus?», fragte sie.

«Habe ich.»

Sie besprühte die aufgeschürfte Stelle an seiner Schulter, es brannte leicht.

«War übrigens schön, deine Lesung», sagte sie. «Ich habe alles wiedererkannt.»

«Freut mich.»

«Und sonst?», erkundigte sie sich. «Wo wohnst du genau in Berlin?»

«Am Maybachufer.»

«Ah, am Landwehrkanal, im schicken Teil von Neukölln. Nicht schlecht.»

«Ich nenne es immer ‹Bad Neukölln›.»

Sein Leben dort fühlte sich gerade ziemlich weit weg an.

«Ich wusste, dass bei dir alles klappen würde.» Sie lächelte.

«Wieso?»

«Das hast du früher schon ausgestrahlt.»

Hauke staunte. Woher nahm sie das? Er selbst hatte sich damals orientierungslos gefühlt. Sie hatte ihn links liegen gelassen und voll auf Kai gesetzt. Der schien nämlich genau zu wissen, was er werden wollte.

«Brauchst du ein Schmerzmittel?»

«Ach was, danke.»

Sie schaute auf die Uhr. «Ich habe jetzt Feierabend.» Sie sah ihn aufmerksam an.

Was ging wohl in ihr vor?

«Am liebsten würde ich jetzt rüber nach Kampen fahren, wie damals. Das war doch sehr nett», sagte sie.

Sehr nett? Es war so viel mehr gewesen! Der Ausflug hatte ihnen allen eine neue Welt eröffnet.

Er war verunsichert. Wollte Nicole ihnen gerade eine Gelegenheit eröffnen, sich zu verabreden? Aber das signalisierte ihr Ton eigentlich nicht, es klang eher distanziert.

«Wollen wir uns einen Kaffee aus dem Automaten ziehen?», schlug sie vor.

Also doch eine Verabredung, wenn auch nur eine kurze.

Er erhob sich, ging mit ihr in den Flur und zog für Nicole einen Latte macchiato und für sich einen schwarzen Kaffee mit Zucker – oder jedenfalls, was der Automat dafür hielt. Seiner schmeckte fürchterlich, aber Nicole schien den Geschmack gewohnt zu sein. Sie verzog keine Miene. Zusammen schlenderten sie durch eine Glastür nach draußen und setzten sich auf eine Bank vors Krankenhaus. Die Sonne schien angenehm auf sie herab.

«Warum bist du *wirklich* zurück auf die Insel gekommen?», fragte Hauke nun.

«Wegen meiner Tochter, habe ich doch schon gesagt.»

Er hob eine Augenbraue.

Sie grinste. «Okay, die Sache ist natürlich auch die: Im Inselkrankenhaus werde ich schneller Chefärztin als in

Berlin, aber psst! Und nebenbei kann ich vielleicht noch ein paar andere Geschäfte abwickeln, wer weiß. So gesehen ist die Insel perfekt für mich.»

«Na, denn.» Er wusste nicht, ob sie das ernst meinte oder ihn nur ein bisschen testen wollte.

«Du kannst dir wahrscheinlich überhaupt nicht mehr vorstellen, hier zu wohnen, oder?»

Hauke lachte. «Ehrlich? Nein.»

«Du hast kein Kind?»

«Nein», antwortete er.

Sie trank ihren Latte macchiato aus. «Ich muss jetzt los, Constanze abholen.» Sie gab ihm unverbindlich die Hand.

«Vielen Dank, dann mach es gut», sagte er.

«Du auch.»

«Danke.»

Dann verschwand sie durch die Glastür.

Er blickte ihr nachdenklich hinterher. Und das war jetzt alles, was übrig geblieben war? Von der Frau, die ihn nächtelang um den Schlaf gebracht hatte? Nicht, dass er noch etwas von ihr gewollt hätte. Aber irgendwie fühlte es sich trotzdem an wie ein endgültiger Abschied. Und das tat weh.

9

Am nächsten Morgen war Wiebke mit dem Trecker auf ihrem Acker unterwegs und pflügte. Sie hatte gestern noch bis tief in die Nacht Haukes Buch gelesen und war nun hundemüde. Der Krimifall interessierte sie nur am Rande. Vielmehr faszinierte sie, wie liebevoll und detailliert er die Orte der Insel beschrieb: die Hagebuttenbüsche um Antjes Museum, die prächtige alte Holländermühle im Nachbardorf, die große Düne am Meer, die einem an heißen Tagen wie die Sahara vorkam. Sogar Haukes und ihr Lieblingsort kam darin vor, ein Platz zwischen den Büschen am Südstrand, wo sie stundenlang Flöte gespielt hatten. Sie meinte, einige ihrer Gespräche von damals fast wortwörtlich in seinem Roman wiedererkannt zu haben. Wie viele Stunden hatten sie unterm Sternenhimmel gesessen und geredet! Zum Beispiel darüber, dass dort oben das Licht von Himmelskörpern zu sehen war, die schon lange verglüht waren. Die Farben des Himmels über dem Wattenmeer beschrieb Hauke so treffend, dass es ihr den Atem verschlug.

Am Ende der Geschichte versteckte sich die Hauptfigur, die von der Insel stammte, vor dem Mafioso, der ihn jagte. Auf der Verfolgungsjagd sprang der Gejagte mit einem

Klopperstock gekonnt über breite tiefe Gräben – wie sie in ihrer Kindheit. Sogar ihre Eltern, Enke und Brar, kamen vor, Hauke beschrieb ihren Hof in allen Details. Schade, dass sie das Buch nicht mehr lesen konnten. Sie wären stolz gewesen, auf diese Weise gewürdigt zu werden.

Wiebke wendete und zog eine weitere Bahn mit dem Trecker. Es tat gut, in diesem Moment eine Aufgabe zu haben, etwas Übersichtliches zu tun, anstatt zu Hause herumzusitzen und zu grübeln. Seit gestern hatte sich eine Unruhe in ihr ausgebreitet, wie sie sie lange nicht mehr verspürt hatte. Eigentlich war es erbärmlich, dass sie und Hauke nach der Lesung auseinandergegangen waren wie Fremde. Aber es ließ sich nicht rückgängig machen.

Wiebke griff zu ihrem Handy, um ihre Kinder anzurufen. Enna und Broder spielten gerade am Sörenswai-Vorland, genau wie sie in ihrer Kindheit. Sie hatte den Kindern Obst und zu trinken mitgegeben, brauchte sich also keine Sorgen zu machen. Das war das Schöne, wenn man in diesem Dorf hinterm Deich aufwuchs: Kinder hatten hier viel mehr Freiheiten als in der Stadt.

«Unsere Hütte hat sich seit gestern von selber weitergebaut!», erzählte Broder aufgeregt.

Sie stutzte. Irgendjemand hatte anscheinend ein paar Wände mit Treibgut abgedichtet, seit sie das letzte Mal dort waren.

«Ich wollte euch demnächst mal abholen, mein Schatz», sagte sie.

«Och, bitte noch nicht, Mama», bettelte ihr Sohn. «Wir

spielen gerade so schön, und wir haben noch ganz viel Arbeit vor uns.»

Sie lachte. Ihr Sohn sprach manchmal wie ein Erwachsener. «Ist in Ordnung, Meister. Dann arbeite ich auch noch ein bisschen weiter. Gib deiner Schwester einen Kuss von mir, ich melde mich später.»

Stur zog sie weiter ihre Bahnen. Und je länger sie fuhr, desto klarer wurden ihre Gedanken. Vielleicht sollte sie das Wiedersehen mit Hauke ganz nüchtern betrachten: Sie hatte einen Freund von früher wiedergetroffen, kurz begrüßt, und offensichtlich gab es kein weiteres Interesse aneinander. Es war doch gar nichts Schlimmes passiert. Sie war alleinerziehende Mutter und hatte einen Hof zu führen, da hatten Sentimentalitäten keinen Platz.

Plötzlich ruckelte ihr Trecker. Obwohl sie Gas gab, passierte nichts mehr. Schließlich ging der Motor ganz aus. Sie probierte es ein paarmal, ohne Erfolg. Das konnte jetzt nicht wahr sein! Erst machte ihr Wagen schlapp, nun der Trecker. Damit war ihr Hof komplett lahmgelegt.

Sie rief Landmaschinenmechaniker Folke aus dem Nachbardorf an, der zum Glück zufällig in der Nähe war: Eine Viertelstunde später kam er mit seinem uralten Landrover quer über die Ackerfurchen gebrettert. Er stieg aus und stakste mit seinen groben Arbeitsschuhen auf sie zu. Der Mittzwanziger war an die zwei Meter groß und sehr dünn, was seine enganliegende dunkelblaue Latzhose noch einmal besonders betonte. Als Heavy-Metal-Fan trug er lange Haare, die er heute zu einem Pferdeschwanz zusammengebunden hatte.

«Moin, Wiebke, was hat er denn?»

Sie verzog das Gesicht. «Der Motor sagt keinen Pieps mehr.»

«Lass mal sehen.»

Folke öffnete die Motorhaube, machte ein paar Handgriffe und schloss dann seinen Laptop an, der ihm die Ursache anzeigte.

«Die Dieselpumpe ist hin», murmelte er.

«Ist das teuer?»

Eine unsinnige Frage, weil sie die Antwort kannte.

«Hmh.»

Ihr Dispokredit war gerade bis zum Rand ausgeschöpft, für eine teure Reparatur hatte sie überhaupt kein Geld. «Kann man da denn nichts machen?»

Folke kratzte sich am Kinn. «Baujahr?»

«Müsste ich nachgucken.»

«Vielleicht finde ich unter den Ersatzteilen in der Werkstatt was Gebrauchtes.»

«Du bist meine Rettung!», rief sie begeistert.

Er wiegelte ab: «Hängt vom Baujahr ab.»

«Notfalls ändere ich das.» Sie grinste.

Er sah sie verwirrt an. «Nützt ja nix, muss passen.»

«War nur 'n Witz.»

Sie hatte ein flaues Gefühl im Magen. Till Carlsen von der Landwirtschaftsbank hatte letzte Woche angerufen und behauptet, dass ihre Kreditlinie endgültig erreicht sei. Das konnte nicht stimmen. Ihr Hof war nicht besonders groß, aber auch nicht zu klein, jedenfalls hieß es das vor zehn Jahren. Jetzt sah offenbar alles anders aus.

Es war ein harter Kampf, aber ihre Zwillinge sollten weiter die Möglichkeit haben, auf dem Hof aufzuwachsen, so wie sie damals. Das war ihr größter Wunsch. Ihre Finanzen sollte sich auf jeden Fall mal ein unabhängiger Fachmann anschauen. Zahlen waren nicht gerade ihre Stärke, trotzdem war bis jetzt geschäftlich alles einigermaßen glattgelaufen, toi, toi, toi!

Folke fuhr mit seinem Geländewagen nach Hause, um das Ersatzteil zu holen. Unterdessen setzte Wiebke sich auf den Treckersitz und starrte auf das halb gepflügte Feld, über das ein leichter Wind strich. Es hörte sich an wie sanfte Musik.

Ihr Handy klingelte, Gretas Name erschien auf dem Display.

«Moin, Greta, was gibt's?»

«Wo geit di dat?», fragte ihre Freundin.

«Alles gut», behauptete Wiebke. Sie hatte keine Lust, von ihrer misslichen Lage zu erzählen. Es war auch so schon schlimm genug.

«Wie fandest du Haukes Lesung gestern?» Greta schien in Plauderlaune zu sein.

«Toll! Ich bin gerade dabei, seinen Roman zu lesen.»

«Ich habe ihn schon ganz durch und muss sagen: Es lohnt sich!»

«Aber bitte nichts verraten», sagte Wiebke.

«Was denkst du von mir? Also der Mörder am Schluss ist überraschenderweise …» Sie brach ab und lachte. «Keine Angst.»

«Ich bin gespannt.»

«Sag mal, was hältst du davon, wenn wir morgen zusammen essen gehen?», fragte Greta.

Wiebke verzog das Gesicht. Gott sei Dank konnte ihre Freundin das nicht sehen. Nach Essengehen war ihr gerade gar nicht zumute, außerdem hatte sie überhaupt kein Geld. Und dann brauchte sie noch einen Babysitter für die Kinder. An sich kein Problem, aber sie war ja gestern Abend erst weg gewesen.

«Schöne Idee, aber irgendwann anders vielleicht.»

«Komm, ich lade dich auch ein.»

Da fiel ihr ein, dass Enna und Broder morgen bei einem Freund übernachten würden, der seinen Kindergeburtstag feierte. Das machte die Sache einfacher.

«Gibt es denn was zu feiern?», fragte sie. Wiebke war mit Greta öfter im Café, aber essen gingen sie selten.

«Nee, einfach nur so.»

Sie überlegte einen Moment. Dann sagte sie: «Das ist furchtbar nett, Greta, aber ich habe gerade eine Menge Probleme an der Backe. Mein Trecker ist verreckt und mein Auto auch.»

«Oje.»

«Verstehst du, oder?»

«Klar. Aber falls du es dir anders überlegst: Ich bin morgen um acht im Krögers.»

«Danke, da muss ich wohl leider passen.» Ihr tat es schon leid, als sie es aussprach.

«Dann tschüs, oder vielleicht bis morgen. Ich habe die Hoffnung noch nicht aufgegeben.»

«Okay, ich denk drüber nach – tschüs, meine Liebe.»

Wiebke schaute nachdenklich über das halb gepflügte Feld. Sie hatte gerade keinen Kopf für Verabredungen. Und keine Zeit. Und Geld hatte sie auch nicht, sie musste den Speck zusammenhalten, wie ihr Vater es immer ausgedrückt hatte. Einladen lassen wollte sie sich schon gar nicht.

Nach einer Weile kam Folke mit einem gebrauchten Ersatzteil wieder und machte sich daran, die Dieselpumpe einzubauen. Sie blickte ihm neugierig über die Schulter, um es beim nächsten Mal vielleicht alleine hinzubekommen und so eine Menge Geld zu sparen. Aber das war nur eine naive Idee, die Reparatur war viel zu kompliziert. Alles konnte sie eben auch nicht. Folke hingegen führte seine Handgriffe wie im Schlaf aus.

«Starte mal bitte den Motor», rief er, als das Teil eingebaut war.

«Wird gemacht.» Wiebke kletterte auf den Fahrersitz und drückte den Knopf für den Anlasser. Der Dieselmotor meldete sich prompt mit regelmäßigem Tuckern. «Klingt für mich wie Musik!», rief sie erleichtert.

«Die Rechnung kann ich aber frühestens in einem Vierteljahr schicken», kündigte er mit unmerklichem Augenzwinkern an.

Das war mehr als fair und verschaffte ihr finanziell etwas Luft.

«Föl thoonk.»

Folke packte sein Werkzeug ein, stieg wortlos in seinen Geländewagen und tuckerte davon. Sie startete den

Trecker, legte den Schleppgang ein und zog weiter ihre Bahnen auf dem Feld.

Eigentlich sollte ihre Rettung gefeiert werden. Also rief sie Greta an und sagte für das Essen morgen Abend zu. Vielleicht wurde doch noch alles gut.

10

Am nächsten Abend brachte Wiebke Enna und Broder samt Schlafsäcken rüber zu Andresens Hof am anderen Ende des Dorfes, wo die Kinder heute übernachten wollten. Marie und Malte Andresen hatten sechs Kinder, das zweitjüngste feierte heute Geburtstag, mit Übernachtung.

Wiebkes Passat-Kombi stand immer noch in der Werkstatt, morgen sollte er fertig sein. Nachdem sie sich von den Kindern verabschiedet hatte, schaute sie verträumt in den Abendhimmel, der sich wieder einmal makellos blau präsentierte, und schwang sich dann auf ihr Rad. Sie radelte selten längere Strecken auf der Insel, vor allem, weil sie zu wenig Zeit dafür hatte. Aber heute passte es, zumal es bis zu Krögers nur zwanzig Minuten waren.

Zweimal innerhalb einer Woche auszugehen – erst die Lesung, dann heute ins Restaurant –, das war in den letzten Jahren nie vorgekommen. Doch sie hatte sich einen Ruck gegeben: Gerade wenn es eng wurde, musste man zwischendurch mal Pause machen, um einen klaren Kopf zu bekommen. Greta und sie sahen sich nicht besonders oft, aber wenn, entstanden immer sehr intensive Gespräche, was Wiebke sehr genoss. Bei einem guten Gläschen

Wein konnten sie stundenlang über Gott, die Männer und die Welt quatschen und hatten dabei eine Menge Spaß. Was nicht hieß, dass sie sich nicht auch über Sorgen und Probleme austauschten. Nachdem Greta auf die Insel gezogen war und in Tante Hilles Haus die kleine Inselbuchhandlung eröffnet hatte, hatten Wiebke und sie begonnen, sich öfter zu sehen. So war aus Sympathie Freundschaft geworden. Insgeheim ertappte Wiebke sich bei dem Gedanken, dass Greta mit der Zeit so etwas wie ein Ersatz für ihre verlorengegangene Clique geworden war. Worüber sie sehr dankbar war.

In Jeans und weißer Bluse fuhr Wiebke durch die Marsch und erreichte das Nachbardorf mit starkem Rückenwind von Westen noch schneller als gedacht. Ein Reetdachhaus nach dem anderen schmiegte sich an die «Dörpstraat» mit den alten Bäumen. Links und rechts gingen ein paar Stichstraßen ab, das war es. Bekannte Maler hatten diesen Ort gemalt, weil er so idyllisch war.

Wieder einmal kam Wiebke zu früh an. Sie hielt an dem weißen Reetdachhaus, vor dem Gebäude standen vier Linden, deren Blätter im leichten Wind rauschten. Es war immer noch angenehm warm. Sie stieg vom Rad ab, lehnte es an einen der Bäume und öffnete die schwere Holztür zum Gastraum. Die grauhaarige Anni bediente drinnen wie immer in weißer Kittelschürze. Ihr Mann Karl, der seine obligatorische schwarze Lederweste trug, zapfte gerade am Tresen ein paar Blonde. Wiebke schaute sich um, aber Greta war nicht zu sehen.

«Moin, Wiebke», grüßte Anni.

«Moin, ich bin mit Greta verabredet, ist sie schon da?»

«Nee. Aber ich habe euch einen Platz im Festsaal reserviert.»

War der nicht ein bisschen groß für sie beide? Von nebenan hörte sie, wie eine Tanzkapelle auf der Bühne «Rosamunde» spielte.

«Wir haben morgen eine Goldene Hochzeit», erklärte Anni. «Die Jungs von der Band machen gerade die letzte Probe und sind dann gleich weg.»

«Ich warte lieber draußen», meinte Wiebke.

Sie wollte das gute Wetter noch ein bisschen ausnutzen, lehnte sich an eine der Linden und genoss die Ruhe. Für längere Zeit kam kein Auto vorbei, die Stille auf der Dörpstraat war wunderbar. Wieder einmal fiel ihr auf, wie viele Bäume es hier gab, das war bei ihr im Dorf anders. Dieser Teil der Insel gehörte eben zur Geest, sie hingegen wohnte in der kargen Marsch.

Jetzt dieselte ein Mercedes-Taxi über die Dorfstraße heran und beendete die himmlische Ruhe. Der Wagen hielt direkt vor dem Dorfkrug. Der Fahrer grüßte sie per Handzeichen, es war Gerald, der ein paar Höfe weiter bei ihr im Ort wohnte. Hinten stieg ein bulliger, breitschultriger Mann aus dem Wagen. Sein schwarzes Hemd war zerknittert, seine ausgewaschene Jeans hing auf halb acht. Dazu trug er Cowboystiefel, und das bei diesem Sommerwetter! Sie kannte den Mann.

«Moin, Kai», grüßte sie leise. Wenn sie ihn in den letzten Jahren ein paarmal von weitem im Supermarkt gesehen hatte, war sie ihm immer extra aus dem Weg gegangen, was auf der Insel eine hohe Kunst war, so klein, wie sie war.

«Moin.»

Dann wussten sie beide nicht weiter und schwiegen. War Kai etwa auch im Krögers verabredet? Was für ein blöder Zufall. Bevor jemand sich genötigt sah, etwas zu sagen, kam ein weiteres Taxi angefahren. Es karrte die nächste Überraschung heran, denn heraus stiegen niemand anderes als Nicole und Hauke – zusammen, wohlgemerkt! Nicole trug ein ärmelloses, weit ausgeschnittenes Strandkleid, das ihr perfekt stand, Hauke eine helle Leinenhose und ein klassisches weißes Hemd, das er bis zum Ellenbogen hochgekrempelt hatte.

Was war hier los?

Wieso hatten Hauke und Nicole Kontakt zueinander? Vorgestern auf der Lesung hatte Wiebke nicht beobachtet, dass sie miteinander gesprochen hätten.

«Moin», sagte Wiebke.

Die Clique stand das erste Mal seit zwanzig Jahren zusammen. Kein Wunder, dass alle betreten zu Boden blickten.

«Ich bin hier mit Greta verabredet», sagte Wiebke nun fast entschuldigend, um die Sache so schnell wie möglich aufzuklären.

Die anderen schauten sie verblüfft an.

«Ich auch.»

«Ich auch.»

«Ich auch.»

«Aber wo ist Greta? Sie ist ja gar nicht hier.»

Wieder Schweigen.

«Das war also ein Trick, damit wir uns treffen?», fragte Nicole ungläubig.

«Was soll's?», sagte Kai. «Dann betrinken wir uns eben zusammen.»

«Einverstanden», meinte Hauke.

«Okay», sagte auch Wiebke.

«Ich weiß nicht», sagte Nicole. «Was soll das bringen?» Aber sie blieb, und so gingen sie zu viert in die Gaststube.

«Wo bleibt Greta eigentlich?», fragte Nicole die Wirtin, um es wenigstens noch einmal offiziell zu bekommen.

«Sie hat gerade angerufen, dass sie heute nicht kann», vermeldete Anni. «Sie wünscht euch einen schönen Abend bei uns. Ihr habt einen extra Tisch im Festsaal. Der Deckel heute Abend geht übrigens auf sie.»

Kai deutete auf die kleine Bühne, wo die Instrumente der «Feer Island Band» standen, Schlagzeug, Bass- und Rhythmusgitarre sowie Mikros für alle.

«Weiter als bis hierher hätten wir es mit unserer Band wohl nicht geschafft», sagte er.

Sie gingen in den Festsaal, in dem jede Fußbodendiele zu knarren schien, und setzten sich an den einzigen Tisch in der Mitte, der mit Tellern und Gläsern eingedeckt war. An fast allen Möbelstücken waren Kratzer und Dellen zu sehen, was Wiebke sympathisch fand. Man merkte, dass hier gelebt wurde. Sie nahmen Platz.

Keiner sagte etwas. Im Festsaal stand, wie im Gastraum vorne, eine Standuhr, die laut tickte, Sekunde für

Sekunde. Wiebke blickte in die Runde. Nicole sah elegant in ihrem ockerfarbenen Strandkleid aus. Wie damals so oft hatte sie ihren leicht genervten Schmollmund aufgezogen. Früher waren ihr die Männer nur so zugeflogen, alle hatten sich um sie gerissen. Vielleicht klammerte sie sich immer noch an diese Rolle, aber irgendwann ging auch diese Epoche für sie zu Ende – wem gefiel das schon?

Sie blickte weiter zu Kai. Der spielte stumm mit einem Bierdeckel in der Hand. Seinem starren Blick war nicht zu entnehmen, was in ihm vorging.

Sie lauschten schweigend dem Ticken der Standuhr. Dabei kam vermutlich gerade allen hoch, was sie miteinander verbunden hatte. Sie waren keine Fremden, sondern sie saßen hier, weil sie sich jahrelang so nahe gewesen waren wie niemandem sonst.

Wiebkes Blick wanderte zu Hauke.

«Nett, dass ihr auf meiner Lesung wart», sagte der, um die Stille zu brechen.

Das war erst einmal der kleinste gemeinsame Nenner. Aber keiner antwortete.

Wiebkes Stimmung wechselte innerhalb von Sekunden hin und her, zwischen früher und heute. Sie konnte sich an Haukes erwachsenes Aussehen immer noch nicht gewöhnen, zwei Jahrzehnte hatte sie das jugendliche Bild von ihm im Kopf gehabt. Dieser Mann in seinem weißen Hemd war jemand anderes. Sie hätte lieber den alten Hauke wieder getroffen.

Jetzt kam Anni herein, um die Bestellungen aufzunehmen. Auch sie hatte es früher schon gegeben, sie kam sogar in Haukes Buch vor, dort hieß sie allerdings Marie.

Kai fuhr sich mit der Zunge über die Lippen. «Labskaus mit Gurke und Ei bitte.»

Nicole orderte Scholle. «Dazu den Kartoffelsalat, aber bitte ohne Speck.»

«Nehme ich auch», sagte Hauke. «Für mich aber bitte mit *viel* Speck.»

Wiebke entschied sich für das Lamm.

Alle hatten Gerichte von früher bestellt, die sie ewig nicht gegessen hatten. Offenbar wollten sie ihre Erinnerungen auch schmecken.

«Wisst ihr noch Letj Arfst?», rief Hauke plötzlich in die Runde.

Alle mussten grinsen.

In ihrem Dorf waren Geburt und Tod ganz natürliche Bestandteile des Lebens gewesen. Sie waren als Kinder alle in der Freiwilligen Feuerwehr, das war selbstverständlich. Die Feuerwehrkapelle spielte auf Beerdigungen, aber eben auch, wenn ein Kind zur Welt gekommen war und die Nachbarn zum «Kindskiek» zusammenkamen.

«Letj Arfst», der «kleine Arfst», war der Schuster im Ort gewesen, der sich mit Reparaturen von Satteln, Zaumzeug und Schuhen zu seiner kargen Rente ein bisschen dazuverdiente. Mit neunzig Jahre starb er. Als sie mit der Kapelle an seinem Grab auf dem alten Walfängerfriedhof spielten, passierte eine peinliche Panne: Der Sarg verkantete sich in der Grube und blieb einfach stecken. Die Trauergäste standen um das Loch herum und mussten das alles mit ansehen. Erst ruckelten die Sargträger vergeblich an der Kiste, dann stiegen ein paar beherzte Feuerwehrmänner in die Grube, um den Sarg von unten freizubekommen. Kai war einer von ihnen gewesen. Aber sosehr sie auch daran ruckelten, nichts bewegte sich. Irgendwann brachte jemand einen Schaufelstiel als Hebel. Am Schluss waren alle schweißüberströmt. Für Letj Arfsts trauernde Witwe und seinen Sohn musste das eine Tortur gewesen sein. Die Geschichte erzählte man sich im Dorf noch nach Jahren.

«Arfst wollte einfach nicht unter die Erde», sagte Wiebke. «Kann man ja auch verstehen.»

«Ja, finde ich auch. Wer will schon sterben?», pflichtete Nicole ihr bei.

Da erhob Kai sich unvermittelt und ging auf die Bühne. Dort setzte er sich ans Schlagzeug und begann, einen schnellen, aufpeitschenden Rhythmus zu spielen.

«Mit unserer Band hätten wir locker die Charts knacken können», rief Hauke übermütig.

«Aber nicht so, wie wir das angegangen sind», erklärte Kai, während er weitertrommelte. «Heute weiß ich, wie wir ganz nach oben gekommen wären.»

Mit zehn, elf wollten sie zusammen eine Band gründen und Popstars werden. Dazu brauchten sie natürlich entsprechende Instrumente. Ihre Eltern sahen das skeptisch oder hatten, wie in Haukes Fall, einfach kein Geld. Also jobbten die Kinder, wo es nur ging, sämtliche Einnahmen kamen in die gemeinsame Bandkasse. Als sich die Idee von ihrer Band im Dorf herumsprach, gab es erstaunliche

Reaktionen. Wie die vom alten Fiete Carlsen, dem pensionierten Inselpostboten. Er rief sie eines Tages zu sich in sein winziges Reetdachhaus, das mit antiken Möbeln vollgerammelt war. Wiebke erinnerte sich noch an das fahle Nachmittagslicht, das durch die kleinen Scheiben fiel.

Fiete zeigte ihnen eine alte E-Gitarre. «So'n Instrument muss am Anfang gut eingespielt werden, damit es nach was klingt», erklärte er.

Dass das bei einer E-Gitarre unnötig war, wussten sie damals noch nicht. Sie glaubten ihm.

«Und wie macht man das?», fragte Hauke. «Zeig mal!»

Fiete lächelte. «Diese Gitarre braucht nicht mehr eingespielt zu werden, mein Junge. Das hat schon jemand anderes gemacht.»

«Du?»

«Nee, Joon Lehnen», flüsterte er mit bedeutungsvollen Blicken.

Mit diesem Namen konnten die vier Freunde überhaupt nichts anfangen.

Fiete war empört. «Ihr kennt Joon Lehnen nicht?»

Das kam anscheinend einer Beleidigung gleich.

«Nein!»

«Joon Lehnen, den kennt doch jeder!»

Fiete war verzweifelt, bis Wiebke ihn erlöste, weil ihr dämmerte, wessen Namen er da die ganze Zeit falsch ausgesprochen hatte: «John Lennon? Echt? Der hat diese Gitarre gespielt?»

Fiete nickte. «Ich habe damals in Hamburg im Star Club als Kellner gearbeitet. Joon war mein bester Freund.

Obwohl, er schuldet mir immer noch einen Deckel, den er nie bezahlt hat.»

Ein paar Tage nach dieser Begegnung bekamen sie ein scheddriges Drumset von einer Festländerin geschenkt, deren Sohn es mal gespielt hatte, aber mittlerweile aus dem Haus war. Wiebke übernahm das Schlagzeug, Nicole spielte Gitarre und sang, Kai bediente den Bass, Hauke spielte Querflöte und sang die zweite Stimme. Sie nannten sich «Waastwinj», was das friesische Wort für Westwind war, und konnten nun endlich loslegen. Die Gitarren schlossen sie an eine Stereoanlage an, richtige Verstärker waren zu teuer, die kamen erst, als sie fünfzehn wurden. Bis dahin hatten sie keine Scheu gehabt, auch mal das Glockenspiel der Feuerwehrkapelle in ihre Stücke einzubauen.

«Unser Fehler war, dass wir das nicht durchgezogen haben», befand Kai. «Und dass wir mit der üblichen Besetzung gespielt haben: Schlagzeug, Gitarren und Gesang, wie alle halt.»

«Was war denn daran falsch?»

«Wir hätten bei unseren Instrumenten aus dem Spielmannszug bleiben sollen.»

Alle blickten ihn erstaunt an.

«An eine Teenieband mit Glockenspiel und Flöte hätte sich jeder erinnert», meinte er.

«Kann sein», sagte Nicole, ihre Sängerin. Wobei ihr Gesangstalent sich eher in Grenzen gehalten hatte, das musste man im Nachhinein zugeben.

«Zu spät.»

«Wir hätten Millionäre werden können», murmelte Kai. Es klang fast verbittert, als wenn er das für das größte Unglück seines Lebens hielt.

«*Multi*millionäre!», verbesserte ihn Wiebke grinsend.

«Ich hätte die ganze Insel gekauft und mich selbst zum Fürsten ernannt», scherzte Hauke.

Kai hielt sofort dagegen. «Mit dem, was du heute verdienst, kannst du dich auch nicht beklagen. Aber der Fürst wärst du niemals geworden.»

«Wieso?»

Kai richtete sich steil auf und grinste. «Weil *ich* das schon geworden wäre.»

«Dann hätten wir Krieg gegeneinander führen müssen, um das zu klären», feixte Hauke.

«Am Ende wäre die Insel vielleicht geteilt worden», meinte Nicole.

Alle lachten.

Wie ihrer aller Leben wohl verlaufen wäre, wenn sie auf der Insel geblieben wären? Ob sie mit «Waastwinj» ein bisschen erfolgreich geworden wären? Oder hätten sie irgendwann CDs mit Entspannungsmusik für Touristen aufgenommen: «Musik vom Meer». Wiebke kannte einen Insulaner, der das machte, bei dem lief es bestens.

Vielleicht hätten sie auch zusammen eine Pension aufgemacht. Mit ihren unterschiedlichen Talenten wären sie ein Traumteam gewesen: Kai mit seinem Geschäftsinstinkt; Nicole, die etwas hermachte, immer cool blieb und gut mit Zahlen umgehen konnte; Hauke, der richtig zupackte und sich originelle Werbesprüche für ihr Unternehmen ausdenken konnte; und sie selbst, die Bauerntochter, die einen ganzen Hof zusammenhalten konnte und dazu noch zwei Kinder großzog.

Plötzlich brachen alle Dämme. Jedem fiel irgendeine alte Geschichte ein, die wahnsinnigsten Anekdoten kamen auf den Tisch. Bei den Pointen fielen sie sich gegenseitig lachend ins Wort, jeder erinnerte noch ein weiteres Detail, das noch einen draufsetzte.

Sie waren mittlerweile mit der ersten Flasche Wein fertig und orderten eine weitere. Wiebke fühlte sich glücklich, es war fast ein bisschen wie früher.

Irgendwann kam das Gespräch auf Haukes und Wiebkes geheime Flucht zur Nachbarinsel Sylt. Nicole versicherte ihnen, wie sehr sie ihre Reise als blinde Passagiere damals beeindruckt hatte. Aber erst der anschließende Geburtstagsausflug nach Kampen, bei dem Kai und sie auch dabei gewesen waren, hatte eine entscheidende Wendung in ihr Leben gebracht.

«Nachdem ich das erste Mal in Kampen gewesen war, stand für mich endgültig fest, dass ich die Insel verlassen würde», verriet sie.

Gesagt hast du uns aber das Gegenteil, dachte Wiebke bei sich.

Nicole wandte sich nun an Hauke: «Und Kampen war auch das Erste, was mir einfiel, als wir kürzlich unseren Kaffee zusammen getrunken haben. Das war doch super, oder, Hauke?»

Wiebkes Herz blieb stehen: Hauke hatte sich mit Nicole getroffen? Dabei hatte Nicole ihn doch damals abserviert, wie alle anderen auch! Bei *ihr*, Wiebke, hatte Hauke sich nicht gemeldet, dabei waren sie zwei Seelenverwandte gewesen.

Kai hatte damals nach dem Abi für sich und Nicole eine Wohnung in Berlin gesucht, was keiner geahnt hatte. Kurze Zeit später hatte Nicole ihn rausgeworfen.

Aber was hatten Nicole und Hauke jetzt plötzlich miteinander zu schaffen? Durchschaute Hauke sie immer noch nicht? Sonst war Wiebke nicht so nahe am Wasser gebaut, aber als sie hörte, dass die beiden immer noch Kontakt hatten, hätte sie fast losgeheult. Nur mit großer Mühe konnte sie sich zusammenreißen.

«Niemand auf der Insel hat so fest zusammengehalten wie wir damals», seufzte Kai.

«Aber es hat nichts genützt», meinte Hauke, plötzlich resigniert.

«Nichts ist eben für immer», sagte Kai. «Keine Freundschaft und auch keine Liebe.» Er blickte verstohlen zu Nicole.

In diesem Moment stürzte die gute Stimmung endgültig ab.

11

Hauke spielte mit dem Bierdeckel in seiner Hand herum. Die Standuhr tickte und tickte. Ansonsten herrschte Stille. Anni und Karl betraten den Saal und brachten das Essen. Beim Hinausgehen riefen sie fröhlich: «Guten Appetit euch zusammen!» Aber der war allen vergangen. Allein Kai schaufelte unbeirrt sein Labskaus in sich hinein, was Hauke nervte.

Das Ende ihrer Clique war damals eingeleitet worden, als sie einen Teil der Scheune auf Wiebkes Hof als Tonstudio auszubauen begannen. Die Wände sollten mit Eierkartons verkleidet werden, um den Schall zu dämmen. Ausgerechnet er und Wiebke, die von Haus aus am wenigsten Geld hatten, liehen sich welches, jobbten neben den Abivorbereitungen wie wahnsinnig, um ein Mischpult und gebrauchte Mikrophone anschaffen zu können. Nicole und Kai hingegen hatten immer weniger Zeit, sie wurden von ihren Familien gebraucht und waren viel auf dem Festland, so hieß es.

Schritt für Schritt ging es mit dem Tonstudio voran. Am Schluss musste nur noch die Decke des Raumes fertig gemacht werden, was wegen der Höhe schwierig war. Nicole und Kai erschienen an diesem Tag nicht, um mitanzupacken, obwohl sie fest verabredet waren. Sie kamen auch an den folgenden Tagen nicht. Sie kamen nie mehr.

Irgendwann dämmerte es Wiebke und Hauke. Sie kontaktierten Nicoles Eltern, die ihnen verrieten, dass ihre Tochter ganz spontan nach Berlin gezogen war, um dort zu studieren. Es traf Hauke wie ein Schlag ins Gesicht. Wiebke bemerkte, wie fertig er war. Aber er verstummte, es hatte ihm die Sprache verschlagen.

Wo Kai steckte, war erst einmal nicht herauszubekommen. Er war einfach weg. Beide Freunde hatten sich also nicht mal verabschiedet, sie waren einfach verschwunden. Hauke war so aufgebracht, dass er die Tür des halbfertigen Tonstudios eintrat. Daraufhin war es Wiebke, die in Schweigen verfiel.

Voller Wut hatte er sich am nächsten Tag auf den Weg nach Berlin gemacht, um Nicole zur Rede zu stellen. Erst ging es vom Fährhafen nach Hamburg, dort stieg er in den Bus nach Berlin. In der Hauptstadt angekommen, wurde ihm bewusst, was für ein Provinzler er war. Die Riesenstadt erdrückte ihn, sie erschien ihm so viel mächtiger als er. Nirgends konnte er weit sehen, überall versperrten hohe Häuser die Sicht. Aber er ließ sich nicht abbringen: Seine Empörung war stärker als alles andere, er wollte Nicole nicht einfach so davonkommen lassen. Sie sollte ihm ins Gesicht sagen, was los war. Vielleicht war sie ja auch nur für kurze Zeit hierhergezogen, um weitere Pläne für ihre, Haukes und Nicoles, gemeinsame Zukunft zu schmieden. War doch möglich. Als ihm dieser Gedanke kam, wurde ihm klar: Er war hoffnungslos verliebt in diese Frau.

Aufgebracht fuhr er mit der U-Bahn nach Moabit und fragte Passanten nach dem Weg zur Lübecker Straße. Die Adresse hatten Nicoles Eltern ihm Gott sei Dank noch nennen können. Schließlich landete er vor einem schäbigen Altbau. Er erinnerte sich noch genau an das muffige Treppenhaus, an die fremden Essensgerüche, an die knarrenden Stufen und das wackelige Geländer.

Der Türbereich von Nicoles Wohnung im vierten Stock war verglast. Er zögerte, bevor er sich traute zu klingeln. Ihm war richtig schlecht. Mit bebendem Herzen drückte er den Knopf neben der Tür.

Nach einer Weile schlurfte drinnen jemand heran. Hauke traute seinen Augen nicht, als er sah, wer ihm öffnete. Es war Kai, in schwarzer Seidenunterhose. Dieses Bild hatte er jahrelang verdrängt, jetzt stand es ihm unangenehm klar vor Augen.

Kai, der Feigling, machte in seiner Not auf guten Kumpel:

«Moin, Hauke, Alter, wie geil! Komm rein.» Er schien sich kein bisschen zu schämen.

Dann tauchte Nicole hinter ihm auf, nur in T-Shirt und Slip. Sie wollte ihn umarmen.

Doch Hauke hatte sich wortlos umgedreht und war die Treppe hinuntergelaufen. Unten auf der Straße waren ihm die Tränen gekommen. Wieso hatte sie ihm nichts gesagt? Während Wiebke und er weiter an ihrem gemeinsamen Tonstudio auf der Insel werkelten, hatte sie ein neues Leben begonnen. Mit Kai. Ohne die leiseste Andeutung.

Er lief zur nahen Spree, setzte sich ans Ufer und konnte sich erst nach Stunden beruhigen.

Als er abends aus Berlin zurückkam, stand sein Entschluss fest: Er würde die Insel ebenfalls verlassen.

Das besprach er kurz nach seiner Rückkehr ganz offen mit Wiebke und verabschiedete sich dann von ihr. Was sie bitter fand. Sie sagte es ihm nicht, aber ihre Augen sprachen Bände. Denn nun würde sie als Einzige auf der Insel zurückbleiben. Ihre Mutter war vor kurzem verstorben, ihr Vater wurde pflegebedürftig. Sie musste den Hof übernehmen.

Zwanzig Jahre nach diesem Eklat saßen sie sich nun im Festsaal des Krögers das erste Mal wieder zu viert gegenüber.

«Wieso habt ihr euch damals nicht verabschiedet?», rief Wiebke Nicole und Kai zu.

«Unsere Zeit war einfach vorbei», antwortete Nicole. «Ich wollte etwas Neues anfangen. Die Insel habe ich als Ballast empfunden, den ich schnell loswerden musste. Das war einfach so, das kann ich nicht weiter erklären.»

Hauke bekam vor Aufregung eine heiße Stirn: Ballast? Davon hatte er damals überhaupt nichts mitbekommen. Er hatte bis zum Schluss geglaubt, dass kein Blatt Papier zwischen sie gepasst hatte. War er zu naiv gewesen, oder waren die anderen zu verlogen?

«Schön, wenn man die Möglichkeit dazu hatte», warf Wiebke ein. Es musste offenbar mal raus.

«Du hättest doch auch gehen können, wenn du es gewollt hättest», raunzte Kai sie an.

«Du hast sie echt nicht alle!», ging Hauke wütend dazwischen. Er sah, dass Wiebke mit den Tränen kämpfte. Sie hatte ihre Eltern aufopferungsvoll gepflegt, was eine großartige Leistung gewesen war. Dafür hatte sie dumme Bemerkungen wie die von Kai nicht verdient.

«Wenn man etwas im Leben erreichen will, muss man runter von der Insel», erklärte Nicole. «Oder etwa nicht?» Sie sah Hauke auffordernd an.

Wiebke sah nun noch verletzter aus, was Hauke gut verstehen konnte: Sollte das im Umkehrschluss heißen, dass sie nichts erreicht hatte?

«Hätten wir denn deinetwegen bleiben sollen?», fragte Kai.

«Wir waren Freunde!», warf Hauke ein. «Ihr hättet Bescheid sagen können, dass ihr geht, das wäre das Mindeste gewesen. Aber dafür wart ihr zu feige.» Dass nebenbei sein Traum von der ersten großen Liebe in Stücke zerbrochen war, verschwieg er an dieser Stelle. Es war ohnehin nicht zu ändern.

«Was bedeutet Freundschaft denn überhaupt?», fragte Wiebke nun in die Runde. Sie wirkte plötzlich total ruhig.

Hauke hätte sie in diesem Moment am liebsten in den Arm genommen, wie früher. Ihre lebendigen blauen Augen schienen unter Strom zu stehen, so stark leuchteten sie. Wiebke hatte nie gesagt, wenn es ihr schlechtging. Sobald es eng für sie wurde, fuhr sie alle Rollläden herunter. Hauke hatte sie damals so gut gekannt, dass er trotzdem immer gespürt hatte, was in ihr vorging. Da war er wohl der Einzige gewesen. Aber umgekehrt war es genauso, das wurde ihm jetzt klar. Sie hatten sich gegenseitig nichts vormachen können.

«Wenn wir eine Liebesbeziehung gehabt hätten, dann hätten wir miteinander Schluss gemacht, oder?», fragte Wiebke jetzt. Ihr Blick fuhr alle am Tisch nacheinander ab, auch ihn. Aber Hauke wollte nicht mit Wiebke Schluss machen, auf gar keinen Fall! Das war das Einzige, was er in diesem Moment genau wusste.

Kai verzog das Gesicht «Alles hat seine Zeit», murmelte er, «und unsere ist lange vorbei. Das Rumgequatsche können wir uns sparen.»

«Ja», stimmte Nicole zu.

«Ich frage mich gerade, wieso man in Freundschaften nicht Schluss macht», beharrte Wiebke auf ihrem Gedanken.

Geniale Frage, dachte Hauke.

«Was willst du denn eigentlich?», sagte Kai.

Wiebke dachte weiter laut nach. «Ich meine das ganz ernst: Selbst, wenn eine Beziehung nur eine Woche gegangen ist, macht man am Ende Schluss. Man sagt sich, dass man sich trennt, bei längeren Beziehungen gibt man den Haustürschlüssel des anderen zurück, das war es dann. Aber es gibt immer den formalen Akt des Schlussmachens.»

«Ja, und?», fragte Nicole.

«Aber nicht in einer Freundschaft», fuhr Wiebke fort.

«Nicht mal, wenn sie Jahre und Jahrzehnte ging. Oder habt ihr schon mal ein Schlussmachgespräch geführt, weil euch ein Freund plötzlich auf den Senkel gegangen ist und ihr nichts mehr mit ihm zu tun haben wolltet?»

Alle starrten nachdenklich vor sich hin.

«Nein. In der Regel schleicht man sich langsam aus einer Freundschaft raus. Man sagt vage ‹wir sehen uns, ich rufe dich an›, und tut es dann einfach nicht.»

Wiebke hatte recht, fand Hauke. Beim Beenden von Freundschaften waren die meisten Menschen erbärmliche Feiglinge, auch er hatte da keine Heldentaten zu vermelden.

«Wir haben uns auseinandergelebt, das ist normal und passiert jeden Tag Milliarden Mal. Da muss man doch nicht lange drüber reden», widersprach Kai schwach.

Aber Wiebke ließ sich nicht beirren. «Ich möchte, dass wir jetzt ganz offiziell miteinander Schluss machen.»

Hauke gefiel das zwar nicht, aber er sagte nichts dazu, denn sie hatte ja recht.

«Okay, ich bin dabei», sagte Kai.

Nicole fasste es noch einmal kurz zusammen, das brauchte sie anscheinend, um es klarzukriegen: «Wir trennen uns, weil wir uns auseinandergelebt haben, richtig?»

Wiebke nickte. «So ist es doch, oder?»

«Von mir aus gerne», erklärte Nicole.

«Einverstanden?», fragte Wiebke in die Runde.

«Ja», bestätigten Nicole und Kai erneut.

Hauke schwieg. Er hätte Wiebke gerne wiedergesehen. Aber er ahnte, wie sauer sie auf ihn war, wegen damals, wegen des gemeinsamen Kaffees kürzlich mit Nicole – vermutlich wegen tausend Sachen. Aber sie machte nicht den Anschein, als ob sie jetzt noch daran interessiert war, das alles auseinanderzudividieren und an eine Freundschaft anzuknüpfen, die längst zerbrochen war. Er spürte plötzlich, was für ein Riesenverlust das war.

Aber es war zu spät, um etwas retten zu können.

Würden sie einander jetzt noch grüßen, wenn sie sich sähen? Oder schaute man zur Seite, sobald man sich über den Weg lief, und tat so, als wenn man sich nicht kannte? Gut, das würde sich finden und betraf ihn nicht. Er war bald wieder in Berlin, da würde er kaum jemanden von ihnen wiedertreffen.

«Na, dann schönes Leben noch», rief Kai. «Und einen gnädigen Tod.»

Nicole lachte böse.

«Selber auch», antwortete Hauke und ging zur Tür.

«Wollt ihr etwa schon los?», fragte Anni erschrocken, als sie am Tresen standen, um zu bezahlen. Gretas Einladung war hinfällig geworden.

«Wir müssen», murmelte er.

«Hat's euch nicht geschmeckt?»

«Doch, doch!» Aber Hauke war nicht in der Stimmung, etwas zu erklären. Er legte einen 50-Euro-Schein auf die Bar und verließ den Gasthof.

Draußen unter den Linden blieb er einen Moment stehen und holte tief Luft. Eine friedliche Abendstimmung lag im Dorf, die Vögel zwitscherten, es war absolut windstill. Er spürte, dass gerade etwas Bedeutendes in seinem

Leben passiert war, dessen Folgen er noch nicht abschätzen konnte.

Kurze Zeit später kam Wiebke aus der Gaststube, stieg auf ihr Rad und zischte davon, noch bevor er etwas zu ihr sagen konnte. Hatte sie ihn überhaupt gesehen?

Wiebke hatte ihm imponiert, weil sie es einfach ausgesprochen hatte. Ein Tabubruch, der im besten Fall wie ein reinigendes Gewitter wirkte.

War das jetzt wirklich endgültig?

Nicole und Kai kamen als Letzte aus dem Krögers, sie telefonierten jeder für sich nach einem Taxi. Die beiden schienen das mit der Trennung richtig ernst zu meinen, wenn sie nicht einmal mehr zusammen in die Inselhauptstadt fahren mochten.

Hauke beschloss, zu Fuß zurückzugehen, um wieder einen klaren Kopf zu bekommen.

«Tschüs», sagte er, als er an den beiden vorbeischlenderte. Sie standen schweigend nebeneinander, als wenn sie sich nicht kannten.

Lächerlich.

12

Am nächsten Morgen wachte Hauke auf und blickte draußen auf eine dichte Nebelwand. Sämtliche Geräusche hörten sich dumpf an, es war vollkommen windstill. In solch einem Nebel existiert nur die Gegenwart, die unmittelbar vor dir liegt. Zurückschauen kannst du nicht, nach vorne auch nicht, du wirst immer wieder auf dich selbst zurückgeworfen. Seine Heimatinsel kam ihm plötzlich fremd vor: Es war ein anderes Meer, ein anderer Strand, ein anderer Wind. Komisches Gefühl.

Letzte Nacht war er spät eingeschlafen und immer wieder aufgewacht. Es war, als hätte man ihm bei Krögers einen Teil seines vergangenen Lebens abgeschnitten, ja, als hätte man ihm seine Heimatinsel genommen. Er versuchte, sich zu beruhigen: Was hatte sich schon geändert? Mit Nicole, Wiebke und Kai hatte er zwanzig Jahre keinen Kontakt gehabt, und das würde nun eben so bleiben. Alles wie vorher also.

Aber wieso fühlte er sich dann so schlecht?

Bitter war, dass nun keiner mehr bezeugen konnte, wie er als Kind und Jugendlicher gewesen war. Mit niemandem konnte er über Geschichten aus jener Zeit lachen, so wie sie es gestern Abend anfangs ja auch getan hatten.

Das endgültige Ende ihrer Clique traf ihn mit einer Heftigkeit, die er nicht erwartet hätte. Bei Kai war es ihm relativ egal, und komischerweise dachte er auch an Nicole ohne Wehmut, obwohl er damals so in sie verliebt war, dass er alles für sie getan hätte. Nur mit Wiebke war es anders. Mit ihr hätte er gerne noch mal länger über ihre gemeinsame Zeit gesprochen.

Er stellte sich unter die Dusche. Während das heiße Wasser auf ihn herabprasselte, überlegte er, ob er nicht einfach abreisen sollte. Er hatte seine Lesung absolviert, sie war gut gelaufen. Er hatte seine Freunde von früher wiedergesehen und dann endgültig verloren. Was wollte er noch hier?

Auf dem Weg zum Frühstücksraum stieß Hauke erneut auf seinen Schulkumpel Hannes. In der Hoteluniform sah er für ihn immer noch merkwürdig aus. Er grüßte ihn freundlich und setzte sich dann mit einer Zeitung in die letzte Ecke des Raums, um in Ruhe seinen Kaffee zu trinken. Das Brötchen, das er sich geschmiert hatte, brachte er nicht runter. Dafür fasste er bei der zweiten Tasse Kaffee einen Entschluss: Seine Abreise konnte noch ein bisschen warten.

Kurze Zeit später ging er die Promenade entlang zu Gretas kleiner Inselbuchhandlung. Der Nebel war etwas dünner geworden, der Himmel zeigte sich bedeckt. Als er ankam, schloss Greta gerade den Wintergarten auf. Sie trug ein Strandkleid und elegante schwarze Riemchensandalen.

«Moin, Hauke», rief sie.

«Moin.»

Er trat auf sie zu, sie umarmten sich herzlich.

«Und?», fragte sie und lächelte gespannt. «Wie war es im Krögers?»

«Super Trick, sich mit allen einzeln zu verabreden und dann nicht zu kommen.»

Es klang vorwurfsvoll, was es gar nicht sollte. Greta hatte es mit Sicherheit gut gemeint.

Sie fasste ihn an die Schulter. «Komm, ihr habt auf deiner Lesung alle so getan, als ob ihr euch nicht mehr kanntet. Das fand ich ziemlich albern.»

«Und deswegen wolltest du uns wieder zusammenbringen?»

«Wie war es denn?», fragte Greta erneut.

«Keine Ahnung.»

«Wie? Warst du etwa gar nicht da?»

Sie deutete auf die Strandkörbe vor der Buchhandlung, wo sie sich niederließen.

«Doch, aber ich weiß es trotzdem nicht.»

«Habt ihr nicht miteinander geredet, oder was?»

«Na klar, und es war sogar sehr lustig. Geschichten von früher, wer mit wem, das ganze Zeugs – wie auf einem Klassentreffen.»

«Ihr wart damals wie Geschwister miteinander», erinnerte sich Greta. «Ich habe euch sehr darum beneidet. So eine enge Freundschaft wie ihr haben nicht viele Menschen.»

«Tja.» Mehr fiel Hauke dazu nicht ein.

«Jetzt spann mich nicht auf die Folter. Was war denn noch?»

«Wir haben uns am Ende total zerstritten und dann miteinander Schluss gemacht.»

Greta sah ihn ungläubig an. «Du willst mich auf den Arm nehmen.»

«Es ist so.»

«Was heißt das, ihr habt ‹Schluss gemacht›?»

«Hast du dich noch nie von jemandem getrennt?»

Greta überlegte. «Von einer Liebesbeziehung, ja, aber nicht von Freunden.»

Es war auch für ihn das erste Mal. «Wir wollen nichts mehr miteinander zu tun haben und gehen daher ab jetzt getrennte Wege.»

«Genau wie die letzten Jahre also.»

Hauke blickte in die Ferne. «Nein, es ist jetzt klarer. Keiner hat mehr die heimliche Hoffnung, dass sich daran irgendwann noch mal was ändern wird. Es steht nun fest.»

«Und wie findest du das?»

«Kai würde ich am liebsten zum Nordpol schicken. Ohne Nicole komme ich auch klar.» Er stockte. «Nur um Wiebke tut es mir leid.»

«Und wenn ihr euch irgendwo begegnet, grüßt ihr euch nicht mehr, oder wie läuft das jetzt?»

«Falls ich keine Lust habe, jemand von ihnen ‹Moin› zu sagen, muss ich es nicht mehr tun.»

«Na ja, wenn du wieder in Berlin bist, spielt das sowieso keine Rolle, oder?»

«Stimmt. Aber hier auf der Insel schon. Mal sehen, was so passiert.»

«Heißt das, du bleibst noch ein bisschen?» Sie sah ihn neugierig an.

«Ein paar Tage bestimmt.»

«Die Leute waren übrigens von deiner Lesung schwer begeistert», wechselte Greta das Thema. «Es gibt einen Haufen Anfragen. Was hältst du davon, wenn du dich übermorgen in diesen Strandkorb in die Sonne setzt und ein paar Bücher signierst?»

«Okay, warum nicht?»

Bestimmt würde es ihn aufmuntern, er freute sich immer, seine Leserinnen und Leser zu treffen. Er schrieb ja nicht für ein anonymes Postfach, sondern für reale Menschen, die ihm immer eine Menge zu erzählen hatten. Und das motivierte ihn jedes Mal sehr.

Zurück am Hotel, schnappte Hauke sich eins der Fahrräder, die für Gäste zur Verfügung standen. Damit fuhr er aus der Hauptstadt heraus in die Marsch. Er atmete auf. Diese Insel war für ihn immer noch der beste Platz auf Erden, ein Ort, zu dem er sich immer wieder hinträumte, egal, wo auf der Welt er gerade war. Wenn er mal nicht einschlafen konnte, was zum Glück selten vorkam, stellte er sich einfach den Strand am Sörenswai-Vorland vor, dann klappte es. Diesen Traum durfte er sich nicht nehmen lassen!

Nach dem Treffen im Krögers zog es ihn automatisch in sein Heimatdorf hinterm Deich. Der Himmel war immer noch bedeckt, aber das störte ihn nicht. Ein leichter Rückenwind schob ihn fast von selbst dorthin. Die sattgrünen Wiesen rochen wie früher, einige Kühe schauten kurz auf, als er an ihnen vorbeifuhr. Den Weg durch die Marsch kannte er noch so gut, dass er ihn mit verbundenen Augen gefunden hätte.

Die vielen neuen Reetdachhäuser im Ort bewirkten dann doch, dass er sich wie ein Fremder fühlte. Was er inzwischen wohl auch war. Arfst, der alte Schuster, Tante Carla mit ihrem Bonbongeschäft und viele andere Gestalten aus seiner Kindheit lebten gar nicht mehr. Am liebsten hätte er im Dorf ein Denkmal errichtet, das daran erinnerte, was ihre Clique hier damals in Bewegung gesetzt hatte: «Von hier aus sprang Wiebke Hansen vor 34 Jahren, als sie sechs Jahre war, über ihren eigenen Schatten und fuhr mit Hauke als blinder Passagier rüber nach Sylt.» Es war wie ein Stein, den sie ins Wasser geworfen und der seine Kreise im ganzen Dorf gezogen hatte. Danach reisten auch andere Bauernkinder das erste Mal mit ihren Eltern irgendwohin, einige sogar bis nach Mallorca oder auf die Kanaren.

Hauke fragte sich nun tatsächlich, wie er reagieren sollte, wenn ihm Wiebke über den Weg lief. Wie würde er sie begrüßen? Wie eine Fremde? «Moin» sagen und weitergehen? Oder noch einmal über das reden, was bei Krögers passiert war? Er wusste es nicht.

Wie von selbst radelte er auf Wiebkes Hof zu – und machte kurz vor der Einfahrt eine Vollbremsung. Denn wer stand da in Gummistiefeln und Cargohose vor der

Scheune und kuppelte die Deichsel eines Anhängers an einen großen Trecker?

Schnell ging er hinter einem Busch in Deckung. Ihm fehlte der Mut, einfach auf Wiebke zuzugehen. Im Krögers war sie sehr entschieden gewesen, womöglich würde sie ihn zurückweisen. Das hätte er gerade nicht gut vertragen.

Von seinem Versteck aus konnte er sie gut beobachten. Sie hatte ihre Haare hochgesteckt. Sogar in ihrer Arbeitskleidung sah sie sehr weiblich aus, sie trug sie mit einer kerzengeraden, eleganten Haltung. Zu der Wiebke, die er all die Jahre im Kopf gehabt hatte, kam plötzlich eine neue Facette hinzu, die er bisher noch nicht gekannt hatte. Die Wiebke von damals war burschikos gewesen, manchmal barsch und dann wieder leise und zart – das Schillernde an ihr hatte ihn immer fasziniert.

Sie war wie eine Schwester für ihn gewesen. Stundenlang hatten sie zusammen im Gras gelegen und philosophiert. Sie hatte ihm auch erzählt, wie Mädchen so ticken. Er hatte gehofft, daraus irgendetwas zu erfahren, was ihn Nicole besser verstehen ließ. Dafür hatte er ihr wiederum über das Innenleben von Jungen erzählt. Sie hatten keine Geheimnisse, wie es schien.

Aber jetzt war da noch etwas anderes an ihr, was er nicht beschreiben konnte. Er wusste nur, dass es ihm sehr gefiel.

Wieso hatte er Wiebke nicht sofort besucht, als er auf die Insel gekommen war? Er war einfach zu dumm gewesen. Sollte er es jetzt nachholen? Was konnte schon passieren?

Doch er wartete zu lange. Wiebke tuckerte bereits mit dem Anhänger vom Hof auf die Landesstraße und verschwand unter dem blauen Himmel mit seinen krisseligen Schleierwolken in die Marsch.

13

Wiebke fuhr mit Trecker und Anhänger zum Baustoffhändler in Midlumsen. Dass sich der Himmel über der Marsch gerade bezog, war ihr recht, die Pflanzen auf ihren Feldern konnten Regen gebrauchen. Sie selbst auch.

Ihr war zumute wie nach einer Beerdigung. Gefühlt waren drei Menschen auf einmal gestorben, das steckte sie nicht so einfach weg. Auch wenn sie natürlich wusste, dass das Leben weiterging, das tat es ja immer. Die Frage war nur, wie.

Es hatte sie erschrocken, welch tiefer Groll am Abend im Krögers in ihr hochgekommen war. Was das Ganze wirklich schlimm machte, waren absurderweise die schönen Erlebnisse, an die die vier Freunde sich gemeinsam erinnert hatten. Denn dadurch war ihr das Besondere dieser Freundschaft noch einmal deutlich vor Augen getreten. Jetzt wollte sie das alles am liebsten in festen Behältern verstauen, die nicht mehr geöffnet werden konnten.

Plötzlich merkte sie, wie sich ein dünner Tränenschleier über ihre Augen legte. Konnte das sein? Sie fing an zu schluchzen und konnte nichts dagegen tun. Zum Glück sah sie hier draußen niemand.

Sie fuhr rechts ran, um sich erst einmal zu beruhigen,

was ihr nach ein paar Minuten auch gelang. Dann fasste sie einen Entschluss: Sie würde das Treffen im Krögers so schnell wie möglich vergessen und in ihre gewohnte Welt zurückkehren. Sie hatte zwei wunderbare Kinder zu versorgen, und ihr Beruf verlangte ihr alles ab. Zu dieser Welt, die sie sich mühsam erarbeitet hatte, hatten die anderen drei keinen Zutritt, und das war auch gut so! Es war richtig gewesen, dass sie offiziell Schluss gemacht hatten, auch wenn es weh tat.

Zum Glück gab es auf dem Hof mehr als genug zu tun. Sie hatte beschlossen, sich heute den Hofplatz vorzunehmen. Im Zementboden waren überall Löcher und Rillen, in denen das Wasser nach Regenfällen tagelang stand. Die zu füllen, war nicht gerade heute dringend geboten, aber irgendwann musste es gemacht werden, also warum nicht jetzt?

Sie bog von der Hauptstraße ab zu Baustoffhändler Ole Schott, der sein Lager in einer alten Scheune am Rand des Dorfes hatte. In riesigen Regalen, die bis zur Decke reichten, befand sich auf Europaletten alles, was man zum Bauen brauchte: Zement, Mauersteine in Weiß und Rot und vieles andere mehr. Werkzeug wurde im Haus nebenan angeboten, und in seinem Carport standen Betonmischmaschinen zum Verleih.

Der schnauzbärtige Ole war ungefähr fünfzig, trug immer einen grauen Overall, unter dem sich sein kugelrunder Bauch abzeichnete. Hinter seinem Rücken nannten ihn alle Obelix, was er irgendwann einfach akzeptiert hatte.

«Moin, Wiebke.»

«Moin, Obelix. Geit god?»

«Jo, und selber?»

«Auch.»

«Was brauchst?»

«Fünf Sack Zement.»

«Willst bauen?»

«Mein Hofplatz muss neu gemacht werden.»

«Soll Sören das nicht lieber machen?»

Sören war der größte Bauunternehmer auf der Insel und Oles bester Kunde.

Sie grinste. «Ich bin billiger als der.»

Ole nickte. «Aber hinterher hast womöglich ein kaputtes Kreuz.»

«Traust du mir das nicht zu, oder was?»

«Klar doch.»

An dem Punkt war sie empfindlich. Es hatte anfangs gedauert, bis die anderen Landwirte akzeptiert hatten, dass sie als junge Frau den Hof alleine führen konnte. Aber Wiebke ließ sich nicht die Butter vom Brot nehmen, das hatten sie schnell kapiert.

Zurück auf dem Hof, machte sie sich sofort an die Arbeit. Sämtliche Kuhlen mussten neu befüllt werden. Sie mischte eine Schubkarre mit Zement und Wasser und verteilte die Masse mit der Schaufel auf einen langen Riss, der quer über den ganzen Hofplatz ging. Dann schmierte sie alles mit der Unterseite der Schaufel platt. Perfekt musste es nicht werden, der Hofplatz war keine Terrasse. Es war sonst nicht gerade ihre Lieblingsarbeit, sie wühlte lieber in der Erde als im Zement. Aber heute rief auch diese körperliche Anstrengung Glücksmomente in ihr hervor: Hinterher würde sie vor sich sehen, was sie geschafft hatte, das tat gut.

Wieder schweiften ihre Gedanken ab. Plötzlich war sie erleichtert, dass im Krögers alles auf den Tisch gekommen war, was zwei Jahrzehnte lang in ihr geschmort hatte. Bis dahin war ihr die Clique immer vorgekommen wie ein Musikstück ohne Schlussakkord. Es gab viele schöne Erinnerungen, aber am Ende hatte es verdammt geschmerzt, und sie waren auseinandergegangen, ohne sich jemals auszusprechen. Es war befreiend gewesen, Nicole und Kai alles mal direkt ins Gesicht zu sagen und sich dann offiziell zu verabschieden.

Mit Hauke war es komplizierter. Als er damals Nicole und Kai in Berlin erwischt hatte, wollte er auch sofort weg von der Insel. Er hatte sich unter Tränen von ihr, Wiebke, verabschiedet. Damals hatte sie sich auch von ihm im Stich gelassen gefühlt, sehr sogar. Er hatte sich dann noch ein paarmal bei ihr gemeldet, aber sie hatte ihn jedes Mal abgewürgt, und dafür hatte sie ihre Gründe. Sie wollte einen harten Schnitt machen, anders wäre sie nicht klargekommen.

Sie musste als Einzige auf der Insel zurückbleiben, das war bitter gewesen. Unter anderen Umständen wäre sie wohl ebenfalls gegangen. Den Hof alleine zu führen und dazu noch ihren kranken Vater zu pflegen, forderte alles von ihr, immerhin war sie damals erst neunzehn. So einsam wie in dieser Zeit hatte sie sich nie wieder in ihrem Leben gefühlt.

Während der Lesung in der kleinen Inselbuchhandlung hatte sie jedoch gemerkt, wie sehr sie sich Hauke immer noch verbunden fühlte. Und das, obwohl sie schon lange keinen Kontakt mehr hatten. Konnte das sein? Bei ihm schien es allerdings anders zu sein. Dass er sich mit Nicole getroffen hatte und nicht mit ihr, sprach für sich.

Egal, sie hatte in ihrem Leben wahrlich Wichtigeres zu tun. Zum Beispiel musste sie heute Nachmittag zur Bank. Till Carlsen hatte schon dreimal angerufen, weil ihre oberste Kreditlinie angeblich erreicht war. Es war ärgerlich, aber sie musste sich darum kümmern. Heute war die letzte Möglichkeit dazu, denn morgen endete die Frist.

14

Hauke verließ das Fering den gesamten nächsten Tag nicht. Das Hotel war erst zwei Jahre alt und erinnerte ihn daher nicht an früher, insofern war es ein sicherer Ort. Morgens zog er ein paar Bahnen im Schwimmbad, dann sonnte er sich auf seinem Balkon. Er ließ die Stunden träge an sich vorbeiziehen wie einen Kinofilm in Dauerzeitlupe: Morgensonne, Mittagssonne, Nachmittagssonne. Mal glitzerte das Wasser wie Silber, dann wurde es tiefblau, um sich bei Ebbe vollständig zurückzuziehen. Hauke staunte, welche geheimnisvolle Kraft stark genug war, um das gesamte Meer hin- und herzuschieben. Als Kind war ihm das so vertraut gewesen, dass er nie darüber nachgedacht hatte.

Am nächsten Tag stand die Signierstunde bei Greta an. Vormittags setzte er sich an seinen PC und schrieb ein paar Pressetexte für den Verlag. Die Mails aus Hamburg stimmten ihn zuversichtlich, sein neuer Roman lief prächtig. Er musste sich also keine Sorgen machen.

Mittags aß er auf der Terrasse einen kleinen Salat und trank ein Glas Riesling dazu, der genau die richtige Temperatur hatte und grandios schmeckte. Das einzig Befremdliche war nur, dass Hannes heute in den Service gewechselt war und ihn bediente.

«Der Wein ist ein Traum, kann ich dir eine Kiste davon abschnacken?», erkundigte sich Hauke.

Hannes beugte sich vor. «Ich gebe dir am besten die Adresse von dem Weingut, dann kannst du ihn direkt übers Internet bestellen. Wenn ich das übers Hotel laufen lasse, wirst du arm.»

«Föl thoonk.»

Hauke blinzelte in die Sonne. Er freute sich auf die Signierstunde. Er war jedes Mal erstaunt, wer alles seine Krimis las. Außerdem würde die Veranstaltung ihn von seinen düsteren Gedanken ablenken.

Er schnappte sich eines der Tourenräder, die neben dem Eingang für Hotelgäste zur Verfügung standen. Die paar Meter zur kleinen Inselbuchhandlung wollte er über die Promenade radeln. Doch schnell stellte sich heraus, dass es viel zu voll war. Schon nach wenigen Metern stieg er ab und schob das Rad.

Er blickte zum Strand. Die meisten Strandkörbe waren besetzt, alle Volleyballfelder belegt, es roch nach Sonnencreme. Würde jemand bei diesem Wetter seinen Platz verlassen, um sich ein Buch von ihm signieren zu lassen? Je länger er den Strand entlangging, desto mehr sanken seine Erwartungen, das Wetter war einfach zu gut. Aber er sollte es locker sehen. Immerhin fand das Ganze draußen vor dem Wintergarten statt, er würde auch ohne Gäste auf seine Kosten kommen, wenn er einfach einen Kaffee mit Greta trank.

Doch als er die kleine Inselbuchhandlung erreichte, traute er seinen Augen nicht. Um den Wintergarten herum standen geschätzt siebzig Menschen. Waren die etwa seinetwegen gekommen? Immerhin war noch eine Viertelstunde Zeit bis zum offiziellen Beginn der Signierstunde.

«Moin, Moin», grüßte er in die Menge.

Greta eilte auf ihn zu und umarmte ihn zur Begrüßung. «Wahnsinn», sagte sie und deutete auf die vielen Besucher.

«Ich fange besser sofort an, oder?»

«Drinnen schenkt Sandra Sekt aus, aber ich weiß nicht, ob der reicht. Ich schicke sie noch mal los, um Nachschub zu holen.»

Hauke drängelte sich durch die Menge und stieg auf die Sitzfläche des Strandkorbs.

«Ich freue mich, dass ihr alle gekommen seid», rief er. «Ich werde alle Bücher signieren, versprochen! Ihr müsst nur etwas Geduld haben. Drinnen gibt es in der Wartezeit Sekt für alle.»

Dann signierte er ein Buch nach dem anderen: für Sybille, für Mirko, für Tante Marga, für Marcel und Inga, für Fabian und wen nicht sonst noch alles. Eine Frau legte ihm sieben Bücher für Onkel, Tante und Cousinen hin, zum Geburtstag, fürs nächste Weihnachtsfest und als Erinnerung an einen schönen Urlaub. Nicht nur Touristen, auch Insulaner erschienen vor seinem Tisch: Baustoffhändler Ole Schott, den er noch von früher kannte, entpuppte sich als totaler Krimifan, der alle seine Bücher gelesen hatte. So war es immer auf seinen Lesungen: Akademiker trafen auf sogenannte «einfache» Leute. Auf diese Mischung war Hauke stolz.

Er schrieb in kurzer Zeit so viele Widmungen, dass sein Handgelenk zwischendurch verkrampfte. Das Interesse der Menschen überwältigte ihn, und wie nett sie alle zu ihm waren!

Als er die letzte Leserin mit seiner Unterschrift versorgt hatte, war er erschöpft, aber überglücklich. Er erhob sich, um mit Greta ein Glas Sekt zu trinken. Sie quatschten noch eine gute halbe Stunde und waren gleichermaßen zufrieden. Dann schwang Hauke sich wieder auf sein Hotelrad und strampelte in hohem Tempo raus aus der Inselhauptstadt Richtung Marsch. Er hatte einen Entschluss gefasst: Er würde sich seine Insel zurückerobern, auch wenn es seine Clique nicht mehr gab. Das konnte ihm niemand nehmen.

Er brauchte jetzt den vertrauten großen Himmel über dem tellerflachen Land. Auf den schmalen Feldwegen gab es nur ihn und die Weite und hin und wieder eine alte Mühle oder einen Baum. Hier war er wer weiß wie oft mit Wiebke langgeradelt, manchmal hatte sie hinten auf seinem Gepäckträger gesessen und die Arme um seinen Bauch geschlungen. Von weitem hätte man sie für ein Liebespaar halten können. Und während sie so durch die Marsch radelten, sangen sie laut plattdeutsche und friesische Lieder.

Plötzlich zischte es laut, und er geriet ins Straucheln. Sein Hinterreifen war platt, er konnte nicht mehr weiterfahren. Flickzeug hatte er nicht dabei, sein Handy hatte er extra im Hotel gelassen. Aber es war ihm egal, er nahm es, wie es kam.

Entspannt setzte er sich unter einen Baum, der mitten auf einem Feld stand, und genoss die Abendstimmung. Auf dem schmalen Weg kam kein einziges Auto vorbei, er hörte nur den Wind und ganz in der Ferne das Meer. Ein einsamer Austernfischer piepste in die Stille hinein, eine angenehme Kühle breitete sich aus. Alles war in rötliches Gold getaucht, die Kühe und Wiesen, die Deiche und Büsche. Er kam sich vor wie in einem wertvollen, alten Gemälde. Ganz langsam wurden die Schatten länger.

Hier spürte er deutlich seine Einsamkeit, von der er sich in seinem stressigen Arbeitsalltag sonst gerne ablenkte: ein Interview in Köln, eins in Hamburg, Lesereise durch die Republik, Premierenfeiern in Berlin, zu denen er eingeladen wurde. Doch bei all diesen Aktivitäten kam ihm niemand wirklich nahe, letztlich war er immer allein. Warum fiel ihm das erst jetzt auf?

Auch wenn es auf eine Art hervorragend in seinem Leben lief, steckte er doch in einer Sackgasse. Gerade hier auf der Insel wurde ihm das schmerzlich bewusst. Solche Freunde wie seine alte Clique hatte er nie wiedergefunden. Sie hatten damals über alles gesprochen, alles geteilt. Es war natürlich unrealistisch, solch eine tiefe Bindung eins zu eins auf das Erwachsenenleben zu übertragen, aber das Grundgefühl von damals hätte er gerne zurückbekommen. Und sei es nur ein bisschen davon. Doch wie weit war er davon entfernt!

Er schnappte sich sein Fahrrad mit dem platten Hinterreifen und schob es die Landstraße entlang. Es war immer noch windstill. Sogar die Sonnenstrahlen schienen innezuhalten.

Nach ein paar Kilometern erreichte er die Inselhauptstadt. Eins der ersten Gebäude dort war die alte Landdisco, in der sie als Jugendliche unzählige Nächte verbracht hatten: das «Erdbeerparadies». Eigentlich sah der Flachbau hässlich und unscheinbar aus. Aber das war egal. Hier traf man seine Mitschüler, hier ging es um große Gefühle und Musik. Manchmal tanzte man sich auch verzweifelt den Liebeskummer aus dem Leib.

Oft war er mit Wiebke hierhergegangen, sie war ohnehin immer an seiner Seite gewesen. Ein Wunder, dass er so überhaupt andere Mädchen kennengelernt hatte. Wiebke hatte damals schon einen tollen Tanzstil, sie bewegte sich zur Musik geschmeidig wie eine Tigerin, oft tanzte sie stundenlang ohne Pause. Er erinnerte sich, wie sie ihn manchmal mit strahlenden Augen angelächelt hatte, wenn ein Titel kam, den sie beide mochten. Dann gab es keine Ausrede mehr, und er tanzte mit.

Hauke stellte das Fahrrad neben dem Eingang ab, ohne es abzuschließen. Ein Kaltgetränk zur Stärkung konnte nicht schaden, außerdem war er sowieso gerade in einer sentimentalen Stimmung. Er staunte, dass es hier keinen Türsteher wie in der Stadt gab. Aber wozu auch? Man kannte sich, und Eintritt wurde auch nicht verlangt, das hätte man als «unfriesisch» empfunden.

Drinnen standen immer noch dieselben verranzten Couches wie damals, jedenfalls kam es ihm so vor. Es roch etwas feucht, was man nach einiger Zeit gar nicht mehr wahrnahm. Die Tanzfläche war voll, obwohl die Sonne noch nicht untergegangen war. Im Unterschied zur Stadt ging es im Erdbeerparadies immer früh los: Keiner hatte Lust, nach dem Melken sinnlos auf dem Hof herumzuhängen, bevor man endlich tanzen gehen konnte. Er seufzte. Auch diese Zeit würde nie wiederkommen.

Er war mit deutlichem Abstand der Älteste hier, die meisten vermuteten wahrscheinlich, dass er seine Kinder suchte. Hatte er früher auch so jung ausgesehen wie die Jugendlichen an diesem Abend? Oder ging man heute einfach früher in die Disco? Hauke fühlte sich nicht besonders wohl dabei, den Altersschnitt um das Doppelte zu steigern, aber das ließ sich jetzt nicht ändern.

Jetzt reiß dich mal zusammen und hör auf, dich so kleinzumachen, wies ihn eine strenge innere Stimme zurecht. Er setzte sich erst mal an den Tresen und bestellte einen Manhattan, das Nationalgetränk der Insel. Den trank er sonst nie, aber hier und heute passte es. Sie spielten gerade einen Titel von früher, den ein Rapper gecovert und verfremdet hatte.

Nach dem Drink fühlte er sich besser. Er verließ mit einem Lächeln die Disco, schnappte sich sein Rad und schob es zurück zum Hotel. Langsam wurde es dunkel, ein auffrischender Wind fegte durch die Straßen. Tiefgraue Wolken kündigten Regen an, aber das machte ihm keine Angst. Das Wichtigste war, dass er einen Plan hatte, und der stand fest: Er würde diese Insel nicht verlassen, ohne vorher mit Wiebke gesprochen zu haben!

15

Es war bedeckt, und von Westen wehte ein auffrischender Wind. Hauke war gegen sechs Uhr früh mit seinem Cabrio zum Sörenswai-Vorland gefahren. Gegenüber breitete sich die Nachbarinsel aus, der Leuchtturm blinkte wie immer regelmäßig. Er hatte seine Flöte dabei und setzte sich oberhalb der Strandhütte auf den Deich. Dann spielte er ganz leise los. Nicht gegen den Wind, sondern *mit* ihm.

Zwei Stunden, drei Stunden, fünf Stunden. Er wusste es nicht.

Damals hatten Wiebke und er oft hier gesessen und auf die Nachbarinsel geguckt. «Wie hört sich eigentlich diese Düne dort drüben an?», hatten sie sich gefragt und dann einfach losgespielt. Auch das Wasser hatten sie vertont, es sah jeden Tag anders aus, wie auch ihre Melodien immer verschieden waren. Ebbe, Flut, Sturm, Pfützen im Watt, Wasserspiegelungen, das Sonnenlicht, die Wolken, die man im Meer sah, der Wind in allen Stärken – es war magisch gewesen, mit der Flöte in die Landschaft einzutauchen. Wobei ihnen einige Orkane fast die Luft zum Atmen nahmen. Im Sturmgeheul konnten sie sich selbst kaum noch hören.

Wiebke hatte musikalisch viel mehr drauf als er, sie hätte eine hervorragende Flötistin werden können. Er hatte eine Menge von ihr gelernt, ihr Gespür für Töne und Melodien war beeindruckend.

Hauke machte eine Pause, dann spielte er weiter. Was er vorhatte, konnte auch schiefgehen. Aber er hielt durch.

Irgendwann brach er dann doch ab. Es war eine spinnerte Idee gewesen, Wiebke herbeispielen zu wollen. Sehnsucht erfüllte sich nicht immer, das gab es nur im Film.

In diesem Moment kam sie über den Feldweg gelaufen. In Jeans und Sneakers, ihr Haar kräuselte sich im leichten Wind. Ihr Gang war federnd.

Hauke spielte eine ihrer alten Melodien an.

Jetzt entdeckte sie ihn und blieb stehen.

Würde sie umkehren?

Sie schien unentschlossen.

Nein, jetzt kam sie auf ihn zu.

Sie sagten beide kein Wort.

Wiebke setzte sich neben ihn und packte ebenfalls ihre Flöte aus. Andächtig schraubte sie sie zusammen. Er begrüßte sie mit einer Melodie in Moll. Es war einiges passiert, da konnte er nicht einfach fröhlich zum Tanz aufspielen.

Sie antwortete auch in Moll. Selten hatte eine Querflöte so schwer und düster geklungen. Das verlangte nach einer Reaktion.

Seine Melodie wurde etwas leichter, wie das Dünengras vor ihnen am Strand.

Sie setzte schwere, lange Töne dahinter.

Dann wechselten sie zusammen in helles Dur, er spielte die langen Grundtöne als Fundament, ihre Melodie darüber sprang fröhlich auf und ab. Sie tanzten umeinander herum, erst ganz behutsam, dann heftiger, schließlich laut und übermütig.

Es fühlte sich an wie früher.

Irgendwann setzte er die Flöte ab. «Existiert meine alte Kammer noch?», fragte er mit belegter Stimme.

«Willst du sie sehen?»

«Ja.»

«Dann komm.»

Sie schraubten ihre Flöten auseinander, standen auf und gingen schweigend durch die Marsch. Der Geruch von frisch gemähtem Gras stieg ihm in die Nase, das Süßwasser der Gräben und das Salz des Meeres. Wiebke lief die ganze Zeit neben ihm. Er wagte kaum zu atmen. Es sollte jetzt bitte, bitte nichts schiefgehen!

Hauke erinnerte sich an den Tag seines Einzugs bei ihr zu Hause. Die kleine Kammer hinter der Küche war sein Paradies gewesen. Auf dem Hofplatz liefen unzählige Hühner herum, auf einer umzäunten Wiese neben der Scheune hoppelten weiße Kaninchen.

Jetzt trat er mit Wiebke durch die Haustür. Der Geruch drinnen war unverändert: frische Milch, etwas Kuhmist und ein ganz spezielles Putzmittel mit Aprikosenessenz, das man nur in Dänemark kaufen konnte. Eine Seite des Flurs war mit Bücherregalen gesäumt. An der gegenüberliegenden Wand hingen Treibholzstücke und Bilder vom Meer. In der Wohnstube hatte Wiebke die altmodischen Schleiflackmöbel ihrer Eltern durch eine großzügige Couchlandschaft ersetzt. Auch hier standen große Bücherregale.

Da stürmten Wiebkes Kinder auf ihn zu, zwei quirlige Fünfjährige mit strohblonden Haaren.

«Wir haben bald Geburtstag!», riefen sie zur Begrüßung und zeigten beim Lächeln ihre Zahnlücken.

«Wie alt werdet ihr denn?», fragte Hauke.

«Sechs.»

Er stemmte die Hände in die Hüften. «So alte Omas und Opas?»

«Quatsch!» Sie lachten und liefen um ihn herum, bis er sie fing und nacheinander durch die Luft wirbelte. Die Kinder johlten vor Vergnügen.

«Übernachtest du hier?», fragte das Mädchen irgendwann.

«Nein, ich wohne im Hotel.»

«Kennst du Mama von früher?»

«Ja.»

Sollte er ihnen verraten, dass er sogar in ihrem Haus gewohnt hatte? Er sah zu Wiebke. Die stand an der Schwelle zu seiner alten Kammer und winkte ihn hinein.

Der winzige Raum war kaum größer als eine Speisekammer, er sah noch genauso aus wie früher: ein schmales Bett, an dem man gerade so vorbeikam, ein Stallfenster, oben halbrund, mit sechs kleinen Scheiben. Das war seine Mönchszelle, die er so sehr geliebt hatte. An diesem schmucklosen Ort hatte er imaginäre Welten durchschritten, von denen bis heute niemand etwas ahnte. Er blickte Wiebke an, sie blickte zurück und lächelte. Sie verstand, was in ihm vorging.

Dann gingen sie hinüber in die Scheune. In einem Nebenraum waren immer noch Relikte ihres Tonstudios zu sehen: Eierkartons an den Wänden, eine hüfthohe Mauer, über die eigentlich eine Scheibe gehört hätte, die den Raum mit dem Mischpult vom Aufnahmeraum abgrenzte. Alles war halbfertig, ein trauriger Anblick. Sie sagten nichts. Und von hier aus wollten sie mit ihrer Band die Welt erobern!

Das hatte nicht ganz geklappt.

«Du hast doch bestimmt eine Leiter?», erkundigte sich Hauke.

Wiebke ging nach nebenan und holte eine ausziehbare Aluleiter. Hauke lehnte sie an die Wand oberhalb des Fensters und kletterte hinauf. Ganz oben musste er sich noch etwas strecken, dann löste er einen Stein.

«Ein Geheimversteck?», staunte sie. «Davon habe ich gar nichts gewusst.»

Er grinste. «Sonst wäre es ja nicht geheim.»

Als er wieder hinunterkam, hielt er in der Hand einen DIN-A4-großen Umschlag, der in eine durchsichtige Plastikfolie gewickelt war. Wiebke stellte sich dicht neben ihn, er konnte ihr Parfüm riechen, es duftete angenehm frisch.

Er riss den Umschlag auf und zog ein Foto heraus, auf dem sie alle zu sehen waren. Nicole, Wiebke, Kai und er standen mit ihren Instrumenten auf dem Dach der Scheune. Zwanzig Jahre jünger, mit unschuldigem Blick, aber unternehmungslustig und übermütig. Wiebke saß grinsend am Schlagzeug, Hauke hatte eine E-Gitarre umgehängt, spielte aber gerade Flöte, Nicole sang in ein Mikro, und Kai bediente mit cooler Miene die Bassgitarre.

«Unser Abschlussauftritt!», erinnerte sich Wiebke.

Sie hatten ihre Instrumente und Verstärker auf dem Scheunendach des Hofes aufgebaut. Von dort konnte man bis weit zu den Dünen der Nachbarinsel und zum Leuchtturm schauen. Für langsame Stücke benutzten sie ihn als Taktzähler.

Auf dem Hofplatz unter ihnen standen über hundert Leute und jubelten ihnen zu, überwiegend Mitschüler und deren Eltern. Sie hatten nur vier Titel draufgehabt, die sie einfach mehrmals wiederholten, aber die waren immerhin selbst komponiert.

In dem Umschlag befand sich eine handgeschriebene Erklärung, die er damals verfasst hatte. Wiebke rückte noch näher und las mit, er spürte, wie sich ihre Schultern kurz berührten.

«Hier in der Scheune hat unser Welterfolg begonnen», stand dort geschrieben. «Es ist jetzt schon klar, dass wir es weit bringen werden. An diesen Ort werden wir immer zurückkehren, solange wir leben, weil er die Quelle von allem ist. So wahr ich Hauke Thorvald bin!»

«Optimistisch warst du ja», meinte Wiebke.

«Hat doch fast geklappt, oder?»

Beide lachten.

Sie gingen wieder hinaus auf den Hofplatz, der aussah wie frisch betoniert.

«Ich würde dir gerne einen Tee anbieten, aber ich muss leider noch was tun», sagte sie.

«Klar, der Hof ruft.» Hauke war dankbar, dass sie sich überhaupt Zeit für ihn genommen hatte, obwohl sie doch ausdrücklich keine Freunde mehr waren.

«Nee, erst mal probt die Feuerwehrkapelle.»

«Da spielst du immer noch?»

«Klar, Querflöte. Manchmal springe ich auch bei den Trommeln ein.»

«Immer noch die alten Märsche?»

Sie nickte. «Die sind Tradition. Aber inzwischen spielen wir auch Musicals und Popmusik.»

Sein Herz machte einen Sprung. «Das würde ich gerne mal hören.»

«Dann schnapp dir deine Flöte und komm mit», forderte sie ihn auf.

«Im Ernst?»

«Ein Feuerwehrmann bleibt man sein Leben lang, oder nicht?»

Hauke lachte.

«Wir brauchen nur eine Uniform für dich.»

«Geht das nicht ausnahmsweise mal ohne?», fragte er.

«Niemals.»

Hauke bekam das Grinsen gar nicht mehr aus seinem Gesicht. Er würde wieder in der Freiwilligen Feuerwehr spielen: War das zu fassen?

16

Wiebke fuhr mit ihrem Passat vor, Hauke folgte ihr in seinem Cabrio. Das Etui mit seiner Querflöte lag auf dem Beifahrersitz. Sie fuhren hintereinander aus der Inselhauptstadt hinaus aufs platte Land. Wiebke legte ein Tempo vor, als wollte sie ihn herausfordern. Er kam kaum hinterher.

Das Feuerwehrhaus in der Mitte des Dorfes war neu, es hatte nichts von der uralten Scheune, in der früher die Gerätschaften geparkt worden waren. Hier im Ort war es das einzige Haus ohne Reetdach.

Als Erstes wollte Hauke die Garage sehen, in der zwei Feuerwehrwagen standen.

«Die sind nagelneu», erklärte Wiebke.

Nebenan befand sich der Gruppenraum mit langen Tischen und Bänken. In einer Glasvitrine nahe dem Tresen standen Fahnen und Pokale, die die Dorffeuerwehr bei Löschübungen gewonnen hatte.

Schon als kleiner Junge war er hier beigetreten, wie alle im Dorf. Die Freiwillige Feuerwehr war keine folkloristische Trachtentruppe. Wenn es auf der Insel brannte, konnte niemand vom Festland zu Hilfe kommen, das mussten die Insulaner allein in den Griff kriegen.

Hauke erinnerte sich an ein Großfeuer in seinem Dorf. Bei starkem Wind hatte es heftigen Funkenflug zu den Häusern gegeben, deren Reetdächer nach Wochen ohne Regen knochentrocken waren. Sie hatten eine Riesenangst gehabt, dass das ganze Dorf wegbrannte. Sämtliche Dächer mussten mit Schläuchen nass gehalten und Leitern bereitgehalten werden, um Brandnester umgehend zu löschen. Daran hatten sich alle Wehren der Insel beteiligt. Zwei Tage hatte es gedauert, bis alles endgültig unter Kontrolle war. Ihn schauderte, als er daran zurückdachte, das war sehr knapp vor einer Katastrophe gewesen.

Nach und nach trudelten im Gruppenraum die Mitglieder der Feuerwehrkapelle ein. Junge, Alte, und was Hauke auffiel: Heute waren viel mehr Mädchen und Frauen dabei als damals, und das war auch gut so.

Jetzt betrat Haukes ehemaliger Wehrführer Kalli den Raum. Er leitete den Spielmannszug. Seine Glatze glänzte fast so sehr wie sein goldener Ohrring.

«Moin», grüßte Kalli ihn. «All wedder dorbi?»

«Moin.»

«Weißt du überhaupt noch, wofür die Feuerwehr da ist?»

«Die Feuerwehr hilft! – Vorbeugen musst du!», zitierte Hauke ein Plakat von damals.

«Na, wenigstens die Sprüche hast du noch drauf.» Kalli grinste.

Hannes aus dem Hotel, der ihm morgens noch seinen Kaffee serviert hatte, tauchte als Nächstes auf, nun in

Dunkelblau. Ein bisschen kurios war es schon, dass einem auf der Insel immer wieder dieselben Menschen begegneten, selbst wenn man sie zuvor Jahre nicht gesehen hatte. Hauke merkte, wie sehr ihm das gefiel.

«Moin, Hauke. Lang nicht gesehen.»

«Moin, Hannes.»

Tuba, Klarinette, Saxophon: Jeder hatte sein Instrument dabei. Glockenspiele und Trommeln wurden in einem großen Schrank im Feuerwehrhaus aufbewahrt.

Die Älteren kannten ihn noch, den Jüngeren stellte er sich vor. «Moin, ich bin Hauke, ich mache heute mal wieder mit.»

Er bekam von Kalli eine dunkelblaue Uniform aus einem Spind verpasst, die etwas zu groß war, die Ärmel reichten ihm bis weit über die Handgelenke.

«Bin ich das?», fragte er sich laut mit einem Blick in den Spiegel.

«Typischer Insulaner, würde ich sagen», meinte Wiebke trocken.

Obwohl er inzwischen länger in Berlin lebte, als er auf der Insel gewohnt hatte: Insulaner würde er sein Leben lang bleiben, das wurde ihm hier bewusst.

Wiebke zog sich nun auch die Uniform über. Hauke beobachtete sie aus dem Augenwinkel und stellte fest, dass das Blau der Feuerwehrkleidung perfekt mit ihren Augen harmonierte.

Sie ging zum Schrank und drückte Hauke einen Stapel Noten in die Hand. Dann stellten sich alle im Gruppenraum auf. Schnell huschte noch Hermann Lauschner herein, Haukes ehemaliger Mathelehrer, und schnappte sich sein Saxophon. Hauke stand mit seiner Flöte neben Wiebke, was ein gutes Gefühl war.

«‹Don't krai för me Argentina!›», kündigte Kalli in lupenreinem Friesen-Englisch an. Er stand vorne und erhob seinen Taktstock, dann spielten sie los. Trommeln, Saxophone, Trompeten und Posaunen und das metallisch-helle Glockenspiel erzeugten denselben Sound wie früher. Hauke hatte das ewig nicht gehört. Die anderen hatten ihr Repertoire sicher drauf, während er sich anstrengen musste, um einigermaßen mitzuhalten. Er kam kaum hinterher, so mancher Ton ging daneben.

«Bisschen mehr Konzentration, Hauke!», ermahnte ihn Kalli. Wiebke grinste.

Irgendwann schwamm er musikalisch mit den anderen in dieselbe Richtung. Das hörte sich unglaublich harmonisch an. Er war wieder drin!

Nach der Probe kam Kalli zu Hauke. «Machst du mit beim Feuerwehrfest in Feddernbüll? Wir könnten deine Flöte gut gebrauchen.»

Hauke überlegte einen Moment. «Wann ist das?»

«Heute in einer Woche.»

Er spürte, wie Wiebke ihn fragend von der Seite anschaute.

«Okay», sagte er.

Eigentlich hätte er zurück nach Berlin fahren müssen, um mit Interviews weiter für seinen Roman zu werben. Er würde alle Termine um vierzehn Tage verschieben, mit dem Hinweis, er sei auf «Recherchetour». Das stimmte auch, allerdings eine Recherche über sich selbst und sein Leben. Er brauchte diese Auszeit jetzt einfach.

«Dann musst du dich aber ranhalten mit den Stücken.» Kalli sah ihn streng an.

«Wird gemacht, Chef.»

Nun ging die gesamte Kapelle nach draußen, um Marschieren zu üben. Dazu liefen sie mit allen dreißig Spielern in Zweierformation über einen Feldweg auf den Deich zu, der sich wie eine Wand vor ihnen aufbaute. Es fühlte sich gut an, neben Wiebke zu sein. Er sah immer wieder in ihr strahlendes Gesicht. Von vorne kam leichter Gegenwind, der ihr manchmal eine Haarsträhne in die Stirn wehte. Sie wartete einfach, bis sie wieder von selbst zurück an ihren Platz fand.

Irgendwann brach die Sonne durch die Wolken und beleuchtete das Watt, als ob von oben extra jemand Licht für sie angestellt hatte. Der Deich war wegen der Schafe eingezäunt, es gab nur eine kleine Schwingtür als Durchgang. Kalli hielt die Tür auf, die Marschierenden verengten sich von Zweierreihen auf Gänsemarsch und gingen durch, während sie die ganze Zeit weiterspielten. Hauke hatte vor allem die alten Märsche noch drauf, sie waren ihm in seiner Jugend in Fleisch und Blut übergegangen.

Auf der Deichkrone gingen sie weiter. Von hier aus konnten sie weit ins Watt schauen. Manchmal blökten ein paar Schafe. Die Freiwillige Feuerwehr spielte hier für die Landschaft, die Tiere und die Seevögel.

Das Einzige, was ihn ein bisschen störte, war die steife Uniform. Sie fühlte sich ungewohnt an. So müssten die

Leute in Berlin mich mal sehen, dachte er und konnte nicht weiterspielen, weil er ein Grinsen unterdrücken musste. In seiner hippen Wohngegend fühlten sich viele als Individualisten und lehnten Uniformen strikt ab. Was sie dabei gar nicht merkten, war, dass sie sich trotzdem fast alle gleich kleideten.

Es hätte ihm einen Riesenspaß gemacht, mit der Feuerwehrkapelle am Kreuzberger Paul-Lincke-Ufer an den Szenecafés vorbeizumarschieren. Zwischendurch irgendwo Pause zu machen, um nach alter Dorfsitte Bier und Doppelkorn zu bestellen. Vorzugsweise in jenen Läden, in denen es überwiegend «decaf Latte mit fatfree Sojamilch» gab und einige Kunden extra noch mal nachfragten, ob es auch wirklich laktosefrei war. Wie würden die Leute wohl reagieren?

«Warum lachst du?», fragte ihn Wiebke, die immer noch neben ihm ging.

«Ich stelle mir unsere Kapelle gerade in Berlin vor.»

Sie verstand den Witz offenbar nicht. «Lade uns ein, und wir kommen!»

Auf dem Deichvorland angekommen, übten sie nun verschiedene Formationen. Es war gar nicht so einfach, sich dabei nicht in die Quere zu kommen, zumal man ja auch noch mit seinen Instrumenten hantieren musste. Mit der Querflöte ging es noch, aber Basspauke und Tuba waren da schon ein anderes Kaliber.

Vielleicht war es genau richtig gewesen, was Kai im Krögers gesagt hatte: Wenn sie damals diese Musik mit modernen Sounds gemixt hätten, wäre das womöglich ihr Durchbruch als Band gewesen. Aber davon mal abgesehen, brachte es einfach nur Spaß, musizierend unter freiem Himmel, vor der Kulisse des Meeres, auf und ab zu laufen. Hauke fühlte sich einfach wunderbar.

17

In den Tagen nach der Probe mutete sich Wiebke noch mehr Arbeit als sonst auf dem Hof zu. Sie hatte das Gefühl, dass das das Einzige war, was sie angesichts ihrer Finanzlage machen konnte: noch mehr arbeiten. Till Carlsen von der Bank hatte ihr klargemacht, dass ihr Hof total überschuldet war. Nicht einmal Geld für die Reparatur des Treckers und ihres Wagens wollte er ihr noch leihen. Sie konnte es nicht fassen: Wegen zweier harmloser Rechnungen wollte er sie zugrunde gehen lassen? Er wusste genau, dass die Milchpreise gerade noch mal deutlich gesunken waren, da konnte sie doch keinen Gewinn erzielen.

Sie war in ihrem Leben immer gut darin gewesen, aus schwierigen Situationen das Beste rauszuholen, ja, sie war eine geborene Optimistin. Aber in der Nacht nach dem Gespräch mit Till Carlsen hatte sie stundenlang wach gelegen, weil sie solches Herzrasen hatte. Es gab nichts mehr zu beschönigen: Ihre Lage war bedrohlich, sie brauchte dringend Geld. Aber woher sollte das kommen?

Carlsen wusste natürlich, dass sie keine andere Geldquelle besaß. Also schlug er ihr vor, ihr Land zu verkaufen. Aber so weit war sie noch lange nicht. Es war einer der eisernen Grundsätze ihres Vaters gewesen, als Bauer nie Land herzugeben. «Besser, du kaufst was dazu!», hatte er immer gesagt. Und diesen Grundsatz hatte sie sich zu eigen gemacht.

Leider brachte sie das jetzt auch nicht weiter. Sie wusste, dass Carlsens bester Kumpel, ihr Nachbar Thorsten Ingwersen, schon lange auf ihre Grundstücke schielte. Wie die Geier kreisten sie über ihrem Anwesen und warteten nur darauf, dass sie klein beigab. Wiebke ärgerte sich über sich selbst. Sie hätte sich in den Gemeinderat wählen lassen sollen, um am Geschacher im Hinterzimmer von «Mackes Dorfkrug» mitzumischen. Wer was zugeteilt bekam, wurde letztlich dort bei Bier und Korn entschieden. Aber wann hätte sie das noch schaffen sollen, neben der Arbeit auf dem Hof und den Kindern? Plötzlich fühlte sie sich unendlich müde. Es war alles viel zu anstrengend, sie arbeitete ständig über ihre Kräfte. Doch was nutzte ihr diese Einsicht? Sie musste an Enna und Broder denken. Ihre Kinder würde sie nie im Stich lassen. Die beiden sollten hier auf dem Hof ihrer Familie aufwachsen, das war ein guter Ort. Also würde sie einfach noch mehr arbeiten. Auch wenn das kaum möglich war.

Das Gute war: Sie war eine Weltmeisterin im Verdrängen. Vor allem von Hauke ließ sie sich gerne ablenken, er schaute seit neuestem täglich bei ihr vorbei, übte mit ihr auf dem Deich für das Feuerwehrfest und baute mit den Kindern weiter an der Hütte. Als sie fertig waren, hatte er die wahnsinnige Idee, noch eine zweite Hütte zu bauen und sie durch einen Tunnel mit der anderen zu verbinden. Enna und Broder waren begeistert, Wiebke auch.

Sie wunderte sich selbst, welche Selbstverständlichkeit die Treffen mit Hauke hatten. Ihre alte Vertrautheit war zurückgekehrt. Sie hätte nicht gedacht, dass das möglich war.

Sie hatte in den letzten Tagen, während sie Haukes Anwesenheit genoss, viel über früher nachgedacht. Hauke war damals nicht nur ihr bester Freund und «Wahlbruder» gewesen. Ganz tief in ihr drin, extrem gut versteckt, hatte sie mehr für ihn empfunden. Ihre Gefühle waren noch stärker geworden, als er im Jahr vor dem Abitur bei ihr eingezogen war. Doch sie wusste ja, dass sie keine Chance bei ihm gehabt hatte. Denn er wiederum war in Nicole verliebt. Das hätte er zwar niemals zugegeben, aber sie spürte es genau. Bitter für sie beide. Und so hatten sie Katz und Maus gespielt, jeder hatte ein Geheimnis – es war das Einzige, worüber sie nicht sprachen. Sonst teilten sie alles. Wiebke erinnerte sich, wie schwer ihr das damals gefallen war: Einerseits genoss sie seine Nähe, andererseits litt sie auch darunter. Und trotzdem hätte sie niemals freiwillig darauf verzichtet.

Sie fand sich also damit ab, wenigstens im Alltag viel von Hauke mitzubekommen, oft bei ihm zu sein. Ihre größte Angst war, dass er doch noch mit Nicole zusammenkäme. Sie wusste nicht, wie sie das verkraftet hätte. Aber Nicole schien ja eher an Kai interessiert, wenigstens machte es eine Zeitlang den Eindruck, und das tröstete Wiebke.

Jetzt war sie von all diesen Gefühlen frei. Sie wollte plötzlich das, was früher unbeschwert nicht möglich gewesen war: dass Hauke und sie Freunde waren, ohne Wenn und Aber. Das hätte sie nach dem Essen im Krögers nicht erwartet. So schnell konnten sich Gefühle ändern.

Eines Tages, kurz nach dem Mittagessen, stand Wiebke auf ihrem frisch betonierten Hofplatz und blinzelte in den Himmel. Dort wurde gerade ein Fest der Farben gefeiert: Blau und Weiß tanzten zusammen, es gab graue Wolken als Kontrast, und das ganze Bild wurde immer wieder durch einen zarten Seenebel verschleiert. Da kam Greta auf den Hof geradelt. Wiebke hatte fast vergessen, dass sie auf einen Tee vorbeikommen wollte. Eine kleine Pause konnte sie jetzt gut gebrauchen, die Arbeit auf dem Hof wollte einfach nie aufhören.

«Moin, Wiebke.» Greta trug eine Radlerhose und ein orange leuchtendes Sportshirt.

«Moin, Greta.»

Die beiden umarmten sich zur Begrüßung.

«Tee?»

«Gerne.»

Sie wollten sich gerade in Richtung Terrasse begeben, als sie ein lautes Krachen hörten. Ruckartig drehten sie sich um.

«Oh Gott!», entfuhr es Wiebke. Der kleine Holzschuppen neben der Scheune war halb in sich zusammengebrochen. Das Dach hing schief über dem Eingang.

«Wie konnte das denn passieren?», fragte Greta.

Wiebke schnaubte. «Indem man Jahrzehnte nichts daran macht. Den Schuppen hat mein Vater noch gebaut.»

Mit ihrem Hof ging es anscheinend in jeder Hinsicht zu Ende.

«Und jetzt?»

«Da steht noch sein altes Moped drin und ein paar Werkzeuge, außerdem der Rasenmäher für den Hofgarten.»

«Lass uns die Sachen vorsichtig rausziehen.»

Doch das erwies sich als viel zu gefährlich, da das gesamte Dach einzustürzen drohte. Erst als Wiebke ein paar Balken aus der Scheune holte, konnten sie die Decke abstützen, sodass Wiebke geduckt hineinkriechen und Greta ein paar Sachen herausreichen konnte. Zum Schluss schob sie das dunkelblaue Moped nach draußen.

«Damit ist Papa immer über die Insel getuckert.»

«Ach ja. Der gute Brar», seufzte Greta.

«Danke, dass du mir geholfen hast», sagte Wiebke. «Ohne dich hätte ich es nicht geschafft.»

«Ist doch selbstverständlich.»

Wiebke ging in die Küche, um Tee zu kochen, dann setzten sie sich mit ihren Tassen auf die Terrasse.

«Wirst du den Schuppen wiederaufbauen?», fragte Greta vorsichtig und nahm einen Schluck von dem dampfenden Getränk.

«Nee, dafür habe ich kein Geld», sagte Wiebke. «Aber so dringend brauche ich ihn auch nicht.»

Greta nickte und wechselte das Thema. «Sag mal, du hast wieder Kontakt zu Hauke? Ist er wirklich wieder bei der Feuerwehr?»

Es sprach sich eben alles auf der Insel rum.

«Ja.»

«Und die anderen? Was ist mit Kai?»

Wiebke zuckte mit den Achseln. «Keine Ahnung.»

«Aber schön, dass wenigstens Hauke und du wieder versöhnt seid.»

«Erst mal bin ich froh, dass wir wieder normal miteinander umgehen. Vielleicht wird daraus ja eine Art neue Freundschaft.»

Wiebke dachte kurz daran, wie Hauke damals auf dem Hof gelebt hatte. Einmal hatten sie zusammen die Heuernte eingefahren, als ihr Vater mit Grippe im Bett lag. Hauke konnte richtig anpacken, andererseits war er ein sensibler Künstler, was eine seltene Mischung war. Aber vor allem hatte Wiebke es genossen, sich jeden Tag mit ihm austauschen zu können. Jemanden an ihrer Seite zu haben, dem sie voll vertraute.

Greta rückte etwas näher an sie heran. «Er sieht ja auch ziemlich gut aus, oder?»

«Findest du?»

«Eigentlich noch besser als früher.»

Das war gerade überhaupt nicht Wiebkes Thema. «Ja?»

«Ich finde, er hat das Bubihafte verloren und sich trotzdem etwas Verschmitztes erhalten.» Sie grinste. «Wäre er nicht vielleicht was für dich?»

Wiebke winkte ab. «Hauke lebt in einer ganz anderen Welt. Mit öffentlichen Auftritten und rotem Teppich. Was sollte der mit einer Bäuerin anfangen?»

Greta schaute sie amüsiert an. «Was noch nicht meine Frage beantwortet hat.»

«Die da wäre?»

«Wie du ihn findest, ich meine – als Mann.»

Wiebke stellte ihre Tasse ab. «Für so etwas habe ich gerade überhaupt keinen Kopf.»

«Läuft es denn nicht gut?», erkundigte sich ihre Freundin leise.

Der sonst so starken Wiebke traten Tränen in die Augen. «Nee.»

Greta stand auf und nahm sie in den Arm. «Och, Mensch.»

«Lange dauert es wohl nicht mehr, dann müssen wir hier wegziehen.»

«So schlimm?»

Sie schluckte. «Aber ich tue einfach so, als wäre alles in Ordnung, und arbeite doppelt so viel.»

«Woran liegt es denn?»

«Mein Hof ist zu klein. Um bei den heutigen Preisen über die Runden zu kommen, brauchst du größere Einheiten.»

«Und was ist mit Zuschüssen vom Staat?»

«Bekomme ich ja schon. Aber ich kenne mich nicht gut genug aus. Was Finanzen anbelangt, bin ich eine Niete.»

«Komm zu mir in die Buchhandlung. Es gibt da ein neues Buch zu dem Thema, das viele Landwirte bei mir bestellt haben, darin geht es um genau solche Fragen. Vielleicht hilft es dir ja.»

Einen Tag später fuhr Wiebke mit den Kindern zu Gretas kleiner Inselbuchhandlung, um das Buch mit dem Titel

«Aktuelle Betriebslehre für Landwirte» abzuholen. Für Enna und Broder war die Kinderbuchecke hinten in Gretas Laden ein Paradies, auch wenn sie noch gar nicht lesen konnten. Sie verschwanden sofort dorthin.

«Das Buch soll wirklich super sein», meinte Greta. «Und es ist vor allem auf die Praxis ausgerichtet. Das sagen jedenfalls alle, die es gelesen haben.»

Wiebke blieb skeptisch. «Meinst du, ein einziges Buch kann meinen Hof retten?»

«Warum nicht? Du wirst es schaffen, davon bin ich überzeugt.»

«Ich kaufe es», sagte Wiebke, obwohl sie gerade überhaupt nicht zum Lesen kam.

«Ich schenke es dir.»

«Nein, das möchte ich nicht.»

Greta rollte mit den Augen. «Wieso kann ich meiner guten Freundin nicht mal was schenken?»

«Danke, meine Liebe.»

Vielleicht war ja doch noch nicht alles verloren.

Am Samstag stand dann das große Feuerwehrfest an. Pünktlich um zwölf Uhr schlug Hauke in Feuerwehruniform bei ihr auf. Sie selbst hatte sich auch schon umgezogen.

«Melde mich zum Dienst!», rief er.

Sie umarmten sich kurz zur Begrüßung.

«Hast du die Stücke drauf?», fragte sie.

Er lächelte. «Ich denke schon, bis auf ‹Africa› von Toto, das ist immer noch etwas wackelig.»

«Dann tust du an den schwierigen Stellen einfach nur so, als ob du in die Flöte bläst.»

Hauke lachte.

«Wir müssen», drängelte er. Er wollte sie in seinem Wagen mitnehmen. «Was ist mit den Kindern?»

«Die reiten auf Ruby hin.»

«Über die Straße?», fragte Hauke erstaunt.

Wiebke zuckte mit den Achseln. «Sie nehmen ein paar Feldwege, es ist ja nur ein Dorf weiter.»

«Na, dann.»

«Bist du bereit?»

«Ich freue mich riesig auf das Fest.»

Sie lächelte. «Es ist wie früher, oder?»

Er lächelte auch. «Allerdings, kaum zu fassen. Das letzte Fest der Feuerwehr, an das ich mich erinnern kann, liegt Jahrzehnte zurück.»

«Bereit?» Sie grüßte militärisch mit Hand an der Mütze.

«Jederzeit.» Er grüßte zurück.

Dann fuhren sie los zum verabredeten Treffpunkt, der mitten in der Marsch neben einer alten Scheune lag.

18

Die Polizei hatte sämtliche Straßen der Umgebung abgesperrt. Wiebke marschierte an Haukes Seite mit der vierzigköpfigen Feuerwehrkapelle unter Kallis Leitung ins Nachbardorf Feddernbüll, wo das Fest stattfinden sollte. Es hatte was, mitten in der leeren Marsch zu spielen, auch wenn ihnen dort niemand außer ein paar Möwen und Austernfischern zuhören würde. Ein leichter Wind blies ihnen entgegen, noch war es bedeckt, die Sonne sollte später noch rauskommen. Das Schilf in den Gräben raschelte mit Büschen und Gräsern im Wind, manchmal beäugte sie neugierig eine Kuh. «Es kommt mir so vor, als wenn wir für die Landschaft spielen», hatte Hauke beim Üben mal gesagt.

So hatte sie das noch nie gesehen, aber er hatte recht.

Hin und wieder ordnete Kalli eine kurze Pause an, danach spielten sie weiter. Wiebke spürte Hauke die ganze Zeit neben sich. In der Uniform sah er immer noch ein bisschen fremd aus.

In den letzten Tagen hatte er mit riesigem Elan mit Enna und Broder an der zweiten Strandhütte auf dem Sörenswai-Vorland weitergearbeitet. Wobei er in Ermangelung von Treibholz etwas geschummelt und ein paar

Kanthölzer aus Oles Baustoffhandel besorgt hatte. Ansonsten hatte er stundenlang die Stücke der Feuerwehrkapelle geübt, bis er sie auswendig konnte. Seine Aufgabe auf dem Fest nahm er richtig ernst, auf keinen Fall wollte er sich blamieren.

Sie kamen in Feddernbüll an. Das Dorf hatte viele Reetdachhäuser und eine alte Kirche aus dem dreizehnten Jahrhundert. Auf dem jahrhundertealten Walfängerfriedhof waren Wiebkes Eltern begraben und weitere Vorfahren aus den Generationen davor. Irgendwie waren sie alle nicht von der Insel losgekommen.

«Alles gut?», fragte sie Hauke.

«Es könnte nicht besser sein», sagte der und strahlte sie an.

«Mit der Berliner Medienwelt hat das hier wenig zu tun, was?»

«Deswegen ist es ja so gut!»

Sie mussten sich wieder auf die Musik konzentrieren. Kalli hielt jetzt den Stab hoch und zählte laut vier vor. Von der ganzen Insel waren Einheimische und Feriengäste auf der Festwiese im Ort zusammengekommen. Im großen Zelt wurde schon fleißig Bier ausgeschenkt. Hier war der Zeitpunkt für die Kapelle gekommen, ihre «modernen» Stücke anzustimmen: «Don't cry for me Argentina», «Memories» aus dem Musical Cats und «Africa» von Toto.

Enna und Broder hielten ihre Norwegerstute Ruby am Halfter fest und winkten ihnen zu, als sie sie sahen. Hauke setzte die Flöte ab und winkte zurück. Aber die Zwillinge waren voll beschäftigt. Sie boten anderen Kindern einen Rundritt um den Festplatz für einen Euro an. Ruby war ein pflegeleichtes Tier, das nicht aus der Ruhe zu bringen war. Außerdem gab es noch Luftballonschießen mit Dartpfeilen und Dosenwerfen. Zu essen wurden Gulasch aus der Kanone, Bratwürstchen, Fisch und Maiskolben angeboten. Der Erlös aller Aktionen kam in die Feuerwehrkasse.

Da plötzlich sah Wiebke, dass auch Nicole zu dem Fest gekommen war. Es war das erste Mal, dass sie sich nach dem Schlussmachen im Krögers wiedersahen. Wie würde sie ihnen wohl begegnen? Mit eisigem Schweigen? Nicole ging gerade mit ihrer Tochter zu Ruby, die von Enna und Broder am Zügel gehalten wurde. Das Mädchen sah fast aus wie ihre Mutter in Kindertagen: große braune Augen und blonde Haare. Sie war in Ennas und Broders Alter. Nicole trug ein Kostüm, das etwas overdressed für das Feuerwehrfest war. Als ehemaliges Dorfkind hätte sie das besser wissen können. Wiebke gab sich einen Ruck und beschloss, kurz zu ihr zu gehen.

«Moin.»

«Moin.»

Klar, man grüßte sich, alles andere wäre auch albern gewesen.

«Das ist Constanze», stellte Nicole ihre Tochter vor.

«Moin, Constanze, ich bin Wiebke. Das sind Enna und Broder.»

Die Kinder beäugten sich neugierig. «Darf ich das Pferd mal streicheln?», fragte Constanze.

«Ja klar.»

«Wie heißt es denn?»

«Ruby.»

«Moin, Ruby», sagte Constanze.

Dann riss sie ein Büschel Strandhafer aus dem Boden, um die Halme an Ruby zu verfüttern. Doch das Tier schob den Kopf zur Seite.

«Tut mir leid, das frisst Ruby nicht», erklärte Enna. «Aber du kannst für einen Euro eine Runde reiten.»

Nicole drückte Enna das Geldstück in die Hand, und Constanze kletterte auf den Sattel, dann führten Enna und Broder sie mit Ruby einmal um den Platz.

Jetzt kam Hauke zu ihnen. «Moin», grüßte er Nicole.

«Wie siehst du denn aus?», fragte Nicole lachend und deutete auf seine Uniform.

«Wieso? Steht mir Blau etwa nicht?»

«Doch, sehr sogar.»

Sie beschlossen, ins Zelt zu gehen, wo ausgerechnet Wiebkes Bankberater Till Carlsen mit seiner Rock-'n'-Roll-Band alte Elvis-Songs spielte. Auch wenn sie es ungern zugab, sang er wirklich gut, seine Stimme klang fast so voll wie die von Elvis. Natürlich grollte Wiebke immer noch wegen seiner Sturheit bei der Kreditvergabe. Klar, er hatte seine Vorschriften, aber es gab doch immer ein bisschen Luft nach oben. Immerhin hatte er sie noch einmal angerufen, um ihr zu sagen, dass er das Geld für die Treckerreparatur bewilligt hatte. Das rettete sie zwar über die nächste Runde, aber auf Dauer würde es nicht gutgehen. Egal, jetzt wurde erst einmal gefeiert!

Nun trat Nicole einen Schritt auf Hauke zu. «Tanzt du mit mir?»

Das kam für Wiebke total überraschend. Hauke und Nicole hatten sich seit dem Abend im Krögers nicht gesehen. Aber schon waren die beiden auf der Tanzfläche, machten zusammen wilde Sprünge und lachten ausgelassen. War da immer noch was zwischen ihnen?

Als das Stück vorbei war, kam Hauke auf sie zu und streckte ihr seine Hände entgegen. Das tat gut. Sie übernahm Nicoles Part und tanzte mit Hauke zu «Jailhouse Rock» und anderen Titeln. Hauke war ein toller Tänzer, er wirbelte sie durch die Luft, als wäre sie eine Feder. Sie tanzten, bis sie ganz außer Atem waren. Danach bestellte Hauke am Bierstand zwei Helle, die sekundenschnell serviert wurden. Sie nahmen die Getränke mit raus und stellten sich an den Rand des Festplatzes. Überall waren Insulaner und quatschten. Vom Schwenkgrill zogen Rauchschwaden über sie hinweg, manchmal fegte eine Windbö den Rauch direkt in ihre Gesichter. Enna und Broder drehten immer noch mit Ruby ihre Runden, Nicole war mit Constanze bei den Dartpfeilen angelangt.

«Und?», fragte Wiebke und wischte ihm einen weißen Fussel vom Uniformkragen.

«Alles super.»

«Wie früher?»

Er schüttelte den Kopf. «Nee, besser.»

«Wieso?»

«Ich weiß jetzt, *warum* es gut ist.»

«So soll es sein, oder?»

«Ja.»

Jetzt sah Hauke wieder fast so aus wie der Junge von früher, derselbe Blick, dasselbe Lächeln.

Nach ein paar Stunden ging das Fest zu Ende. Sie standen neben dem Zelt, das gleich von der Jugendwehr abgebaut werden sollte.

«Was machen wir jetzt?» Bei ihrer Frage spürte sie einen Kloß im Hals.

Hauke hatte anscheinend auch schon darüber nachgedacht. «Darf ich dich in die Hotelbar vom Fering einladen?» Er blickte sie auffordernd an.

Eindeutig ein Punkt für dich, sagte sie sich. Sie überlegte einen Moment. «Es muss nicht das Fering sein», sagte sie spontan.

«Sondern?»

«Zurück an den Anfang.»

«Was meinst du damit?»

«Wie wäre es, wenn du deine Sachen im Hotel packst und zu mir auf den Hof ziehst?», fragte sie leise.

Dann würde es wenigstens ein bisschen wie früher sein.

Hauke sah sie total verblüfft an. «Meinst du das ernst?»

Sie wurde unsicher. War das zu aufdringlich gewesen? «Wenn du nicht willst – ist es auch okay. Ich wollte nur …»

Hauke hob beide Hände. «Nicht so schnell!»

«Ja?»

Er trat näher an sie heran. «Meinst du das ernst?», fragte er noch mal.

«Ja.»

«Dann sage ich ja – super!» Er lächelte begeistert.

Und sie daraufhin auch.

19

Als Hauke eine halbe Stunde später ins Hotel Fering geeilt kam, trug er immer noch die dunkelblaue Uniform mit weißem Hemd und schwarzem Schlips. Offensichtlich sah er auf den ersten Blick wie jemand ganz anderes aus.

«Ist was passiert?», fragte die Dame an der Rezeption erschrocken.

«Allerdings», antwortete Hauke. «Können Sie bitte die Rechnung für Hauke Thorvald fertig machen?»

«Jetzt erkenne ich Sie erst wieder, Herr Thorvald! Check-out ist aber erst morgen früh.»

«Von mir aus bezahle ich noch die nächste Nacht, abreisen tue ich trotzdem jetzt.»

«Das bekommen wir auch anders hin, machen Sie sich keine Sorgen.»

Hauke wollte nicht mal mehr auf den Aufzug warten, also rannte er die Treppe hoch in den obersten Stock. In Windeseile warf er seine Sachen in den Koffer. Dann trat er noch einmal auf den Balkon, um einen letzten Blick aufs Meer zu werfen. Dieses Zimmer war wirklich wunderschön – aber kein Vergleich mit seiner alten Kammer auf Wiebkes Hof!

Gerne hätte er sich noch bei seinem alten Schulkumpel Hannes bedankt, aber der war wahrscheinlich noch auf dem Feuerwehrfest. Und so beglich Hauke an der Rezeption seine Rechnung und war dann fort.

Er fuhr durch die Marsch in sein altes Dorf. Der Weg dorthin war ihm inzwischen genauso vertraut wie früher: die Mühle, das Inselmuseum, sogar einzelne Bäume und Büsche. Als er auf Wiebkes Hof rollte, lächelte er: Nun war er auf seiner Insel wieder dort angekommen, wo er damals weggegangen war.

Enna und Broder kamen aus dem Haus gerannt und warfen sich ihm in die Arme.

«Moin, Hauke», grüßten sie. «Wohnst du jetzt endlich bei uns?»

«Ja, für die nächste Zeit.»

«Super!», riefen sie.

Das ging ihm natürlich runter wie Öl.

«Ehrlich gesagt, mache ich mir große Sorgen um euch», sagte er und zog ein betrübtes Gesicht.

«Wieso?», fragte Enna.

«Na ja, wegen des Monsters, das hier auf dem Hof lebt. Es soll riesengroß sein, habe ich mir sagen lassen.»

«Hier wohnt kein Monster.»

Hauke blieb todernst. «Ich habe es aber vorhin ganz deutlich gehört.»

Jetzt wurden sie doch skeptisch, obwohl sie ahnten, dass es ein Spiel war.

«Wo denn?»

Man konnte ja nie wissen.

«Im Flur, gleich hinter der Haustür. Sollen wir nachschauen?»

«Ja.»

«Ihr geht vor, aber bitte ganz vorsichtig.»

Behutsam öffneten die Zwillinge die Tür und lugten um die Ecke. Sie waren angespannt wie Polizisten bei einem lebensgefährlichen Einsatz.

Plötzlich rief er von hinten: «Uuuuuaaaa! Ich bin das Monster!!!!»

Die beiden kreischten erst und brachen dann in Gelächter aus. «Noch mal, bitte, bitte, bitte!»

Da kam Wiebke aus der Scheune. Sie trug enge Jeans und eine kurzärmelige blaue Bluse.

«Moin», sagte sie.

Hauke fiel wieder mal auf, auf wie viele verschiedene Arten man diese norddeutsche Begrüßung aussprechen konnte. Wiebkes Moin klang besonders herzlich.

«Ich zeige dir das Gästezimmer unterm Dach.»

«Darf ich mir was wünschen?»

«Klar.»

«Kann ich bitte in meiner alten Kammer hinter der Küche schlafen?»

«Aber die ist klein und eng.»

Er lächelte. «Ich weiß. Aber sie ist für mich ein heiliger Ort.»

Sie zog eine Augenbraue hoch. «Wie du willst. Warte kurz, ich muss eben noch zu Ende melken, dann komme ich zu dir.»

«Kann ich dir helfen?»

«Lieber nicht», winkte sie ab. Sie wirkte ein bisschen so, als ob sie das jemandem, der seit längerer Zeit in Berlin wohnte, auf keinen Fall zutrauen würde.

«Glaubst du, ich habe *alles* vergessen?» Er grinste.

«Na gut, dann komm mit. Ich bin gespannt.»

Sie gingen über den Hofplatz hinüber zum Stall. Im Vorraum zum Melkstand bekam Hauke eine viel zu kleine Plastikschürze und Überzieher für die Schuhe ausgehändigt. Mit der Hygiene nahm man es inzwischen genauer als früher.

«Stellst du die Musik an?», bat Wiebke und deutete auf die Anlage.

«Was hören deine Kühe denn am liebsten?», fragte er.

«Bach, Mozart – und Waastwinj!»

«Nicht im Ernst. Haben sie dir das gesagt?»

Er stellte die CD an, und schon schallte ihre Schülerband durch den Melkstand: Nicole sang, seine Flöte spielte dazu die zweite Stimme, Kai bediente den Bass, Wiebke das Drumset – Wahnsinn!

Hauke ließ das Wasser aus der Melkanlage ab, sodass alle Reinigungsrückstände herausgespült wurden, dann wechselte er die Filter für die Kühlung, an der die Milch vorbeilief. Er zog sich nun die Handschuhe über, säuberte die Euter der Kühe und setzte die Absauger darauf. Alles wie früher. Er genoss es, eine Kuh nach der anderen hereinkommen zu sehen, die Tiere wirkten wohlwollend und sanft mit ihren großen schönen Augen. Hauke hätte sie alle herzen können – wenn sie nicht so groß gewesen wären. Es waren immer noch seine Lieblingstiere.

Nach über einer Stunde waren sie fertig. Sie zogen sich um und trafen sich auf dem frisch betonierten Hofplatz wieder. Wiebke führte nun ihre beiden Norwegerstuten aus dem Nachbarstall.

«Ruby kennst du ja schon vom Festplatz. Und das ist ihre Schwester Fenja», sagte sie und begann, die Tiere zu satteln.

«Moin, Moin.»

«Kannst du überhaupt noch reiten?»

«Verlernt man das je?»

«Du kriegst Ruby, die ist sanfter.»

Sie waren damals oft durchs Watt und über die Wiesen der Marsch ausgeritten, winters wie im Sommer. Er sprang auf den Sattel, nahm die Zügel in die Hand und spürte den warmen Körper des Pferdes unter sich. Ein Gefühl von Freiheit stieg in ihm auf, das er in der Großstadt nie verspürt hatte.

Die Zwillinge winkten ihnen zu. «Sagst du uns nachher noch gute Nacht?», fragte Enna.

«Klar.» Er winkte zurück.

Auf dem wackelnden Rücken des Pferdes zu sitzen, fühlte sich anfangs noch fremd an, er musste sich erst wieder daran gewöhnen. Oben auf dem Deich kam er sich dann vor wie der Deichgraf persönlich, Wiebke und er waren die höchsten Punkte der Landschaft. Es gab nur das Meer, den Wind in ihren Ohren, die Wolken und sie beide.

Jetzt gingen sie mit den Pferden ins Watt, was die Tiere gewohnt waren. Sie ritten direkt in den Abendhimmel hinein, der blau und violett marmoriert war.

«So viel Zeit nehme ich mir sonst nie für mich», seufzte Wiebke, während sie die Zügel etwas locker ließ. «Ich bin schon froh, wenn ich mit den Kindern mal an den Sörenswai-Strand komme.»

Sie hielten am Deichsaum und stiegen ab. Die zotteligen Stuten ließen sie etwas abseits auf dem Deich grasen und setzten sich währenddessen auf die Wiese. Gegenüber lagen die Dünen der Nachbarinsel in der Abendsonne. Ein paar Möwen kreisten in der Luft, es war absolut windstill.

«Wie lebt es sich denn so als erfolgreicher Bestsellerautor in Berlin?», fragte Wiebke.

Er überlegte kurz. Dann sagte er: «Ich kann nicht klagen. Allerdings löst Erfolg leider nicht alle Probleme. Von außen sieht das immer ganz anders aus.»

«Willst du Mitleid?»

Er lachte. «Nein, um Gottes willen.»

«Ich habe dich oft beneidet», sagte sie. «Nachdem ihr alle weg wart, wäre ich auch gerne in die weite Welt gezogen. Am liebsten mit euch zusammen.»

Er schüttelte den Kopf. «Von uns allen hast du es am besten getroffen.»

«Wie das? Ich bin hier nie weggekommen.»

«Aber Enna und Broder wachsen in einer traumhaften Umgebung auf.»

«Das stimmt. Sie sind mein ganzes Glück.» Ihre Augen leuchteten.

«Das verstehe ich.»

«Wolltest du nie Kinder?» Sie sah ihn an.

Mit dieser Frage traf sie bei ihm direkt ins Zentrum. Die Antwort fiel ihm nicht leicht. «Um ehrlich zu sein, habe ich nie die richtige Frau dafür gefunden. Stattdessen verschimmle ich nach und nach in meiner Berliner Dachwohnung.»

Sie prustete los. «Da schimmelt bestimmt nichts.»

Er zupfte ein paar Grashalme. «Du hast recht. Ich fand mein Leben bis jetzt ziemlich gut. Aber hier auf der Insel kommen mir plötzlich Zweifel. Ich weiß nicht, wie ich es beschreiben soll. Es ist ein bisschen das Gefühl, dass in meinem Leben zwar schon unendlich viel passiert ist, ich im Grunde aber trotzdem auf der Stelle stehen geblieben bin.»

«Könntest du dir denn vorstellen, wieder hier zu leben?»

«Spontan würde ich sagen: ja, vielleicht.»

Sie lächelte. «Ach, das ist die typische Urlaubseuphorie. Du würdest hier eingehen.»

«Zu was hat Berlin denn geführt? Zum Erfolg, und der ist viel größer, als ich ihn je erwartet hätte. Aber auch zu einer Art … Isolation.» Er wunderte sich selbst, dass er so ehrlich war.

«Und die Partys? Die vielen Freunde? Oder ist das nur die Vorstellung einer Bäuerin vom platten Land?»

«Die meisten dieser sogenannten ‹Freunde› sind ja nicht meine privaten Freunde. Auch wenn sie so tun. Sie laden mich zwar manchmal in ihre Wochenendhäuser in Brandenburg oder auf Mallorca ein. Aber das ist nur ein Spruch: Sie würden reichlich dumm gucken, wenn ich wirklich dort auftauchte.» Und sobald die Auflagen meiner Bücher sinken, sind sie alle sofort wieder weg, fügte er in Gedanken hinzu. «Die meisten Partys sind rein beruflich. Da geht es darum, sich blicken zu lassen und Kontakte zu pflegen.»

«Nervt dich das nicht?»

«Ehrlich gesagt, nein. Alle wissen es und spielen mit, das geht für mich in Ordnung. Man darf es halt nur nicht mit dem privaten Leben verwechseln. Außerdem gehe ich höchstens zu jeder dritten Party, zu der ich eingeladen werde. Und meistens amüsiere ich mich auch.»

Sie grinste. «Die Frauen liegen dir bestimmt zu Füßen.»

«Ich bin ja kein Popmusiker! Mich erkennt kaum eine, damit fängt es schon mal an.»

«Armer Hauke.»

«Zugegeben, es gibt schlimmere Schicksale. Die meisten denken, als Schriftsteller führt man ein Leben wie ein Rockstar, Bodyguards müssten einem die Fans vom Leib halten, sobald man die Straße betritt. Dabei sitze ich 90 Prozent meiner Zeit alleine am Schreibtisch und arbeite, geplagt von vielen Zweifeln. Ich weiß nie, ob es wirklich gut ist, was ich mir da gerade überlege.»

Er erzählte ihr, dass in vier Wochen seine Lesetour durch Deutschland, Österreich und die Schweiz starten würde. Nach der langen, einsamen Arbeit am Schreibtisch freute er sich sehr darauf. Er würde jeden Tag woanders sein, Interviews geben, signieren, Selfies mit den Lesern machen. Und abends im Hotelzimmer würde er nicht einschlafen können, weil er noch so aufgedreht war, aber das gehörte dazu.

«Klingt wie ein Traum», stellte Wiebke fest.

Er nickte. «Trotzdem habe ich ja wohl das Recht, dich zu beneiden, oder nicht?»

Sie schauten stumm zu, wie die prallrote Sonne im Watt versank, ohne ein weiteres Wort zu sagen.

Als sie später zurückritten, wirkte der Himmel wie aus purpurnem Samt, durchzogen von rötlichen Streifen. Das Wasser kam gerade wieder, und es roch nach Salz, während ihnen ein sanfter Wind durch die Haare strich. In den weit auseinanderliegenden Reetdachhäusern der Marsch gingen die Lichter an.

«Schön, dass du zurückgekommen bist», sagte Wiebke leise.

«Finde ich auch.»

Sie brachten die Norwegerstuten zurück in den Stall und sattelten sie ab. Dann ging Hauke ins Kinderzimmer, um Enna und Broder gute Nacht zu sagen. Die beiden hatten Betten in Form von hölzernen Ruderbooten, die im rechten Winkel zueinander standen. Auf einem stand in großen blauen Lettern «Enna», auf dem anderen «Broder». Am Bug und am Heck lagen Spielzeug und Bücher, in der Mitte schliefen sie.

«Gute Nacht, träumt was Schönes», sagte er.

Doch so schnell entließen sie ihn nicht. Er sollte ihnen drei Bücher vorlesen, die sie schon auswendig kannten, aber immer wieder hören wollten. Er fand es wunderbar. Irgendwann kam Wiebke, um ihn abzulösen.

«Willst du nicht doch ins Gästezimmer?», fragte sie

noch einmal, als sie etwas später zusammen im Wohnzimmer saßen.

«Nein, ich liebe meine alte Kammer über alles.»

«Ist es schlimm, wenn ich jetzt schon ins Bett gehe?», fragte sie. «Ich bin heute schon um vier Uhr aufgestanden.»

«Ach was, alles gut.»

Sie umarmten sich flüchtig und wünschten sich eine gute Nacht.

Hauke legte sich aufs Bett. Am Fußende der Kammer stand noch ein kleiner Spind aus Holz, mehr passte nicht hinein. Der Meereswind draußen klang beruhigend. Durch das Fenster leuchtete die Außenlampe des gegenüberliegenden Kuhstalls. Ein Zipfel des Lichtscheins wurde vom Trecker verdeckt, der auf dem Hofplatz parkte.

Woran hatte er früher beim Einschlafen gedacht, wenn er hier lag? An die Zukunft, an das Meer vor der Haustür, an die Wellen, die an den Strand schlugen. Und an irgendwelche Mädchen. Oft hatte er sich nach Nicole gesehnt.

Das Licht, der Wind und das Meer machten etwas mit ihm, was er nicht genau einordnen konnte. Er liebte seine Wohnung am Maybachufer, die kleine Dachterrasse, den Blick auf das gegenüberliegende Ufer des Landwehrkanals. Hier auf der Insel war das gegenüberliegende Ufer kein anderes Haus, sondern der Horizont am Ende des Meeres. Seine Gedanken fanden wie von selbst einen viel größeren Raum.

Er sah Wiebke vor sich. Nicht die Jugendliche von damals, sondern die Wiebke von heute. Ihr Leben hinterm Deich kam ihm viel erfüllter vor als seines. Enna und Broder waren tolle Kinder, man konnte sich keine besseren wünschen. Ohne den Hof wäre ihr Weg sicher ein anderer geworden, vielleicht hätte sie als Flötistin in einem Orchester gespielt oder in einer Band.

Es tat gut, wieder hier zu sein, sie in seiner Nähe zu wissen. Vielleicht wurde es wieder ein bisschen so wie früher. Es fühlte sich jetzt schon fast so an.

20

Ein paar Tage später stand Wiebke auf dem Scheunendach, um einige Löcher mit Dachpappe zu schließen. Von oben konnte sie über den Deich bis zur Nachbarinsel schauen. Genau hier hatte ihre Schülerband Waastwinj damals ihr einziges Konzert gegeben.

Unten im Hofgarten saß Hauke an einem Tisch, inmitten von Kräuter- und Gemüsebeeten, die sie für den Eigenbedarf angelegt hatte, sowie üppigen Blumenbeeten. Es war wahrscheinlich die bunteste Stelle in der ganzen Marsch. Hauke tippte gerade etwas in seinen Laptop und blickte dann lange in die Ferne. Er war ganz für sich und sah ein bisschen traurig aus. Irgendwann würde die Welt lesen, was er sich hier ausgedacht hatte.

Sein Gesichtsausdruck beim Schreiben berührte sie. An was er wohl gerade dachte? Plötzlich musste Wiebke an Nicole denken. Ob sie immer noch Haukes Traumfrau war? Wiebke hatte nicht mitbekommen, ob die beiden sich in den letzten Tagen noch mal begegnet waren, und im Gespräch hatte er sie kein einziges Mal erwähnt. Es war ein lächerlicher Gedanke.

Aber war es früher nicht genauso gewesen? Nicole hatte sich gerne rar gemacht und ihn auch mal versetzt, was ihm jedes Mal schwer zusetzte. Sie verbrachte nicht annähernd so viel Zeit mit Hauke wie sie, Wiebke. Und doch ließ seine Faszination für Nicole nicht nach: Die Frau, nach der er sich sehnte und die er doch nie haben konnte.

Wiebke seufzte, als sie daran zurückdachte. Für sie war es schrecklich gewesen, dass ein Mann, dem sie sich so nahe glaubte, auf einen derartig anderen Frauentyp stand. Es hatte ein Gefühl von Ohnmacht in ihr verursacht. Wobei Nicole ihr gegenüber immer loyal gewesen war, sie hatte ihr wer weiß wie oft Mathe erklärt, und beim Volleyball waren sie ein Zweierteam gewesen. Das war alles lange her, wieso dachte sie überhaupt noch daran?

«Ich nehme dir gerne das Pflügen ab», bot Hauke an, als sie beim zweiten Frühstück in der Küche saßen. «Dann kannst du in der Zeit was mit den Kindern machen.»

«Sicher?»

Er grinste. «Du weißt doch, Jungs lieben Treckerfahren. Vor allem die aus der Stadt.»

«Kriegst du das überhaupt noch hin?» Sie wusste mittlerweile, dass sie ihn mit Fragen solcher Art necken konnte.

Er sah ihr tief in die Augen. «Wiebke, dein Vater höchstpersönlich hat mir das Treckerfahren beigebracht. Glaubst du wirklich, ich könnte das jemals im Leben verlernen?»

Das Feld, das gepflügt werden sollte, lag direkt hinterm Haus. Hauke holte den großen Trecker aus der Scheune und tuckerte los. Vom Zaun aus schaute sie einen Moment zu, wie er den Pflug herunterließ und die erste Bahn zog. Und tatsächlich, es wirkte so routiniert, als wenn er das jeden Tag machte. Sie zeigte mit dem Daumen nach oben, er antwortete mit einem breiten Lächeln und fuhr weiter.

«Ab an den Strand!», rief sie Enna und Broder zu.

«Und Hauke?»

«Der muss pflügen.»

Irgendwie kam es ihr komisch vor, tagsüber frei zu haben, das passierte sonst nie.

Enna und Broder rannten vorweg, sie wollten unbedingt an der zweiten Strandhütte weiterbauen, die zu einem riesigen Schloss erweitert werden sollte. Doch oben auf dem Deich drehten die Kinder um und liefen zurück.

«Was ist?», fragte Wiebke erstaunt.

«Mama, da liegt ein Mann in unserem Haus!», rief Enna. «Der schläft!»

Von der Deichkrone aus sah Wiebke auf die Strandhütte, deren Wände mit Haukes Hilfe inzwischen blickdicht geworden waren. Eine Plastikfolie über dem Dach hielt den Regen ab.

Tatsächlich: Aus dem Eingang ragten zwei nackte Füße.

Wiebke ging den Deich hinunter. Sie vermutete, dass es ein Feriengast war, der sich in der Hütte ausruhte. Was sie stutzig machte, war die Flasche Wein, die sie neben dem Eingang entdeckte. Außerdem hatte sich der Hüttengast Bettzeug mitgebracht. Auf dem quietschgelben Überzug waren Schweizer Fahnen aufgedruckt.

Wiebke schaute vorsichtig genauer hin, Enna und Broder hielten sich in sicherer Entfernung. Im Bettzeug lag ein Mann in Muskelshirt und kurzer Hose, dunkle Haare, unrasiert.

Unglaublich.

«Kai?», rief sie. «Bist du das?»

Er öffnete seine verschlafenen Augen. «Wiebke?»

Als Erstes langte er nach der Weinflasche und nahm einen Schluck. Es wirkte ein bisschen so, als wollte er sein Elend vor ihr noch mal extra demonstrieren. Dann hielt er die Flasche in ihre Richtung. «Auch?»

«Kannst du vielleicht später weitertrinken?» Sie deutete mit dem Kopf auf Enna und Broder.

«Entschuldigung, die Kinder habe ich gar nicht gesehen. Du hast recht.» Schnell versteckte er die Flasche unter der Decke.

«Wir gehen woandershin», sagte Wiebke zu den Kindern.

«Unsinn, *ich* verschwinde», sagte Kai. Er hielt einen Moment inne. «Findest du nicht auch, dass das Leben im Grunde sinnlos ist?», verkündete er dann. «Wir versuchen, mit allem klarzukommen, aber am Ende sterben wir doch, und alles ist sowieso egal.»

Oje, anders als das Sprichwort behauptete, sagten Betrunkene keinesfalls immer die Wahrheit.

«Ich glaube, es geht immer weiter», hielt sie dagegen.

Kai blickte sie an. «Unsere schönste Zeit haben wir lange hinter uns, Wiebke. Das ist mir im Krögers klargeworden.»

Es schien ihm nicht gutzugehen.

«Hängt es nicht letztlich von uns selbst ab, was passiert?», wandte sie ein.

«Du hast einfach so mit uns Schluss gemacht.» Es klang wie ein Vorwurf.

«Und du hast begeistert zugestimmt.»

Enna kam etwas näher. «Mama, kennst du den Mann?», fragte sie.

«Ja, das ist Kai, mit dem bin ich zur Schule gegangen.»

«Wieso trinkt der schon mittags Wein?»

Kai grinste blöde. «Es schmeckt mir einfach.»

«Übrigens haben meine Kinder diese Hütte gebaut. Genau wie wir damals.»

«Toll. Die ist noch besser als unsere. Danke, dass ich euer Gast sein durfte.»

Er zerrte das Bettzeug heraus und zog damit wortlos über den Deich, ohne sich zu verabschieden.

Wiebke sah ihm hinterher. Was war bloß los mit ihm? Hatte er etwa die Trennung von der Clique nicht verkraftet? Das konnte nicht sein.

Als sie ein paar Stunden später zurück zum Hof kamen, roch es im Haus nach mediterranen Kräutern. Hauke hatte gekocht und im Garten gedeckt. Er hatte am Vortag in der Inselhauptstadt eingekauft, es gab Pasta mit Meeresfrüchten und viel Gemüse. Es war ein lauer Sommerabend ohne Wind, wie es ihn auf der Insel selten gab.

Die Kinder sprangen begeistert zu Tisch und waren voller Vorfreude auf das gute Essen. Wiebke ging es nicht anders: dass sie bekocht wurde, kam so gut wie nie vor. Sie genoss es in vollen Zügen.

«In unserer Hütte war ein Mann», erzählte Enna aufgeregt, als Hauke ihren Teller füllte.

«Der hat Wein getrunken und da geschlafen», fügte Broder hinzu.

Hauke schaute Wiebke fragend an. «Ein Obdachloser?»

«Die Kinder reden von Kai», sagte Wiebke.

«Welcher Kai?»

«Na, *unser* Kai!»

«Ist das wahr? Er hat dort übernachtet?» Hauke reichte ihr den Parmesan mit dem Käsehobel.

Wiebke nickte. «Es scheint ihm nicht gutzugehen.»

«Vielleicht hatte er einen Aussetzer. Oder einfach mal Lust auf ein kleines Abenteuer.»

«Nee, so wirkte er nicht.»

Hauke füllte sich zuletzt auf. «Na dann, guten Appetit.»

Wiebke erhob ihr Glas. «Danke fürs Kochen.»

Kai hatten sie bald wieder vergessen. Es wurde ein wunderbares Essen, das sich bis zum späten Abend hinzog.

21

Hauke spazierte über den Deich zum Sörenswai-Vorland. Der Leuchtturm von der Nachbarinsel blinkte zu ihm herüber, er kam ihm vor wie ein alter Freund. Die Flut lief gerade auf, es war windstill und schwül, die Luft war diesig, als wenn sich das Wetter nicht richtig entscheiden konnte, was es wollte. Spätestens jetzt merkte er, wie sehr ihm die Nordsee in den letzten Jahren gefehlt hatte. Wie wäre sein Leben auf der Insel wohl verlaufen, wenn er hiergeblieben wäre? Er wäre sicher kein Landwirt geworden wie Wiebke. Aber egal, welchen Beruf er ergriffen hätte, mit Sicherheit hätte er immer wieder auf dem Deich Flöte gespielt. Und er wäre auf einem Pferd durch die Marsch und über dem Meeresboden ausgeritten, so oft es ging.

Die Sehnsucht nach seiner Insel hatte die Geschichten, die er schrieb, stets vorangetrieben. Er war in den letzten Jahren in allen möglichen Küstenorten gewesen: am Mittelmeer, am Indischen Ozean, am Pazifik – aber sein Heimatmeer blieb ihm so vertraut wie sein Herzschlag. Das Wattenmeer stand niemals still, die Gezeiten veränderten es jede Minute, sie besaßen unendlich mehr Kraft als jede Großstadt.

Er gehörte hierhin.

Sollte er ernsthaft wieder zurückziehen? Konnte er sich das wirklich vorstellen?

Vielleicht war der Zeitpunkt gar nicht schlecht. Kürzlich hatte er nämlich etwas bemerkt, was ihm vorher gar nicht aufgefallen war. Seine zwanzigjährige Nachbarin Patricia hatte ihn zu einem Konzert ihrer neuen Band eingeladen, in der sie Schlagzeug spielte. Und obwohl er große Lust gehabt hätte, zu kommen, allein schon, weil er ein Faible für Frauen am Drumset hatte, hatte er abgesagt. Der Auftritt sollte mitten in der Woche um zwei Uhr nachts in einem Club stattfinden, das war für ihn eine absurde Zeit. Als Autor konnte er sich seine Arbeitszeit zwar selber einteilen, aber zum Schreiben brauchte er einen festen Rhythmus. Wenn er mitten in der Woche so lange unterwegs war, hätte es ihn bestimmt zwei Tage gekostet, um wieder auf die richtige Spur zu kommen. Das war es ihm dann doch nicht wert.

Wurde er etwa alt?

Nächstes Jahr wurde er vierzig. Das klang richtig seriös. Unfassbar, und das er? Andererseits genoss er es auch, im Leben etwas erreicht zu haben, ein etablierter Autor zu sein. Er hatte hart gearbeitet und irgendwann das notwendige Glück gehabt. Es ging ihm gut, wieso sollte er sich also eine Krise wegen seines Alters einreden? Krisen kamen doch unabhängig davon: Bei akutem Liebeskummer zum Beispiel fühlte sich auch zwanzig furchtbar an.

Als er die Strandhütte erreichte, rissen ihn Enna und Broder aus seinen Gedanken.

«Moin, Hauke, wollen wir was spielen?», riefen sie und zogen ihn in die Hütte, die ja inzwischen eine Plane als Dach bekommen hatte. Durch die Seitenwände zog aber immer noch ganz leicht der Wind. Er musste an Kai denken, der hier die Nacht verbracht hatte. Wie es ihm jetzt wohl ging? Ob er sein Tief inzwischen überwunden hatte?

«Ich möchte nichts spielen», sagte er.

«Wieso nicht?», fragte Broder.

Er blieb total ernst. «Weil die Strandhütte kein Ort zum Spielen ist.»

Enna und Broder rissen erstaunt die Augen auf.

«Die Hütte ist in Wirklichkeit eine Schule», sagte Hauke.

«Komische Schule.»

«Da unterrichtet der strengste Lehrer der Welt.»

Die beiden starrten ihn an. «Wer ist das?»

«Ich!» Hauke zog ein übertrieben strenges Gesicht auf.

Sie grinsten. «Du?»

«Wie viel ist eins und eins?», rief er mit schneidender Stimme.

«Zwei», schrien die Zwillinge sofort im Chor.

«Falsch», brüllte er. «Drei! Eins und eins ist ja wohl drei!»

Sie lachten. «Du hast ja keine Ahnung!»

«Und wie heißt die Hauptstadt von Deutschland?»

Das war normalerweise keine leichte Frage für ihr Alter, aber die beiden waren ein paar Monate zuvor mit Wiebke dort gewesen, wie er wusste.

«Berlin!», kreischten sie.

«Quatsch, Feddernbüll!»

Sie lachten erneut. «Neiiin! Beeerliin!»

«Ihr habt keinen blassen Schimmer! Feddernbüll, was sonst? Im Feuerwehrhaus sitzt die Regierung, das weiß doch jeder.»

Enna und Broder liebten dieses Spiel über alles.

Als sie zurück zum Hof kamen, saß Wiebke am Küchentisch vor ihrem Laptop und raufte sich die Haare. Ihre Buchhaltung schien sie mehr oder weniger nebenbei zu machen, jedenfalls sprach sie nie darüber.

Sie blickte auf. «Na, zurück?»

«Mama, Hauke ist der dümmste Lehrer der Welt!», rief Enna.

«So?»

Hauke setzte sich neben Wiebke an den Tisch. «Ihr habt ja immer noch keine Ahnung», beschwerte er sich.

«Er sagt, dass eins und eins drei ist und dass Feddernbüll die Hauptstadt von Deutschland ist.»

Wiebke lachte. «So ein Unsinn, der hat ja selbst keine Ahnung.»

Die Kinder verschwanden in ihrem Zimmer, weil Wiebke ihnen eine halbe Stunde Fernsehen erlaubte.

Sie deutete auf den Laptop. «Ich habe mal im Netz nachgeguckt, was man da so über Kai findet.»

«Und?»

«Angeblich war er Geschäftsführer des Hotels ‹Schwyz› in der Nähe von Zürich. Auf Xing bietet er sich immer noch als Führungskraft an. Hier, mit Foto und allem.»

«Dann ist doch alles okay, oder?» Ehrlich gesagt interessierte Kai ihn nicht mehr sonderlich.

«Aber seit sieben Jahren gibt es keinen neuen Eintrag mehr.»

«Auch nicht auf Facebook und Instagram?»

«Nichts.»

«Er ist seit Jahren Koch in der Inselpizzeria, hast du gesagt. Das ist doch auch was.»

Wiebke nickte. «Schon, aber trotzdem stimmt irgendwas nicht mit ihm.»

«Geht uns das etwas an?»

Doch Wiebke ließ nicht locker. «Weißt du noch: Früher konnte man sich immer auf ihn verlassen, egal was war. Trotz seiner dummen Sprüche, er war treu.»

«Ja, das stimmt, bis auf das Ende.»

«Ich glaube, er braucht dringend Hilfe.»

«Meinst du, er will sich etwas antun?» Er sah sie forschend an.

Wiebke schnappte sich ihr Handy. «Mal hören, was er selbst dazu sagt.»

«Wenn er überhaupt mit dir redet. Erinnerst du dich? Wir haben miteinander Schluss gemacht.»

Sie wählte die Nummer der Pizzeria, in der er arbeitete, und stellte ihr Handy auf laut.

«Buona sera?», kam es aus dem Hörer.

«Hallo, ich würde gerne Kai Nissen sprechen.»

«Tut mir leid, Signora, der arbeitet nicht mehr hier.»

«Seit wann?»

«Schon seit Wochen nicht mehr, Signora.»

«Okay, vielen Dank.»

«Ciao.»

Wiebke blickte Hauke nachdenklich an. «Kai hat gekündigt.»

«So etwas passiert.»

«Warte mal. Ich glaube, auf Xing stand seine Handynummer.» Sie suchte die Nummer und gab sie dann in ihr Handy ein.

«Hallo?», kam es aus dem Hörer.

«Moin, Kai, hier ist Wiebke. Wo steckst du?»

«Ist doch egal, irgendwo am Deich.» Er klang deprimiert.

«Hör mal, Kai, bei unserem letzten Treffen hatte ich das Gefühl, dass es dir sehr schlechtgeht.»

«Kann schon sein.»

«Wir können reden, wenn du willst.»

Erst blieb er still, der Wind pfiff in seinen Hörer. Dann legte er unvermittelt auf.

Wiebke versuchte es noch einmal, aber nun war Kais Handy abgestellt.

«Ich fahre zu ihm», erklärte sie entschlossen.

«Du weißt doch gar nicht, wo er ist», wandte Hauke ein.

«Irgendwo am Deich.»

«Das kann überall sein.»

Doch Wiebke ließ sich nicht von ihrem Plan abbringen. «Dann fahre ich eben alle Deiche der Insel ab.»

«Wie das? Mit dem Auto geht das doch gar nicht», sagte er.

Wiebke überlegte. «Ich habe noch das alte Moped von

meinem Vater. Das habe ich kürzlich mit Greta aus dem kaputten Schuppen gezogen.»

Hauke blieb skeptisch. «Soll ich nicht besser mitkommen?» Was Unsinn war, weil sie nicht beide auf das Moped passten. Außerdem zweifelte er den Ernst der Lage immer noch an. Kai würde sich doch nichts antun. Der doch nicht!

«Passt du auf die Kinder auf?» Wiebke war schon dabei, sich ihre Lederjacke anzuziehen.

Auch wenn das jetzt wirklich nicht der richtige Moment war, musste er feststellen, dass sie ziemlich gut darin aussah.

«Klar.»

Sie verabschiedete sich schnell von Enna und Broder, die sich offensichtlich auf einen Abend mit Hauke freuten.

Hauke kam noch mit auf den Hofplatz. Wiebke schob das Moped aus der Scheune und startete den Motor. Er knatterte laut, aus dem Auspuff qualmte es wie wahnsinnig.

«Ich fahre am besten unten an der Deichkante entlang, die ist geteert», sagte sie.

«Du wirst ihn in der Dunkelheit überhaupt nicht sehen können.»

«So dunkel ist es doch gar nicht.»

Im Sommer war es hier im Norden tatsächlich noch lange hell, der Abglanz des Mittsommerlichtes schien bis hierher.

«Ich habe mein Handy dabei und rufe dich an, wenn ich mehr weiß.»

Dann verschwand sie auf dem Weg Richtung Sörenswai-Vorland, denn das war ihre erste Station.

Hauke blickte ihr lange nach. Er hatte kein gutes Gefühl.

22

Wiebke knatterte mit dem alten Moped durch die feuchtkühle Nacht. Ein strenger Wind wehte ihr um die Ohren. Der Motor verursachte einen Höllenlärm, aus dem Auspuff räucherte es. Ein Kennzeichen besaß sie auch nicht, aber das war jetzt egal.

Dass Kai der Abend im Krögers derartig getroffen hatte, wunderte sie immer noch, auch wenn vermutlich noch viel mehr hinter seinem seltsamen Benehmen steckte. Sie machte sich Sorgen um ihn. Plötzlich schien ihr fragwürdig, was sie an jenem Abend selbst vorgeschlagen hatte: dass man einfach so Schluss machen konnte mit seinen Freunden. Ging das überhaupt? Oder war die Verbindung nicht vielleicht doch tiefer, als einem bewusst war? Dass sie jetzt auf der Suche nach Kai war, von dem sie bis vor kurzem dachte, es verbinde sie gar nichts mehr mit ihm, war der beste Beweis.

Auf dem Sörenswai-Vorland war er nicht, sie kontrollierte auch die Hütte. Aber sie hatte eine weitere Ahnung, wohin es ihn gezogen haben konnte: Sein Lieblingsplatz außer dem Strand war damals die Vogelkoje in Boldixum gewesen. Ein dichtes Waldstück in der weiten Marsch, in das man die Enten lockte, um sie dann zu fangen. Kai hatte die Abgeschiedenheit des Ortes gemocht. Vielleicht war er dort?

Sie überlegte, wie sie am besten vorging. Als Erstes musste sie seinen Wagen finden, einen schwarzen Polo. Ein leichter Nebel zog auf, es wurde kühler. Hoffentlich nahm das nicht noch zu. Dann sah sie irgendwann gar nichts mehr. Überall roch es nach Gras und dem Wasser in den Gräben.

Sie drückte das Gas voll durch und kam bis auf sechzig. Plötzlich meinte sie, einen Schatten auf einem parallelen Feldweg neben sich zu entdecken. Sie drehte den Kopf zur Seite. Und verriss dabei den Lenker, es ging ganz schnell. Ohne dass sie es verhindern konnte, wurde sie in das Maisfeld neben dem Weg geschleudert, stürzte und knallte gegen einen großen Stein. Dann wurde es dunkel.

Irgendwann wachte sie auf. Es roch nach Erde. Und nach Mais. Sie schmeckte Blut auf ihrer Lippe. Entsetzliche Schmerzen tobten in ihrem Bein, an der Hüfte und am Rücken. Wo war sie? Und wie war sie hierhingekommen? Anscheinend lag sie mitten in einem Maisfeld, ihr Moped war nicht zu sehen. Unmittelbar vor ihrem Auge lag ein faustgroßer Feldstein. Sie brauchte Hilfe, schnell! Aber hier draußen hielt sich selten jemand auf. Eigentlich nie. Und nachts schon gar nicht.

Ihre Beine spürte sie zum Glück noch. Jede Bewegung tat höllisch weh, ihre Knochen fühlten sich seltsam schief an. Sie musste beide Beine gebrochen haben. Genauso ihren linken Arm. Ihr wurde kalt, sie zitterte am ganzen Körper.

Halt durch, Wiebke, dachte sie. Aber wo war ihr Handy? Sie hatte es locker in die Brusttasche ihrer Lederjacke gesteckt, jetzt war es weg. Wer würde sie hier, mitten in der Marsch, finden? Auf diesem Nebenweg kamen kaum Touristen vorbei, die fuhren woanders lang, und Insulaner ohnehin nicht. Außerdem war es stockdunkel. Sie musste auf ihren Landwirtskollegen setzen, dem das Feld gehörte. Aber warum sollte der nachts sein Maisfeld kontrollieren? Sie musste sich dringend etwas einfallen lassen. Doch wie sollte das gehen, wenn sie sich noch nicht mal bewegen konnte? Ihre Lage war ernst, sie konnte die aufsteigende Panik nur mühsam unterdrücken.

Sie sehnte sich mit allen Fasern ihres Körpers nach Enna und Broder. Die beiden sollten nicht ohne ihre Mutter aufwachsen. Sie liebte sie so sehr. Ihr Herz raste, als sie an sie dachte. Wenigstens war Hauke bei ihnen. Er passte gut auf sie auf, das wusste sie. Und sie würde gerettet werden, eine andere Möglichkeit gab es nicht. Sie musste daran glauben!

Ihr bisheriges Leben war wunderbar gewesen, es würde nicht einfach so enden. Ihre Jugendzeit mit der Clique war ein großartiger Start, auch wenn es mit neunzehn abrupt geendet hatte. Ihre Eltern waren tolle Menschen gewesen und auch ein tolles Paar: Brar und Enke hatten sich über all die Jahre spürbar geliebt. Sie waren viel zu früh von ihr gegangen. Und doch hatte Wiebke das Gefühl, dass sie immer noch bei ihr waren, auch jetzt.

Sie dachte an Greta. Wie schön, dass sie sich entschlossen hatte, auf die Insel zu ziehen. Dadurch hatte sich in den letzten Jahren eine Freundschaft zwischen ihnen entwickeln können. Und Greta war so glücklich mit ihrem Piloten Florian. Wiebke war ein paarmal mit den beiden über die schillernden Priele des Wattenmeeres geflogen. Von oben sah ihr Reetdachhaus aus wie eine gemütliche Höhle.

Patrick, der Vater von Enna und Broder, tauchte vor ihrem geistigen Auge auf. Auch mit ihm hatte sie eine gute Zeit gehabt, wenn auch nur von kurzer Dauer. Dass er sie unmittelbar nach der Geburt im Stich gelassen hatte, war ein schwerer Schlag für sie gewesen. Dabei stand eigentlich von Anfang an fest, dass er nicht bei ihr auf der Insel bleiben würde. Patrick war ein Abenteurer, den es rastlos durch die Welt zog.

Aber sie hatte durchgehalten und die anstrengende Hofarbeit mit der Betreuung der Kinder unter einen Hut bringen können. Was hätte sie auch anderes tun sollen? Enna und Broder sollte es gutgehen. Irgendwann, als die Kinder aus dem Gröbsten raus waren, hatte sie wieder mit dem Flötespielen begonnen. Und wie durch ein Wunder hatte sie sogar mit Hauke zusammengespielt, kürzlich auf dem Deich. Das war ein unglaubliches Glücksgefühl gewesen. Sie staunte, was für ein Mensch aus ihm geworden war, stark und sensibel zugleich. Wieso hatte er nicht längst eine gute Frau abbekommen?

Sie fragte sich, ob sie ihn überhaupt noch mal wiedersehen würde.

Es tat alles so weh. Bestimmt rätselte er längst, wo sie blieb, und setzte eine Suchaktion in Gang. Hatte sie ihm eigentlich gesagt, wohin genau sie wollte? Sie erinnerte sich nicht. Hier in diesem verdammten Maisfeld hatte sie wirklich allerschlechteste Chancen, gefunden zu werden. Wie war das noch mit einem Schock? Konnte man daran sterben? Würde die Polizei Suchhunde einsetzen oder Wärmebildkameras? Vielleicht hatte sie innere Verletzungen. In ihren Gedanken ging alles durcheinander.

Zwischendurch bettete sie ihren Kopf auf dem Erdboden. Wenn sie am Weg läge, hätte sie noch Chancen gehabt, aber mitten im Feld nicht. Irgendjemand musste bald kommen, ihr wurde immer kälter. Frost konnte es nicht sein, sie hatten ja Sommer. Nein, das Gefühl kam von innen. Sie begann zu zittern.

Enna und Broder sangen mit ihren Kinderstimmen laut «Alle meine Entchen», das war ihr Handyklingelton! Mit dem linken Arm suchte sie das Telefon, es wäre ihre Rettung gewesen. Alles schmerzte, Bauch, Beine, Rücken. Das Handy lag irgendwo in der Nähe – und doch unerreichbar weit weg.

Weitere Szenen aus ihrem Leben liefen vor ihrem inneren Auge ab, was sie erschreckte: Kündigte sich damit ihr Tod an? Sie versuchte, nicht an die Vergangenheit zu denken, sie wollte verhindern, dass es mit ihr zu Ende ging.

Es ließ sich nicht aufhalten.

Bilder von der Clique tauchten auf. Wie wäre es gewesen, wenn sie nach der Lesung oder im Krögers wieder zusammengekommen wären? Wenn sie einfach da weitergemacht hätten, wo sie damals aufgehört hatten? Sie hätten vermutlich jede Menge Spaß gehabt, über Kais blöde Sprüche gelacht, die Nicole mit ihrem trockenen Humor noch getoppt hätte, Hauke hätte die Augen darüber verdreht und selber einen draufgesetzt. Feiern, das konnten sie wirklich! Wie damals wären sie zu viert über die Insel gezogen, hätten die Disco geentert und wären bei jedem Fest die letzten Gäste gewesen. Genau das nahm sie sich nun vor – falls sie jemals aus diesem Maisfeld herauskam.

Dann meldeten sich andere Stimmen zu Wort, die sie ebenfalls nicht steuern konnte. Sie waren laut und real, nicht in ihrem Kopf, sondern von außen, aber dicht an ihrem Ohr. «Du hältst nicht mehr lange durch», sagte jemand ganz laut. «Stell dir vor, deine Feuerwehrkapelle marschiert an diesem Feld vorbei – niemand würde dich bemerken.»

Hauke war ihre einzige Hoffnung: «Ich bin schon unterwegs», rief er. «Es dauert nur noch einen Moment.»

Sie sah Nicole im Inselkrankenhaus vor sich, wie in einer Arztserie. «Was ist das für ein Fall?», fragte sie einen Sanitäter, als Wiebke in die Notaufnahme gerollt wurde.

«Polytrauma nach schwerem Sturz», antwortete er. «Die Patientin ist bedingt ansprechbar, wir haben ihr ein Schmerzmittel gegeben.»

«Sofort in den Schockraum!» Dann Nahaufnahme Nicole, die sie jetzt erst erkannte: «Bist du das, Wiebke? Hörst du mich? Du bist hier in der Inselklinik, wir werden alles für dich tun. Aber du darfst bitte, bitte nicht einschlafen!»

«Ich bin so müde.»

«Wiebke, du musst wach bleiben – unbedingt!»

«Bitte, Nicole!»

«Ich gebe dir eine Spritze, danach fühlst du dich besser.»

«Werde ich je wieder laufen können?»

«Das kann ich erst nach der OP sagen.»

Sie sah Enna und Broder an ihrem Bett stehen: «Mama, wann bist du wieder gesund?»

«Bald.»

«Mama, du darfst nicht sterben.»

Wiebke kamen die Tränen. Sie schnappte nach Luft. Ihr Herz schlug immer schneller.

Irgendwann hörte sie erneut, dass ihr Handy klingelte. Wieder versuchte sie, es zu greifen, aber es lag einfach zu weit entfernt von ihr. Ihre Schmerzen fuhren hoch ins Unerträgliche. Ihr wurde schwarz vor Augen.

23

Wie viele Erwachsene, die keine Kinder haben, machte Hauke es mit den Zwillingen falsch: Er tobte mit Enna und Broder vorm Zubettgehen, um sie müde zu bekommen. Was zum kompletten Gegenteil führte. Sie wurden immer aufgedrehter.

Es ging durchs ganze Haus. Ganz oben auf ihrer Wunschliste stand der strenge Lehrer, den er immer wieder geben musste.

«Gehören wir hier zum Festland oder sind wir eine Insel?»

«Insel, Insel!»

«Unsinn, Festland!»

Irgendwann ging es dann zum Vorlesen in die Bootsbetten.

«Aber nur drei Bücher», kündigte er an.

«Okay.»

«Jeder drei!», forderte Enna.

Nicht ungeschickt.

Natürlich ließ er sich erweichen. Es gab wunderbare Kinderbücher, und die beiden hatten sie alle: «Die kleine Raupe Nimmersatt», «Die Königin der Farben» und viele mehr. Zum Schluss dachte er sich noch eine eigene Geschichte für sie aus, was ihm sehr viel Spaß machte. Dann schaltete er das Licht aus.

Doch die beiden wollten immer noch nicht schlafen. «Wir können uns ja noch einen Moment unterhalten», schlug er vor. Inzwischen waren sie schon etwas ruhiger geworden und würden wohl bald einschlafen.

«Wieso werden wir eigentlich geboren, wenn wir trotzdem sterben müssen?», fragte Enna.

Er staunte: Wo kam das denn jetzt her, so völlig ohne Zusammenhang? Es war die Frage aller Fragen – auch für Erwachsene.

«Das weiß ich nicht», musste er bekennen. «Ich finde aber, wir sollten erst einmal Spaß im Leben haben.»

«Und wenn das Leben zu Ende geht?»

«Das werden wir sehen. Ich glaube ja, danach wird es auch ziemlich gut.»

«Ich will aber nicht, dass Mama irgendwann stirbt», sagte Broder ernst.

Die klugen Gedanken der Kinder brachten ihn in ein schwieriges Fahrwasser. «Das passiert auch nicht.»

Was Unsinn war, wie Enna sofort erkannte: «Irgendwann ja doch.»

«Aber das dauert noch ewig, sie ist ja gar nicht alt.»

«Unsere Oma und Opa sind auch früh gestorben», sagte Enna. Sie und Broder hatten sie nie kennengelernt.

«Ich kannte eure Großeltern sehr gut», sagte Hauke.

«Echt?»

Hauke wurde ein bisschen wehmütig. «Enke und Brar waren wunderbare Menschen.»

Er erzählte von ihrem gemeinsamen Tag in Kampen. Wobei er wegließ, dass er und Wiebke ihn mit ihrem heimlichen Ausflug ausgelöst hatten.

«Schade, dass sie schon gestorben sind», seufzte Enna.

«Für mich sind sie immer noch da, man sieht sie nur nicht», sagte Hauke. Und das stimmte tatsächlich. Vor allem, seit er wieder auf der Insel war, tauchten sie überall auf.

«Kannst du mit ihnen reden?», fragte Broder.

«Ja! Sie können nur nicht antworten.»

«Opa, wie geht es dir?», sagte Broder ganz leise und schaute an die Zimmerdecke. «Wir haben viel Spaß mit Hauke, den kennst du ja auch.»

Jetzt konnten die Kinder wirklich kaum noch die Augen aufhalten. Er ließ sie allein, unter Protest, mit angeschaltetem Licht.

Erschöpft setzte er sich ins Wohnzimmer. Wiebke war immer noch nicht wieder zurück, wahrscheinlich hatte sie Kai gefunden und war dabei herauszufinden, was ihn umtrieb. Schon erstaunlich, dass sie sich trotz ihrer Trennung derartig viele Gedanken um ihn machte. Er selbst würde immer denken, dass Kai klarkam. Einer wie der tat sich nichts an.

Als Wiebke um halb zwölf Uhr immer noch nicht da war, begann er, sich Sorgen zu machen. Er rief sie auf ihrem Handy an, aber sie ging nicht ran. Offenbar hatte Kai viel zu erzählen. Hauke fläzte sich mit einem Buch, das Greta ihm empfohlen hatte, auf die Couch. Es waren die Aufzeichnungen eines dänischen Landvermessers, der

Mitte des neunzehnten Jahrhunderts über die Inseln und Halligen gereist war. Unglaublich, wie die Menschen nach jeder verheerenden Sturmflut zurückgekommen waren und alles wieder aufgebaut hatten.

Um ein Uhr nachts wurde er richtig nervös. Wiebke ging immer noch nicht ans Handy. Er suchte aus dem Internet Kais Nummer raus und probierte es jetzt auch ein Dutzend Mal bei ihm, aber es meldete sich jedes Mal nur die Mailbox.

Um zwei Uhr rief er am Polizeirevier der Inselhauptstadt an, es meldete sich eine Frauenstimme.

«Polizeistation, Detlefsen.»

Er erinnerte sich, dass er der Polizeichefin bei seiner Lesung ein Buch signiert hatte. «Moin, hier ist Hauke Thorvald.»

«Der Krimischreiber?»

«Ja.»

«Was gibt's?»

«Wiebke ist verschwunden, sie wollte längst wieder hier sein», sagte er. «Sie ist aber nicht aufgetaucht. Habt ihr irgendwas gehört?»

«Nee, alles ruhig auf der Insel, es wurde nichts Ungewöhnliches gemeldet. Die wird schon noch kommen. Wie war sie denn unterwegs?»

«Mit dem Moped.»

«Vielleicht ist sie bei Freunden versackt.»

Das konnte Hauke nicht glauben. «Und dann lässt sie ihre Kinder allein zu Hause?»

«Ist denn niemand bei ihnen?»

«Doch, ich passe auf sie auf.»

«Dann ist doch alles in Ordnung. Aber ich halte die Ohren offen und melde mich, falls ich was höre.»

«Und wenn sie einen Unfall hatte?», fragte Hauke beunruhigt.

«Wo wollte sie denn hin?»

«Weiß ich nicht genau, in die Marsch, auf den Deich.»

«Genauer geht es nicht?»

«Leider nicht.»

«Sie kommt schon noch.»

Doch er blieb hart: «Ihr ist etwas passiert, das spüre ich.»

«Okay», sagte die Polizistin. «Ich schicke bei Tagesanbruch eine Streife in die Marsch. Nachts sehen wir sowieso nichts.»

«Was ist mit Scheinwerfern und Wärmebildkameras?»

«Na, du hast Vorstellungen, wir sind hier nicht in Hollywood.»

Da war wohl nichts zu machen. Vermutlich stand Wiebke in der nächsten Minute in der Tür, und alles war gut.

«Okay.»

«Ich melde mich. Tschüs.»

Hauke überlegte einen Moment, dann rief er im Inselkrankenhaus an.

«Inselkrankenhaus, Dr. Schmidt», meldete sich Nicole. Zum Glück hatte sie Nachtdienst. Ihre Stimme machte ihm Mut.

«Hier ist Hauke.»

«Welcher Hauke?» Okay, es war mitten in der Nacht, und der Name kam auf der Insel häufiger vor.

«Na, ich.»

«Jetzt erkenne ich erst deine Stimme.»

«Ist Wiebke zufällig bei euch eingeliefert worden?», fragte er ohne Umschweife.

«Nein, wieso?»

«Sie ist weg.»

«Wie, weg?»

«Sie wollte Kai suchen und mit ihm reden.»

«Mitten in der Nacht? Wieso das denn?»

«Er scheint ziemlich am Ende zu sein, sie hat sich Sorgen gemacht. Aber sie hätte längst zurück sein müssen.»

«Dann ruf am besten Ellen von der Polizei an.»

«Habe ich schon. Sie sagt, auf der Insel ist nichts passiert.»

«Und die Kinder?»

«Sind bei mir. Ist eine längere Geschichte.» Er wollte jetzt nicht am Telefon erklären, warum er wieder bei Wiebke auf dem Hof wohnte.

Zum Glück blieb Nicole sachlich: «Was hast du jetzt vor?» Doch ihre Stimme klang besorgt. Wenigstens war er jetzt nicht mehr der Einzige, der sich Gedanken machte.

«Ich würde sie gerne suchen, aber ich komme hier nicht weg.»

«Pass auf, Hauke», sagte Nicole, «ich tausche gleich mit meinem Kollegen die Schicht und komme so schnell wie möglich zu dir. Dann überlegen wir, wie wir sie finden.»

Er hatte Nicoles pragmatische Art immer geschätzt. Wenn es drauf ankam, konnte man auf sie zählen.

Als Nächstes rief Hauke Greta an, die natürlich schon

geschlafen hatte. Er informierte sie kurz, was vorgefallen war, und auch sie versprach, sich sofort auf den Weg zu machen.

Kurze Zeit später standen Greta und Nicole vor der Tür. Beide sahen blass aus. Nicole trug eine leuchtende Warnweste und hielt einen Notarztkoffer in der Hand.

«Meinst du, das ist notwendig?», fragte Hauke mit Blick auf den Koffer.

«Sicher ist sicher.» Sie sah ihn mit dem eindringlichen Blick an, den er auch von früher kannte.

Da erst befiel Hauke eine rasende Angst: Was war, wenn Wiebke tatsächlich etwas zugestoßen war? Sie mussten sie schnell finden!

«Wo wollte sie denn hin?», fragte Nicole.

«Sie meinte, Kai ist irgendwo am Deich.»

«Das kann überall sein.»

«Egal, fangen wir einfach an.»

«Lass uns zusammen überlegen: Was waren damals Kais Lieblingsorte?», fragte Nicole.

Er überlegte. «Mir fällt nur die Boldixumer Vogelkoje ein.»

«Dann fahren wir den Weg von hier dorthin ab», schlug Nicole vor.

«Im Dunkeln? Das hat wenig Sinn», gab Greta zu bedenken.

«Wir nehmen einfach den Trecker», rief Hauke. «Der gibt am meisten Licht.»

Auf dem Dach der Fahrerkabine befand sich eine Batterie mit sechs Scheinwerfern, die alles um das Fahrzeug herum taghell machten, damit man auch bei Dunkelheit auf dem Feld arbeiten konnte.

«Okay. Dann fahrt ihr beide. Ich bleibe bei den Kindern», sagte Greta.

Kurz darauf saßen Hauke und Nicole auf dem Trecker. Hauke schaltete alle Scheinwerfer an und zischte mit Vollgas vom Hof. Die künstlich beleuchtete Marsch sah unheimlich aus. Hauke musste an Geistergeschichten aus seiner Kindheit denken. Seine Eltern hatten fest an Nis geglaubt, den friesischen Geist, der angeblich hier in der Marsch herumspukte.

«Bitte keine bösen Geister», murmelte er.

«Was hast du gesagt?», fragte Nicole.

«Nichts.»

Die Scheinwerfer leuchteten die Umgebung gespenstisch hell aus. Nicole schaute links, er rechts. Doch sie sahen nichts als Wiesen, Weiden und Maisfelder, manchmal schreckten sie einen Vogel auf, der krächzend wegflog. Hauke rief zum x-ten Mal Kais Nummer an. Als er es schon aufgeben wollte, ging er plötzlich dran.

«Ja?»

«Wo bist du?», rief Hauke.

«Hauke, bist du es?» Er erkannte seine Stimme sofort. «Ich bin in der Vogelkoje.»

«Ist Wiebke bei dir?»

«Nee, wieso sollte sie?»

Kais stoische Ruhe konnte Hauke gerade überhaupt nicht gut haben. «Weiß sie, wo du bist? Habt ihr telefoniert?»

«Ja.»

«Sie sucht dich!», rief Hauke.

«Mich?»

«Egal.» Er drückte Kai weg.

So schnell es ging, rasten sie zur Vogelkoje. Nicoles Anwesenheit beruhigte ihn etwas, sie behielt in Krisensituation immer die Nerven, das wusste er.

Als sie die Koje erreichten, wartete Kai am Eingang in seinem schwarzen Polo auf sie. Hauke riss die Fahrertür auf.

«Habt ihr sie?», fragte Kai.

«Nein.»

Sie suchten das dichte Waldstück mit Taschenlampen ab. Zwischendurch riefen sie immer wieder laut Wiebkes Namen und wurden dann still, um zu hören, ob eine Antwort kam.

Nichts. Ihre Stimmen verhallten ungehört zwischen den Bäumen. Es war zum Verzweifeln.

«Morgen bei Tageslicht sehen wir mehr», meinte Kai irgendwann.

Doch Hauke blieb hartnäckig: «Nein, das dauert viel zu lange. Wir müssen noch mal den ganzen Weg vom Hof hierher absuchen. Irgendwo muss sie sein.»

Jetzt stiegen sie alle drei in den Trecker, und Hauke startete den Motor. Immer wieder schwenkte er das Fahrzeug in Richtung der Wiesen, um sie bis zum Ende auszuleuchten.

«Es hat keinen Zweck», meinte Kai.

«Ich drehe noch einmal um», sagte Hauke stattdessen. Er würde jetzt nicht aufgeben.

«Das Einzige, was wir bisher nicht einsehen konnten, war das Maisfeld eben, oder?», überlegte Nicole.

«Du hast recht», sagte Hauke und steuerte in Richtung Feld.

Zuerst war nichts zu erkennen außer den Maishalmen. Angestrengt suchten sie alles ab. Nach einer Weile entdeckten Nicole und Hauke gleichzeitig eine fast unsichtbare Schneise zwischen den Halmen.

Die gehörte da nicht hin.

Nicole und er sprangen vom Trecker und kämpften sich mit Taschenlampen durch den Blätterwald, der bis über ihre Köpfe reichte. Nicole hielt ihren Notarztkoffer in der Hand. Nach wenigen Metern stolperten sie über etwas Großes, Hartes: Wiebkes Moped! Es sah ziemlich lädiert aus.

Haukes Herz pochte auf Hochtouren: Wo war sie?

«Wiebke!», schrie er.

Da bat Nicole ihn, still zu sein. Erst hörten sie nur das Rascheln der Blätter, dann ein ganz leises Stöhnen.

«Hier!», rief Hauke.

Die drei teilten sich auf und eilten in unterschiedliche Richtungen weiter. Schließlich entdeckte Hauke Wiebke auf dem Ackerboden. Sie lag zusammengekrümmt zwischen den Halmen.

«Wiebke!», rief er entsetzt.

Sie öffnete kurz die Augen und wurde dann wieder bewusstlos.

Nicole eilte herbei. Sie fühlte Wiebkes Puls, zückte ihr Handy und wählte sofort den Notruf.

«Dr. Schmidt hier, wir brauchen sofort einen Krankenwagen zum Thomsen-Feld», rief sie. «Da steht ein hell beleuchteter Trecker, das seht ihr schon von weitem. Ich bin vor Ort. Beeilt euch!»

Hauke streichelte Wiebkes Wangen, und Kai legte seine Jacke unter ihren Kopf. Immer wieder öffneten sich kurz ihre Augen.

«Wo tut's weh?», fragte Nicole, während sie Wiebke einen Zugang für die Kanülen legte.

«Bein und Arm», keuchte Wiebke. Sie sah aus, als würde sie in Kürze erneut ohnmächtig werden. «Durst.»

«Haben wir was zu trinken?», rief Hauke.

Nicole schüttelte den Kopf: «Das besorgen wir gleich über den Tropf.» Sie nahm eine Spritze aus ihrem Koffer und zog eine Kanüle mit einem Medikament auf.

«Deine Schmerzen sind gleich weg, Wiebke, ich verspreche es dir.» Nicoles Stimme klang ganz ruhig, sie schien sich absolut sicher zu sein. Sie spritzte etwas in den Zugang, während Hauke Wiebkes andere Hand hielt und sie streichelte.

«Besser?», fragte Nicole.

«Ja», stöhnte Wiebke.

«Der Krankenwagen kommt sofort», erklärte Kai. Auch seine tiefe Stimme klang beruhigend.

«Wir sind alle bei dir, Wiebke», meinte Hauke. «Kai, Nicole und ich, deine alte Clique.»

Wiebke zeigte keine Reaktion.

«Wiebke?»

«Sollen wir sie zur Straße tragen?», fragte Kai Nicole.

Die prüfte gerade noch einmal Wiebkes Puls. «Nein, falls sie Rückenverletzungen hat, ist das zu gefährlich.»

Hauke schluckte seine Tränen herunter und betete im Stillen ein Vaterunser. Es war das erste seit langem.

Wiebke durfte einfach nichts Schlimmes passiert sein.

Es war nicht ganz leicht, den Krankenwagen zum abgelegenen Feld mitten in der Marsch zu dirigieren. Die Sanitäter waren neu auf der Insel und kannten sich noch nicht gut aus. Hauke alarmierte die Freiwillige Feuerwehr, zum Glück hatte sein alter Wehrführer Kalli Nachtdienst. Er kapierte sofort, wo sie waren, und raste mit Blaulicht dem Krankenwagen entgegen, um ihn zum Maisfeld zu lotsen.

Wiebke war jetzt bei Bewusstsein, sprechen war aber noch zu anstrengend für sie.

«Na endlich!», rief Nicole erleichtert, als das Blaulicht auf dem Feldweg flackerte. Wehrführer Kalli stellte einen großen Scheinwerfer auf, der die ganze Szenerie hell ausleuchtete, dann holten er und ein Sanitäter die Trage aus dem Wagen.

«Macht schnell, bitte!», rief Hauke.

«Erst mal muss sie transportfähig gemacht werden», erklärte Nicole und wandte sich an Kalli: «Die Vakuummatratze!»

Sie wusste genau, was zu tun war. Hauke bewunderte sie dafür.

Kalli kam mit einer aufblasbaren Matratze wieder, die sie alle zusammen ganz vorsichtig unter Wiebkes Rücken schoben. Sie verstand anscheinend nicht, was los war, und riss entsetzt die Augen auf.

«Was ist das?», rief sie.

«Das stützt deinen Rücken, damit du bequemer liegst», erklärte Nicole. Was harmlos ausgedrückt war: galt es doch, eine Querschnittslähmung zu verhindern.

«Oh Gott!», schrie Wiebke.

Nicole ging gar nicht darauf ein, es musste jetzt schnell gehen.

«Auf drei!», wies sie die anderen an.

Alle packten an und hievten Wiebke mitsamt der Vakuummatratze auf die Trage, die Kalli und der Sanitäter dann zum Krankenwagen brachten. Kai setzte sich mit dem Fahrer nach vorne, Nicole und Hauke sprangen hinten rein.

«Ins Krankenhaus», rief Nicole.

Hauke hielt die ganze Zeit Wiebkes Hand und versuchte, ihr aufmunternd zuzulächeln, was ihm unendlich schwerfiel. Aber er musste jetzt stark sein.

24

Wiebke hatte noch nie in einem Krankenwagen gelegen. Das Neonlicht war furchtbar grell, und sie hatte panische Angst. Nicole hatte sie an ein EKG angeschlossen und beobachtete abwechselnd den Monitor und sie, zwischendurch tätschelte sie ihre Wange. An der Wand zum Bildschirm saß Hauke und ließ sie nicht aus den Augen. Der Gute!

Durch einen schmalen Spalt in der Scheibe sah sie das Blaulicht in der Marsch flackern. Sie spürte, wie der Schmerz langsam nachließ. Ihr wurde warm.

«Wie geht es dir?», fragte Hauke sanft.

«Gut», stöhnte sie. «Was ist mit Enna und Broder?»

«Greta ist bei ihnen. Sie schlafen tief und fest.»

«Wissen sie, dass ich …?»

«Mach dir keine Sorgen, ich kümmere mich um sie, bis du wieder fit bist», versprach er.

Wiebke sah Hauke an. «Ich wusste, dass du mich finden würdest.»

«Ich bin so froh», sagte er.

Sie wurde langsam schläfrig.

Nicole kontrollierte das EKG. «Bitte nicht so viel reden, Wiebke, das strengt dich unnötig an.»

Wiebke vertraute ihr. Nicole wusste zum Glück, was sie tat.

«Wie sieht's aus? Kann man schon sagen, was es ist?», hörte sie Hauke fragen.

«Das werden wir im Krankenhaus sehen», sagte Nicole.

«Aber es geht ihr doch schon viel besser!»

«Das sind allein die Spritzen, ohne die sähe es anders aus.»

Was immer das hieß. Draußen flackerte das Blaulicht weiter über die Marschwiesen.

Wiebke wollte nur noch schlafen. Aber im Inselkrankenhaus ließ man sie nicht in Ruhe. Zudem nervte das allgegenwärtige Neonlicht. Sie lag auf einem Behandlungstisch, Hauke hielt immer noch ihre Hand. Plötzlich war auch Kai aufgetaucht, er sah sie mit ernster Miene an. Ausgerechnet in dieser erbärmlichen Situation kam ihre alte Clique wieder zusammen. Eigentlich hätten sie das feiern sollen. Aber das war ein absurder Gedanke.

Erschöpft schloss sie die Augen. Bilder von früher blitzten auf, die Strandhütte, Drachen steigen lassen auf dem Deich, Hauke, der ihr irgendetwas zurief.

«Wir machen jetzt ein CT», wies Nicole eine Krankenschwester an und wandte sich an Hauke und Kai. «Ich würde euch bitten, das Zimmer zu verlassen.»

«Du sagst Bescheid, wenn was ist, okay?», bat Kai.

«Ja, natürlich, aber jetzt raus.»

Nicole konzentrierte sich voll auf ihre Arbeit. Wiebke wurde auf einem fahrbaren Tisch durch einen großen

Ring geschoben, was sie nur halb mitbekam. Sie musste die ganze Zeit an Enna und Broder denken. Was wurde aus ihnen, wenn sie schwerverletzt war? Oder wenn sie das hier nicht überlebte? Dass ihr Zustand ernst war, hatte sie Nicoles Gesicht ablesen können. Und wieder tauchten Bilder von früher auf.

Nach unendlich langer Zeit, jedenfalls kam es ihr so vor, hörte sie Nicoles Stimme vom Kopfende des Tisches. Sie blieb betont sachlich, was beruhigend war.

«Dein Rücken ist geprellt», erklärte sie. «Außerdem ist dein linker Knöchel gebrochen, dein Schienbein ist zertrümmert, und du hast eine Platzwunde am Kopf, die ist aber nicht schlimm. Ich werde dich gleich operieren.»

Wiebke schreckte hoch. «Wieso operieren?»

«Das bekommen wir sonst nicht hin.»

«Und was, wenn ich nein sage?»

«Möchtest du jemals wieder schmerzfrei laufen können?», konterte Nicole.

«Natürlich.»

«Na, dann …»

«Operierst *du* mich?» Sie kannte Nicole nur als Freundin aus Jugendtagen, nicht als ausgebildete Ärztin. Das waren zwei verschiedene Dinge. War es überhaupt gut, wenn eine Freundin sie operierte?

«Ja.»

«Hast du in der Uni denn auch immer ordentlich mitgeschrieben?», fragte Wiebke, obwohl sie sich lächerlich vorkam.

Nicole grinste. «Hey, du sprichst gerade mit Oberärztin Nicole aus der Charité.»

Ein Anästhesist mit einer runden Brille schaute durch die Tür: «Können wir?»

«Ich bin so weit», sagte Nicole und ging zum Waschbecken, um sich die Hände zu säubern.

Ein letztes Mal streckten Hauke und Kai die Köpfe in den Raum.

«Bitte, pass gut auf sie auf», sagte Hauke zu Nicole.

«Macht euch keine Sorgen, Jungs, das werde ich.»

Wiebke sah, dass dem bulligen Kai, als sie in den OP geschoben wurde, die Tränen in die Augen schossen. Dann bekam sie ein Narkosemittel und verschwand in einer anderen Welt.

25

Kai und Hauke hockten im Warteraum des Inselkrankenhauses und starrten angespannt auf einen Nolde-Druck an der Wand. Es war dasselbe Bild, das in Haukes Berliner Wohnzimmer hing: «Weite Marschlandschaft mit Bauernhöfen» zeigte Reetdachhäuser und darüber einen typischen nordfriesischen Himmel in den Farben Gelb, Violett, Blau, Schwarz und Grün. Unten auf der Erde sah alles düster aus, aber gen Himmel signalisierte das Gemälde Hoffnung. Spontan beschloss Hauke, dieses Motiv in seinen nächsten Roman einzubauen.

Hauke hätte Wiebke gerne noch viel mehr gesagt, hoffentlich war es dazu nicht zu spät. Um sich abzulenken, versuchte er, den Text des Plakates neben der Patiententoilette auswendig zu lernen, das die wichtigsten Schritte bei Wiederbeatmung erklärte. Kai stand auf und holte ihnen beiden einen Kaffee aus dem Automaten.

Nach einer gefühlten Ewigkeit öffnete sich die Tür zum OP, und Nicole kam im Kittel heraus, den Mundschutz hatte sie heruntergezogen.

«Alles gut verlaufen», sagte sie sofort. Sie sah erschöpft aus. «Wiebke war kurz wach, jetzt schläft sie wieder.»

Hauke schickte ein kurzes Dankesgebet gen Himmel.

«Können wir zu ihr?», fragte Kai.

«Um sie beim Schlafen zu beobachten?» Nicole schüttelte den Kopf. «Nee, ihr kümmert euch am besten um den Hof und die Kinder.»

Demnächst mussten die Kühe gemolken werden, fiel Hauke ein. «Aber wer ist dann bei Wiebke, wenn sie aufwacht?», fragte er.

«Es war eine lange OP, sie wird erst gegen Mittag einigermaßen klar sein, schätze ich», sagte Nicole. «Bis dahin bleibe ich bei ihr.»

«Hast du denn noch Dienst?»

«Nein, aber ich lasse sie nicht alleine.»

Hauke und Kai verabschiedeten sich mit einer kurzen Umarmung von Nicole. Die allerersten Sonnenstrahlen fielen, als sie aus dem Krankenhausgebäude traten, auf das Meer und die Straßen. Die Inselhauptstadt schien um diese Zeit still und leer zu sein und ganz sich selbst zu gehören. Beide fröstelten etwas im kühlen Wind, der ihnen vom nahen Strand um die Nase wehte.

Sie ließen sich mit einem Taxi zu Kais Wagen und dem Trecker fahren, die immer noch beim Maisfeld standen. Im Tageslicht sah hier alles friedlich aus, man ahnte nicht, dass in der Nacht ein schwerverletzter Mensch geborgen worden war.

«Und jetzt?», fragte Kai.

«Melken», antwortete Hauke knapp.

«Okay.»

Sie klappten die Rücksitze von Kais Polo um und wuchteten Wiebkes Moped auf die Ladefläche. Es passte nicht ganz hinein, das Vorderrad lugte halb heraus. Mit offener Heckklappe fuhren sie zum Hof.

Wiebkes Reetdachhaus lag friedlich in der goldenen Morgensonne. Was Kai und Hauke nur halb wahrnahmen: Sie waren hundemüde.

Im Flur kam ihnen Greta entgegen. Hauke hatte sie schon vom Krankenhaus aus informiert, dass Wiebkes OP gut verlaufen war.

«Sind Enna und Broder wach?», fragte Hauke.

«Nein, sie schlummern noch», sagte Greta, selbst noch ganz verschlafen.

«Du musst in die Buchhandlung, oder?», erkundigte sich Kai.

«Eigentlich schon, aber es wird auch irgendwie anders gehen.»

«Muss nicht. Es wäre nur toll, wenn du noch so lange bei den Kindern bleiben könntest, bis wir gemolken haben.»

«Klar, kein Problem. Und jetzt koch ich uns erst mal einen Kaffee.»

Die Zahl der Kühe im Stall erschien Hauke unendlich, und er wollte nichts falsch machen. Zum Glück war er vor ein paar Tagen zufällig noch einmal mit Wiebke die wichtigsten Handgriffe beim Melken durchgegangen, das kam ihm jetzt zugute. Als Erstes ließ er das Spülwasser aus der Melkanlage ab. Dann schloss er die ersten sechs Kühe an die Maschine an.

Kai kam dazu. «Alles klar soweit?»

«Wenn du die restlichen Kühe schon mal in den anderen Melkstand treibst, geht es schneller», sagte Hauke.

«Geht in Ordnung.»

Kai war zwar manchmal ein Angeber, aber auch nicht zimperlich. Hauke staunte, dass er es auf Anhieb hinbekam. Hauke schloss eine Kuh nach der anderen an die Melkmaschine an und stellte wieder mal fest, was für riesige Tiere es waren. Es dauerte länger als gedacht, aber irgendwann war es geschafft.

«Jetzt muss ich aber schlafen», nuschelte Kai und gähnte herzhaft.

Auch Hauke konnte kaum noch die Augen aufhalten. Er brauchte dringend einen Kaffee. «Und die Kinder?», fragte er. «Die sind jetzt sicher wach.»

«Stimmt, wie machen wir das?»

«Ich nehme sie bis zwölf, dann wecke ich dich, und wir wechseln uns ab.»

Sie gingen über den Hofplatz zum Haus. Im Wohnzimmer hockten Enna und Broder im Pyjama eng an Greta gekuschelt auf der Couch. Ihre Gesichter waren tränenüberströmt.

«Was ist mit Mama?», schluchzte Enna, als sie Hauke sah. «Mama darf nicht sterben!»

«Das tut sie auch nicht», erklärte Hauke mit fester Stimme.

Sie kletterten auf seinen Schoß.

«Sie hat sich ein Bein gebrochen, aber das hat Nicole schon wieder heil gemacht. In ein paar Wochen merkt sie gar nichts mehr davon.»

«Ich will jetzt zu ihr!», rief Broder.

«Gerade schläft sie noch», sagte Hauke, «aber gegen Mittag besuchen wir sie, versprochen! Kai und ich bleiben bei euch, bis eure Mama wieder hier sein kann.»

Enna schaute Kai misstrauisch an. «Bist du der Mann, der mit der Weinflasche in unserer Strandhütte gelegen hat?»

«Ja, da ging es mir nicht so gut», antwortete Kai ehrlich. «Aber jetzt ist es besser. Nun muss es nur noch eurer Mutter gutgehen, aber das wird auch.»

«Und wenn es dir schlechtgeht, gehst du dann wieder in die Strandhütte und trinkst?», erkundigte sich Enna.

Sehr plietsch, dachte Hauke.

«Nein», sagte Kai. «Versprochen.»

Enna schaute Hauke fragend an.

«Er ist wirklich in Ordnung», sagte er. «Obwohl er kein echter Mensch ist.»

Enna und Broder staunten. «Was denn?»

«In Wirklichkeit ist er ein Roboter, der alles macht, was man ihm befiehlt.»

«Echt?»

«Gib ihm doch mal einen Befehl!»

«Dreh dich rechtsrum», sagte Enna und wischte sich die Tränen aus dem Gesicht.

Kai drehte sich rechtsrum, ohne innezuhalten.

«Stopp!», befahl Hauke.

Kai blieb starr stehen.

«Weiter!», sagte Enna.

Kai regte sich nicht.

«Er hat keinen Strom mehr und muss an der Steckdose aufgeladen werden», erklärte Hauke den Kindern.

Greta grinste. «Ich sehe schon, ihr kommt zurecht. Ist es okay, wenn ich jetzt in die Buchhandlung fahre?»

«Klar. Und vielen Dank.»

«Wofür?», fragte Greta, während sie sich von den Kindern verabschiedete. Danach umarmte sie Hauke und Kai.

Als sie fort war, ging Hauke in die Küche, um etwas Milch warm zu machen. Ein heißer Kakao würde Enna und Broder jetzt guttun.

«Wo kann ich mich denn hinlegen?», fragte Kai in Roboterstimme.

«In meine alte Kammer.»

Kai wusste noch von damals, wo sie lag, und winkte ihnen kurz zu. Dann verschwand er aus dem Zimmer.

Hauke staunte. Es war alles wieder vertraut zwischen ihnen, ohne dass sie viele Worte machen mussten.

Nach dem Kakao hatten sich Enna und Broder etwas beruhigt. Essen wollten sie trotzdem nicht. Stattdessen spielte Hauke mit ihnen Malefiz und Uno, wobei ihm zwischendurch immer wieder die Augen zufielen. Gegen zwölf klingelte Haukes Handy. Es war Nicole.

«Wiebke ist wach», sagte sie.

Haukes Herz machte einen Sprung. «Wir kommen sofort.»

Er ging zu Kai, der in seiner kleinen Kammer laut schnarchte.

«Was ist?», fragte er mit zerknittertem Gesicht, als Hauke ihn an der Schulter rüttelte.

«Wir können mit den Kindern ins Krankenhaus. Kommst du mit?»

«Klar!» Kai sprang auf.

In Haukes Cabrio fuhren sie durch die Marsch. Die Kinder bestanden darauf, offen zu fahren. Der kühle Wind wehte ihnen scharf um die Ohren, es roch nach Meer und frisch gemähten Wiesen. Enna und Broder hatten ihrer Mama ein Bild gemalt, Enna einen Walfisch und Broder einen Krankenwagen in einem Blumenfeld. Hauke hoffte, dass noch galt, was Nicole heute am frühen Morgen versprochen hatte: dass alles gut wurde für Wiebke. Sie fuhren geradewegs auf den modernen Bau des Inselkrankenhauses zu. Er war froh, nur noch wenige Minuten von Wiebke entfernt zu sein.

Auf der Station stürmten Enna und Broder in das Zimmer, in dem ihre Mutter lag. Bei ihrem Anblick schreckten sie zurück. Sie hatte dicke Verbände an den Beinen.

«Mama!», riefen sie. Sie umarmten ihre Mutter fest, was ziemlich weh tun musste, aber das war ihr offensichtlich egal. Wiebke standen die Tränen in den Augen, so sehr freute sie sich. Ihr Gesicht sah blass aus, ihre Sommersprossen traten noch deutlicher hervor, aber ihre hellen Augen strahlten beim Anblick der Kinder. Hauke fand sie in diesem Moment anrührend schön.

«Du sollst schnell wieder gesund werden, Mama», sagte Broder mit ernstem Gesicht.

«Dafür sorgt Nicole.» Sie gab sich Mühe, laut und deutlich zu sprechen, um die beiden zu beruhigen. «Und wie läuft's bei euch? Was habt ihr die ganze Zeit gemacht?»

«Hauke und Kai sind bei uns.»

Wiebke wandte sich an ihre beiden Freunde. «Und gemolken habt ihr etwa auch, oder wer macht das?»

«Wir zeigen ihnen alles, Mama», erklärte Enna. «Du brauchst dir keine Sorgen zu machen.»

Wiebke nahm Haukes Hand. «Danke.»

Ihre Finger fühlten sich warm und gut an. «Ist doch klar», sagte er.

«Kommt ihr wirklich zurecht?», fragte sie. Offenbar konnte sie sich nicht vorstellen, dass ihr Hof unter Haukes und Kais Regie funktionierte.

«Mit Ennas und Broders Hilfe auf jeden Fall», antwortete Hauke augenzwinkernd.

Die Kinder blickten ihn stolz an.

Jetzt kam Nicole herein. «Hey, es sind ja alle da! Moin, Enna und Broder, Jungs!»

Sie ging zu Wiebke ans Bett, nahm ihre Hand und blickte sie aufmerksam an. Dann hielt sie ihr ein Fieberthermometer ins Ohr. Alle wurden still.

«37 Grad», sagte Nicole, sichtlich zufrieden. Sie maß den Blutdruck. «139 zu 85, auch gut.» Mit Mühe unterdrückte sie ein Gähnen.

«Kann es sein, dass du jetzt auch mal ins Bett musst?», fragte Hauke.

Sie nickte und sah in diesem Augenblick todmüde aus.

«Wann kommt Wiebke denn hier raus?», fragte Kai.

«In einer Woche, eventuell mit ein paar Tagen Verlängerung», schätzte Nicole.

«So lange?», fragte Wiebke entsetzt.

«Du willst doch gesund werden, oder?»

«Schon, aber schneller.»

«Dazu brauchst du etwas Geduld, meine Liebe. Was dir passiert ist, kannst du nicht auf die leichte Schulter nehmen.»

Da richtete Wiebke sich unter Schmerzen ein Stück im Bett auf und zog Nicole zu sich. «Danke, danke, danke», flüsterte sie ihr ins Ohr. Aber es konnten trotzdem alle hören.

«Dafür nicht, das habe ich ja nun mal gelernt», sagte sie sachlich.

In dem Moment sah Hauke wieder die Nicole von früher vor sich: das Mädchen, das so viel draufhatte, bloß nicht so gut Gefühle zeigen konnte. Damals hatte ihn das fasziniert. Aber heute wusste er, dass er besser zurechtkäme mit jemandem, der aussprach, was ihn bewegte.

Schnell wandte Nicole sich an die anderen. «Ich schaue demnächst mal bei euch vorbei, ja?»

«Tschüs und danke für alles», sagte Hauke.

Als Nicole das Zimmer verlassen hatte, setzte Kai sich zu Wiebke an die Bettkante. «Ich brauche dein Computerpasswort, sonst komme ich an die Steuerung der Maschinen im Stall nicht ran.»

«‹Friesensommer›.»

«Das ist alles? Keine Zahlen und Sonderzeichen?»

«Wozu?»

In diesem Moment ahnte Hauke, wie leichtsinnig Wiebke in diesen Dingen war. Ein einziger Virus konnte den Hof lahmlegen.

«Wir müssen die Milch sowieso in deiner Buchführung einbuchen», sagte Kai. «Wenn du einverstanden bist, check ich das alles mal durch.»

«Gerne, Kai, das ist lieb.»

Plötzlich wurde Wiebke sichtbar müde.

«Du musst dich noch etwas ausruhen.» Hauke tätschelte ihre Hand.

«Nein, bleibt noch etwas», murmelte Wiebke. Doch da fielen ihr schon die Augen zu. In diesem Moment fielen ihm ihre langen schwarzen Wimpern auf.

«Eure Mama muss jetzt schlafen», erklärte Kai. «Und wir kümmern uns um den Hof. Helft ihr uns?»

«Ja», sagten die Kinder leise mit Blick auf ihre schlafende Mutter. Es war vermutlich das erste Mal in ihrem Leben, dass sie nicht für sie da sein konnte.

26

Enna und Broder führten Hauke und Kai in die Küche.

«Sollen wir euch erklären, wo alles steht?», fragte Broder.

«Danke, das ist ganz lieb von euch», sagte Hauke. «Aber wir müssen jetzt erst mal in den Stall zum Füttern, da kenne ich mich Gott sei Dank einigermaßen aus. Nachher brauchen wir dann in der Küche unbedingt eure Hilfe. Wir essen doch später zusammen, oder?»

«Sollen wir schon mal den Tisch decken?»

Die beiden waren wirklich süß.

«Das wäre toll!»

Als Hauke und Kai sich nach getaner Arbeit zu Tisch setzten, fehlte es an nichts. Tomaten, Käse, Wurst, Antipasti, Kräuterquark, Brot und Butter: Die Kinder hatten an alles gedacht.

«War etwa noch so viel im Kühlschrank?», fragte Hauke ungläubig.

«Und in der Gefriertruhe!», sagte Enna.

«Ihr seid super, echt!», rief Kai.

Beim Essen versuchten sie, die Kinder so gut wie möglich abzulenken. Sie erzählten sich gegenseitig die neuesten Witze und hatten viel Spaß.

Später brachte Hauke sie ins Bett, und diesmal schaffte er es sogar, sie in weniger als einer Stunde zum Einschlafen zu bringen.

Als er ins Wohnzimmer zurückkam, saß Kai schon mit dem Laptop auf dem Schoß auf dem Sofa und hatte sich in Wiebkes Betriebssystem eingeloggt.

Hauke setzte sich neben ihn. «Bier?»

Sie hatten den ganzen Tag nicht geschlafen, aber dafür alles auf dem Hof erledigt, was angestanden hatte.

Kai schüttelte den Kopf. «Nee, lieber nicht. Davon hatte ich in letzter Zeit zu viel.»

«Was ist eigentlich los mit dir?»

Kai zog die Augenbrauen hoch. «Ich bin grad ziemlich von der Rolle.»

«Geld oder Liebe?»

Kai sah ihm in die Augen. «Beides, fürchte ich. Die Kurzfassung ist: Meine Frau in der Schweiz hat mich verlassen, und sie hat mir alles bedeutet. Das habe ich bis heute nicht verkraftet.»

Hauke nickte. «Wie lange ist das her?»

«Einige Jahre. Anschließend bin ich als Geschäftsführer im Hotel gekündigt worden, obwohl ich satten Gewinn erwirtschaftet hatte. Da konnten die echt nicht meckern.»

So hatte er Kai auch in Erinnerung: als einen, der richtig anpacken konnte.

«Aber?»

«Meine Frau war die Tochter des Besitzers.»

«Gab es kein zweites Hotel in der Schweiz, in das du wechseln konntest?»

«Ich war schwer angeschlagen und mochte keine Verantwortung mehr übernehmen. Darum habe ich dann erst mal als Fahrer gearbeitet.»

«Krass.»

Hauke holte sich ein Flensburger aus dem Kühlschrank.

«Ich habe Hotelgäste zum Bahnhof gefahren.» Kai lachte auf: «Einmal sogar meine Exfrau.»

«Muss ’ne amüsante Fahrt gewesen sein.»

«Für sie war es die letzte Bestätigung, dass sie den Falschen geheiratet hatte. Nach dieser Fahrt bin ich zurück auf die Insel gezogen und habe als Koch in der Pizzeria angefangen. Das war weit genug weg, ich wollte nur noch meine Ruhe haben.»

«Aber da hast du jetzt auch gekündigt, oder?»

Kai zögerte. «Die Leute waren nett, aber ich habe das Gefühl, ich muss dringend etwas Neues anfangen.»

«Und wie geht es jetzt weiter?» Hauke öffnete die Flasche und nahm einen kräftigen Schluck.

«Keine Ahnung. Vielleicht bewerbe ich mich bei Wiebke als Landarbeiter.» Kai grinste unmerklich, aber als er auf den Laptop blickte, wurde seine Miene sofort wieder ernst. «Da sind einige Fehler im System, abgesehen davon braucht Wiebke dringend mal ein neues Passwort.»

«‹Friesensommer› ist wirklich zu einfach.»

«Ich check mal kurz ihre Buchführung.» Kai drückte ein paar Tasten.

«Hey, das darfst du nicht einfach», protestierte Hauke. «Das ist alleine Wiebkes Sache.»

«Im Krankenhaus war sie dankbar, als ich ihr das angeboten habe», sagte Kai. «Außerdem waren Finanzen mein Job. Immerhin war ich Geschäftsführer eines Hotels.»

Hauke verkniff sich einen zynischen Kommentar.

«Auf der Insel gibt es Gerüchte, dass ihr Hof bald zum Verkauf stehen wird», sagte Kai. «Ich will wissen, ob da was dran ist. »

Hauke schwieg.

«Ich möchte nur mal schauen, vielleicht ist ja auch alles paletti.»

Hauke nippte wenig überzeugt an seinem Bier. Aber irgendetwas hielt ihn davon ab, weiter einzuschreiten. Er lehnte sich zurück und hing seinen Gedanken nach.

Nach einer halben Stunde klappte Kai den Laptop zu.

«Lass mich raten», mutmaßte Hauke. «Sie ist nicht reich, kommt aber durch.»

Kai schüttelte den Kopf. «Leider nicht.»

«Was soll das heißen?»

«Gegen Wiebke bin ich ein reicher Mann. Sie ist pleite, und zwar so was von.»

Hauke war schockiert. «Echt?»

Nicht nur, dass Wiebke verletzt im Krankenhaus lag: Wenn sie erst wieder rauskäme, würde es auch noch finanziell hart für sie werden.

Kai zeigte Hauke die Zahlen, die er im Laptop gefunden hatte. «Ihr Betrieb ist einfach zu klein für Milchwirtschaft», sagte er.

Hauke runzelte die Stirn. «Was kann sie tun?»

Kai überlegte. «Tourismus wäre vielleicht eine Chance.»

«Dazu müsste sie investieren – aber woher soll sie das Geld nehmen?»

Hauke stand auf, um sich noch ein Bier zu holen. «Sicher, dass du keins willst?» Er blickte Kai fragend an.

«Ehrlich gesagt, nachdem ich das gesehen habe, nehme ich doch eins.»

«Vielleicht macht es uns ja kreativ.»

Hauke nahm zwei Flaschen aus dem Kühlschrank. Er reichte Kai sein Bier.

«Wir müssen uns schnell ein Konzept für Wiebke überlegen», sagte Kai nach seinem ersten Schluck.

«Nun mal ganz ruhig. Wiebke ist noch lange nicht wieder auf den Beinen!»

Kai schüttelte den Kopf. «Die Bank kann ihr jederzeit den Hahn abdrehen, verstehst du? Ihr Dispo ist bereits überschritten, schon die nächste Rechnung ist definitiv ihr Ende.»

«So schlimm?»

«Leider.»

«Aber wir sagen ihr noch nichts, ja? Sie muss erst wieder richtig zu sich kommen.»

«Okay.» Kai tippte wild auf dem Laptop herum.

Hoffentlich konnten sie Wiebke helfen.

27

Am nächsten Tag fuhren Hauke und Kai nach dem Melken wieder mit den Kindern ins Krankenhaus. Die beiden hatten ihrer Mutter fröhliche Bilder von Kai und Hauke und den Kühen gemalt und dabei alle Farben benutzt, die sie besaßen. Als Hauke die Tür zum Krankenzimmer öffnete, stürmten die Zwillinge an ihm vorbei. Er sah sofort, dass Wiebke blass war. Sie stand offensichtlich immer noch unter Schmerzmitteln.

«Schön, dass ihr da seid.»

Enna und Broder kletterten zu ihrer Mutter ins Bett.

«Seid vorsichtig», mahnte Hauke und umarmte Wiebke zur Begrüßung. Dann ließen Kai und er die Kinder erst mal mit ihr alleine.

Als Enna und Broder sich draußen am Automaten einen Kakao ziehen durften, gingen sie ins Zimmer zurück. Wiebkes knallblaue Augen wirkten noch matt. Eine Haarsträhne war ihr auf die Stirn gerutscht.

«Wie geht es dir?», fragte Hauke.

«Geht so», flüsterte sie.

«Können wir was für dich tun?»

«Ihr tut schon so viel für mich.»

«Ach was.»

«Was machen meine Finanzen?», fragte sie unvermittelt.

«Da sind wir dran», antwortete Kai vage und warf Hauke einen kurzen Blick zu. Der ließ sich ebenfalls nichts anmerken.

«Es ist noch was …», fing Wiebke an.

«Ja?»

«Morgen haben Enna und Broder Geburtstag, das sollte eigentlich groß gefeiert werden. Alle Nachbarskinder sind eingeladen.»

«Lass uns das doch einfach verschieben», schlug Hauke vor. «Wir feiern mit dir zusammen, wenn du wieder zu Hause bist, das ist doch viel schöner.»

«Wer weiß, wie lange ich hier noch liegen muss. Aber an dem Tag gar nichts zu machen, ist auch blöd. Ich wünsche mir, dass das Leben für Enna und Broder normal weitergeht. Könntet ihr vielleicht irgendeine Kleinigkeit organisieren?» Sie sah sie mit flehendem Blick an. «Und wenn es nur ein bisschen Kuchen ist.»

«Das kriegen wir auf jeden Fall hin», versprach Kai.

Vom Krankenhaus fuhren sie direkt zum Kiosk am nahe gelegenen Südstrand, um ein paar aufblasbare Plastikkrokodile zu kaufen. Die würden sie für die Geburtstagsparty brauchen. Als Geschenk für Enna und Broder kamen noch zwei Drachen mit einer langen Schnur dazu, die die Kinder auf dem Deich hinterm Haus steigen lassen konnten, dort wehte immer ein starker Wind.

Am nächsten Vormittag baute Kai im Garten eine riesige Tafel auf. Er hatte die halbe Nacht in der Küche gestanden und Kuchen sowie Muffins gebacken. Hauke fuhr mit Enna und Broder ins Krankenhaus, damit Wiebke dort ihre Geschenke überreichen konnte: Beide Kinder bekamen neue Fahrräder, Nicole hatte sie am Vorabend im Bad des Krankenzimmers versteckt. Enna und Broder waren total aus dem Häuschen. Sie drehten direkt ein paar Runden auf dem Flur und glühten vor Stolz: Endlich waren sie sechs und kamen bald in die Schule!

Gegen zwei Uhr nachmittags rückten dann zwanzig Kinder auf Wiebkes Hof an. Die Eltern kannten Kai und Hauke zum Teil noch von damals, mit einigen waren sie zusammen zur Schule gegangen. Wobei die meisten ein paar Klassen unter ihnen gewesen waren. Die Erkenntnis, dass sie inzwischen eine Generation weiter gerückt waren, traf Hauke wie ein kleiner Schock.

Nach der Kuchenschlacht mit Kindercola und Eis begann dann die Rallye. Die Kinder bildeten zwei Mannschaften, die gegeneinander antraten. Kai filmte alles mit seinem Smartphone.

Zu Beginn stellten sich die Kinder in die Tür des Wohnhauses.

«Eigentlich wollten wir mit euch etwas Tolles spielen», begann Hauke und zog ein frustriertes Gesicht. «Ihr solltet über die Steine, die wir dort hingelegt haben, auf die andere Seite hüpfen. Aber leider muss das ausfallen.»

Die Kinder sahen total enttäuscht aus. «Wieso das denn?», rief eines von ihnen.

«Den Hofplatz können wir auf keinen Fall mehr betreten», warnte Hauke.

«Warum nicht?»

Er senkte die Stimme und flüsterte: «Da lauern gefährliche Krokodile.»

«Quatsch», rief Broder entrüstet.

«Du kannst ja selbst nachschauen, wenn du willst, aber pass, bitte, auf!»

Broder lugte vorsichtig um die Ecke. Der Hofplatz sah aus wie immer, es war nichts zu sehen außer den Zwerghühnern, die dort rumrannten. Deshalb ging Broder betont langsam und balancierte dann über die Steine. Plötzlich griff ihn Kai wie aus dem Nichts mit zwei Plastikkrokodilen an und jagte ihn mit furchterregenden Lauten über den Hof. Broder juchzte vor Freude.

Dann kamen die anderen dran. Für die Kinder waren die Plastiktiere wie echte Krokodile.

Die nächste Aufgabe, durch das offene Scheunentor zu gehen, verstanden sie zunächst nicht. «Was soll denn daran schwierig sein?» Aber als das erste Kind darauf zuging und Hauke plötzlich als fieses Monster hinter dem Tor hervorsprang, wurde es zur echten Mutprobe. Hauke legte sich voll ins Zeug, er wusste ja, wie sehr die Kinder sein Monster liebten.

Die Rallye ging dann noch über ein paar weitere Stationen und endete schließlich im ehemaligen Tonstudio mit dem Fund einer Schatzkiste, die mit Süßigkeiten und kleinen Spielzeugen gefüllt war. Kai sorgte dafür, dass alles gerecht verteilt wurde.

Am Abend fielen Enna und Broder todmüde in ihre Bootsbetten, jeder mit einem Plastikkrokodil neben sich.

«Das war supertoll!», seufzte Broder.

Ein höheres Lob konnte es nicht geben, Kinder waren in solchen Dingen grundehrlich.

«Schade, dass Mama nicht dabei war», murmelte Enna.

«Aber wir haben alles für sie mit dem Handy aufgenommen», tröstete sie Kai.

«Ich weiß, aber trotzdem.»

«Vielleicht feiert ihr noch mal mit ihr, wenn sie wieder zu Hause ist.»

«Oh ja, das wäre schön.»

Die beiden konnten kaum noch die Augen offen halten.

«Dann schlaft jetzt mal gut.» Hauke deckte sie richtig zu.

Nach einer festen Umarmung fielen sie praktisch ohne Übergang in den Schlaf, bewacht von ihren Krokodilen.

Kai und Hauke saßen auf der Couch im Wohnzimmer und blickten glücklich durch die Fenster in den noch hellen Abendhimmel. Es hatte ihnen mindestens so viel Spaß gemacht wie den Kindern. Gerade wollte Hauke Wiebke anrufen, um ihr alles zu erzählen, da klingelte sein Handy.

«Und, wie war es?», rief Wiebke aufgeregt.

«Na ja, ging so», antwortete Hauke.

«Wieso, ist etwa was schiefgegangen?»

«Der Kindergeburtstag war so weit gut», sagte Hauke. «Aber am Nachmittag waren Leute vom Amt hier. Sie haben festgestellt, dass dein Hof, wie soll ich sagen …»

«Was ist mit dem Hof?»

«Er ist verseucht.»

«Verseucht?», stammelte Wiebke. «Womit?»

«Ich weiß nicht, wie ich es dir beibringen soll, aber du hast hier …»

«Ja, was denn?»

«Na …» Er stockte erneut.

«Du machst Witze, Hauke.»

«Ich wollte, es wäre so, Wiebke. Es fällt mir auch nicht leicht …»

Wiebke hielt es nicht mehr aus. «Was ist es denn nun?», rief sie.

«Du hast auf deinem Hof … Krokodile!»

Einen Moment herrschte Stille am anderen Ende. Dann brach Wiebke in schallendes Gelächter aus.

«Lachen tut so weh», japste sie. «So was darfst du nicht mit mir machen, hörst du?»

Endlich hatte er sie mal richtig zum Lachen gebracht.

28

Am nächsten Morgen klopfte es an Wiebkes Tür, und Nicole trat ein. Wiebke hatte sich schon daran gewöhnt, sie im weißen Kittel zu sehen. Ihre braunen Augen strahlten.

«Wie geht es dir, Wiebke?» Sie setzte sich ans Fußende ihres Bettes.

«Danke, die Schmerzen sind etwas besser geworden.»

«Willst du ein Mittel dagegen haben?»

Wiebke schüttelte den Kopf. «Nee, ich muss mich im Kopf sortieren, da schaden die nur.»

«Es wird alles in Ordnung kommen, glaub mir.» Nicole legte ihre Hand auf ihre.

Wiebke verspürte einen Kloß im Hals. «Weißt du, es ist alles etwas viel zurzeit.»

«Du hast schon tolle Fortschritte gemacht. Und du hast so ein Glück gehabt. Jetzt brauchst du einfach Geduld.»

«Dieses Gen fehlt mir leider völlig. Alles tut weh, und mit den blauen Flecken auf der Stirn sehe ich aus wie Quasimodo.»

Nicole lächelte. «Du bist eine sehr schöne Frau. Sogar, wenn du krank bist, wie jetzt.»

Wiebke sah ihre frühere Freundin erstaunt an. Mit

allem hätte sie gerechnet, nur nicht mit einem solchen Kompliment. Damals wäre Nicole das nicht über die Lippen gekommen. Konnte sie das ernst meinen?

«Als ich dich auf Haukes Lesung zum ersten Mal nach all den Jahren wiedergesehen habe, hätte ich dich beinahe nicht erkannt. Versteh mich nicht falsch: Du sahst schon damals sehr apart aus. Aber heute bist du eine wunderschöne Frau», sagte Nicole.

Wiebke spürte, wie ihr warm wurde. «Danke, jetzt werde ich rot. Aber ein bisschen Farbe im Gesicht schadet mir wahrscheinlich nicht.»

«Komm, ich helfe dir, etwas Make-up aufzulegen. Dann fühlst du dich gleich viel besser. Ist das deins?» Nicole zeigte auf Wiebkes Schminktäschchen.

Wiebke nickte. «Hast du denn Zeit?»

«Ich hatte Nachtschicht und habe jetzt frei, also los.»

Dagegen hatte sie nichts einzuwenden. «Weißt du, ich denke gerade ziemlich viel an die alten Zeiten», sagte sie, als Nicole den Puder rausholte und vorsichtig auf ihr Gesicht auftrug.

Irgendwie spielte es gar keine Rolle mehr, dachte Wiebke, dass sie im Krögers miteinander Schluss gemacht hatten, im Gegenteil: Durch ihren Unfall hatten sie plötzlich wieder alle miteinander zu tun. So gesehen hatte das Unglück auch sein Gutes.

Nicole nahm den Lidschatten zur Hand. «Augen zu, bitte.»

«Der schwere Teil im Leben kam erst später», sagte Wiebke mit geschlossenen Augen.

«Was meinst du damit?»

«Ich finde schon, dass es manchmal ein harter Ritt ist, Kinder und Arbeit unter einen Hut zu kriegen, und das ganz alleine – du nicht?»

Nicole lächelte, während sie sorgsam ein schimmerndes Braun auf ihrem Lid verteilte. «Das war der einzige Grund, warum ich in Berlin Karriere machen wollte: Constanze sollte es gutgehen. Aber ich habe es übertrieben, durch meinen Job habe ich sie viel zu wenig gesehen.»

Das warf ein ganz neues Licht auf Nicole. Konnte es sein, dass sie beide sich plötzlich sehr nahe waren?

«Stell dir vor, mir wäre etwas passiert, dann wären Enna und Broder jetzt alleine!»

Nicole setzte den Pinsel ab. «So etwas passiert statistisch gesehen äußerst selten. Mach noch mal die Augen zu … Da fehlt noch etwas … wieder auf!»

«Statistik hin oder her, aber es passiert. – Hast *du* noch nie so eine Krise gehabt?»

Nicole überlegte. «Doch, einmal. Wegen einer Blinddarmentzündung war ich drei Tage im Krankenhaus.»

«Und wo war Constanze in der Zeit?»

«Meine Eltern sind nach Berlin gekommen und haben auf sie aufgepasst.» Nicole zückte den Lippenstift und setzte ihn auf ihrer Oberlippe an.

«Gut, wenn die eigenen Eltern noch leben», seufzte Wiebke. Sie merkte selbst, wie jammervoll das klang. So war sie sonst nicht, es musste mit ihrer körperlichen Schwäche zusammenhängen.

«Immerhin hast du Hauke und Kai.» Nicole grinste.

«Zum Glück.»

«Und schau mal, wie gut du aussiehst!» Nicole hielt ihr den Spiegel vors Gesicht.

Wiebke erkannte sich selbst kaum wieder. Das letzte Mal war sie auf Haukes Lesung so gestylt gewesen. Das war nicht die Rettung all ihrer Probleme, aber es machte Mut.

«Superschön, vielen Dank!»

Sie umarmten sich kurz.

«Du brauchst vor allem Mut», sagte Nicole.

«Ja, Frau Doktor.» Wie hatte sie ihre Gedanken lesen können?

Nicole sah auf ihre Armbanduhr und stand auf. «Ich muss. Kann ich sonst noch was für dich tun?»

«Nein, danke. Du hast sowieso schon so viel für mich getan. Das kann ich gar nicht wiedergutmachen.»

«Gern geschehen. Bis später dann.»

Sie ging hinaus.

Wiebke nahm noch einmal den Spiegel zur Hand. So könnte sie, wenn sie wollte, jeden Tag aussehen – sobald in ihrem Leben wieder alles normal lief. Andererseits, was hieß schon «normal»? Wenn sie erst mal hier raus war, würde es vielleicht noch viel schlimmer kommen.

Sie blickte nach draußen. Dort breitete sich das sanfte Morgenlicht aus wie eine Verheißung. Die Dächer der umliegenden Häuser leuchteten hell auf. Die Luft, die durchs offene Fenster kam, war klar und frisch. Wiebke lag unter ihrer warmen Decke. Der vertraute Westwind heulte ums Haus, vom nahen Strand hörte sie die Wellen sanft ans

Ufer schlagen. Wie gerne würde sie jetzt am Deich sitzen und all das sehen.

Sie schaute erneut in den kleinen Spiegel und verlor sich in ihren Gedanken, aber es waren schöne Gedanken. Am liebsten hätte sie jetzt ihre Flöte zur Hand genommen und zusammen mit Hauke das Lied gespielt, das der beginnende Tag sang.

Gegen Mittag kam Hauke mit Kai zu Besuch. Lächelnd traten sie an ihr Bett, um sie zu begrüßen. Hauke setzte sich an die Bettkante, Kai rückte sich einen Stuhl heran.

«Gehst du heute noch aus?», fragte Kai.

«Wieso?»

«Na, du bist so zurechtgemacht», sagte Hauke.

«Ja, wir haben hier im Krankenhaus eine Disco für Bettlägerige», erklärte sie.

Alle lachten.

«Und sonst?», fragte Hauke.

«Ich mache mir große Sorgen.»

«Gibt es Komplikationen? Hast du wieder Schmerzen?»

Wiebke winkte ab. «Nein, alles normal-schlecht. Ich frage mich nur, wie es in meinem Leben nach dem Krankenhaus weitergeht. Habt ihr euch mal meine Finanzen angeschaut?»

«Ja», sagte Hauke und sah zu Boden.

«Schlimmer kann es nicht werden, oder?», fragte Wiebke.

«Nun werd erst mal gesund.»

«Vielleicht kann ich ein paar Zimmer an Touristen vermieten, oder was meint ihr? Wir haben ja den Streichelzoo mit den kleinen Tieren, der ist für Gäste mit Familien ideal.»

Kai holte tief Luft. «Ich will dich nicht beunruhigen, aber ich fürchte, das wird nicht reichen, wenn du jeden Tag an anderer Stelle Miese machst.»

«Das hatte ich geahnt», stöhnte Wiebke. «Es ist das Ende, oder?»

«Nein», widersprach Kai. «Eher ein Neuanfang.»

«Und wie soll der zustande kommen?», fragte Wiebke tonlos. «Die Inselbank will mir demnächst sämtliche Kredite streichen.»

«Wenn du das Milchvieh verkaufst, würde das schon was bringen.»

«Niemals!»

Der Hof war seit Jahrhunderten in der Hand ihrer Familie. Wiebke fühlte sich ihren Vorfahren gegenüber verpflichtet, ihr Werk weiterzuführen. Außerdem liebte sie ihre Kühe.

«Also, ein paar Grundstücke von mir sind als Bauerwartungsland ausgewiesen», überlegte sie laut.

«Die musst du sofort verkaufen.»

«Aber ich brauche sie für den Futteranbau.»

«Du hast es ja eben selbst angedeutet: Dein Hof wäre die perfekte Familienpension», sagte Kai. «Dazu kommt der große Garten hinterm Haus. Und wenn man im Meer baden will, muss man nur fünf Minuten über den Deich gehen. Schweizer zum Beispiel stehen total auf so was, das weiß ich.»

Wiebke wollte es nicht glauben. «Was sollten Schweizer

Touristen ausgerechnet hier im Norden wollen? Die Insel ist flach wie ein Teller.»

«Genau das fasziniert sie, weil es total anders ist als bei ihnen.»

«Ich möchte die Landwirtschaft aber nicht aufgeben.»

«Wenn du erlaubst, kümmere ich mich gerne um deine Bankgeschäfte, solange du noch im Krankenhaus bist. Du entscheidest natürlich alles, ist ja klar», sagte Kai.

Sie sah ihn unsicher an. «Was hast du vor?»

«Ich war zehn Jahre Geschäftsführer eines Hotels, da werde ich ja wohl einem wunderschönen kleinen Inselhof auf die Beine helfen können, oder?»

Kai klang in diesem Moment absolut überzeugend, das tat gut. Wiebke blickte Hauke fragend an. Der nickte unmerklich.

«Okay», sagte sie.

«Wir checken das alles mal», sagte Kai. «Ich brauche von dir nur eine Vollmacht, damit ich mich an deine Bank wenden und in deinem Namen um einen Kredit bitten kann. Dann kriegen wir das hin. Ich informiere dich über jeden einzelnen Schritt, den wir vorhaben, und du kannst jederzeit dein Veto einlegen.»

«Im Ernst?»

«Ja, im Ernst.»

Sie wusste nicht, woher sie diese Sicherheit nahm, aber sie vertraute den beiden blind.

Zurück auf dem Hof setzte sich Kai sofort an Wiebkes Rechner und schickte eine Mail an ihre Bank in der Inselhauptstadt. Er beantragte neue Kredite für sie. Das Bauerwartungsland war ein gewichtiges Pfund. Vielleicht würde man beides knapp hinbekommen: ein paar Zimmer zu vermieten und die Landwirtschaft weiterzuführen.

Die Antwort der Inselbank kam nur eine Viertelstunde später: Sie lehnten ab.

«Und jetzt?», fragte Hauke.

«Am Anfang zicken sie immer alle, das heißt aber nichts.»

29

Am Abend fuhr Hauke noch mal alleine ins Inselkrankenhaus. Er wusste, dass das Gespräch über ihre finanzielle Situation Wiebke stark zugesetzt hatte und wollte ihr beistehen.

Er half ihr in einen Rollstuhl und schob sie an die nahe gelegene Seepromenade. Sie hatten gerade Vollmond. Der Anblick der Hallig gegenüber und der offenen See im silbernen Mondschein ließ ihre Augen strahlen. Hauke überkam ein Glücksgefühl, als er sie so sah. Er rollte sie ein Stück am Südstrand entlang.

«Mehr geht nicht, oder?», sagte sie mit Blick aufs Meer.

Er hatte einen Kloß im Hals. «Finde ich auch.»

«Mir fehlt das dadrinnen so sehr.»

Hauke schwieg. In Berlin war er noch viel weiter weg von der offenen See, aber er konnte sie gut verstehen.

«Ich mache mir immer noch große Sorgen wegen des Hofes», gestand sie.

«Kai ist da dran, das wird!»

«Geld drucken kann er aber auch nicht.»

«Doch.»

Sie lächelte. «Wie das? Habt ihr eine Gelddruckmaschine besorgt, oder was?»

Hauke nickte. «Sie steht bei Enna und Broder im Zimmer. Die beiden finden das superspannend.»

Wiebke griff seine Hand. «Danke für alles, Hauke.»

«Da nich für», murmelte er.

Sie schauten lange stumm aufs Meer.

Als Hauke nach Hause kam, saß Kai wild gestikulierend auf der Couch, das Handy am Ohr. Für das, was sie vorhatten, musste er unzählige Telefonate führen. Kai schien förmlich aufzublühen, er war voll in seinem Element.

Er bestellte mehrere Architekten von der Insel und vom Festland auf den Hof, um ihnen das Haus und die Scheune zu zeigen. Zeitgleich aktivierte er ein paar Kontakte von früher. Immerhin kam auch er von der Insel, sein Vater war hier Jahrzehnte Malermeister gewesen. So kam er durch einige ältere Insulaner an Hintergrundinformationen, die Gold wert waren. Bald war er mit den Grundstücksverhältnissen in Wiebkes Nachbarschaft bestens vertraut. Der wichtigste Baustein seines Plans war Landwirt Ingwersen von nebenan, der schon lange auf Wiebkes Grundstücke lauerte. «Den holen wir ins Boot», kündigte Kai an.

Am nächsten Morgen stapften sie gemeinsam über Wiebkes Felder zu Ingwersens Hof. Der breitschultrige Mittfünfziger mit den grau melierten Haaren fummelte gerade am Motor seines riesigen Mähdreschers herum.

«Moin», murmelten Kai und Hauke im Chor.

Ingwersen drehte sich um und schaute mürrisch hoch. «Moin.»

Kai kam direkt zur Sache. «Hast du Interesse an Wiebkes Land?»

Ingwersens Gesicht verzog sich zu einer undurchdringlichen Maske. «Das bespreche ich besser mit Wiebke.»

«Wir vertreten sie, weil sie gerade nicht kann», erklärte Hauke.

«So?»

«An ihrem Land sind ein paar Schweizer dran. Aber das wusstest du sicher.»

Ingwersen versuchte, sich seinen Schock nicht anmerken zu lassen. Er war wohl sicher gewesen, dass Till Carlsen von der Bank ihm Wiebkes Grundstücke bald zum günstigen Preis anbieten würde. Diese Gewissheit schmolz gerade dahin.

«Woher willst du das wissen?» Ingwersen sprach plötzlich ungewohnt schnell.

«Ich weiß es einfach.»

«So.»

«Wiebke will diesen Geldsäcken ihr Land aber nur ungern in den Rachen schmeißen. Sie würde lieber ein paar Grundstücke günstig an dich verkaufen.»

Ingwersen kratzte sich am unrasierten Kinn. «Warum sollte sie das tun?»

«Dafür beteiligst du dich an der GmbH von ihrer neuen Firma.» Ohne frisches Geld konnte Wiebke ihre Familienpension nicht aufbauen.

«Was für eine Firma?»

«Eine Familienpension mit Streichelzoo und Sauna», erklärte Hauke.

Ingwersen überlegte. «Und zusätzlich übernehme ich ihr Vieh?»

Hauke erschrak: Die Milchkühe sollten weg? Aber es war eine logische Konsequenz, denn ohne die Felder konnte Wiebke kein Futter anbauen. Das würde hart für sie werden.

«Ich überlege es mir», brummte Ingwersen und wendete sich wieder seinem Mähdrescher zu.

Selbst wenn Ingwersen einverstanden war, würde sein Geld nicht für den Umbau reichen. Deswegen fuhren sie anschließend zu Till Carlsen. Und zwar nicht in die Filiale in der Inselhauptstadt, sondern direkt zu seiner Weide am Rand von Midlumsen. Dort stand er nämlich gerade, mitten auf der Wiese, und ließ seine wunderschöne braune Stute an der Longe laufen.

Sie setzten sich auf den Zaun und schauten Carlsen eine Weile zu. Hauke hätte die Stute am liebsten gesattelt und wäre eine Runde geritten, so schön sah das Tier aus.

Till Carlsens Sohn war damals in Kais und Haukes Parallelklasse gegangen, sie kannten seinen Vater beide noch als kleinen Schalterangestellten. Inzwischen war er ein seriöser, grauhaariger Mittsechziger, schlank und sportlich.

«Was wollt ihr?», rief Carlsen, als er sie sah. «Ich habe gerade keine Zeit, seht ihr doch.»

Er band aber dennoch die Stute los und ließ sie alleine grasen. Dann kam er zu ihnen.

«Also?», fragte er.

«Schönes Tier», sagte Hauke.

«Und weiter?»

«Wir sind hier, weil wir ein Konsortium von Investoren vertreten», erklärte Kai.

Die große Nummer hatte er drauf, das musste Hauke ihm lassen.

«Arbeitest du nicht bei Toni in der Pizzeria?», fragte Carlsen erstaunt.

«Nicht mehr», sagte Kai knapp und setzte seine Ansprache ungerührt fort. «Meine Klienten haben die Insel bewerten lassen und wollen unbedingt das Hotel Fering kaufen.»

«Aber …»

«Ich weiß, es steht gar nicht zum Verkauf, was sie, unter uns, sehr geärgert hat.»

«Und uns umso mehr freut», bemerkte Carlsen zufrieden. Seine Bank hatte das Hotel zum großen Teil finanziert, wie Hauke wusste.

«Aber jetzt haben sie Blut geleckt, was die Insel anbelangt», sagte Kai. «Deshalb wollen sie als Pilotprojekt einen typischen Inselhof kaufen und ihn zur Familienpension ausbauen lassen.»

«Und an was hatten sie dabei gedacht?»

«Ganz konkret an den Hof einer Kundin von dir – Wiebke Hansen.»

«Wiebke?»

«Sie hat sich entschlossen, die Landwirtschaft aufzugeben und in den Tourismus einzusteigen. Wusstest du das nicht? Und ihr sollt das finanzieren.»

Till Carlsen verzog das Gesicht. «Unter uns: Wiebke ist pleite, und zwar so was von!»

Kai lächelte. «Kommt darauf an, wie man das sieht.»

«Schnack nich rum, pleite ist pleite!», widersprach Carlsen.

«Ich bitte dich, Till. Wir reden hier von einem Familienhof für Schweizer Touristen. Den wir intensiv von meinem früheren Hotel in Zürich aus bewerben.»

Kai bluffte, was das Zeug hielt. Für einen ehemaligen Pizzabäcker von der Insel war das hoch gepokert.

Carlsen kratzte sich am Kinn. «An was habt ihr denn gedacht?»

«Wir schichten den Erlös aus ein paar Grundstücksverkäufen von Wiebke um und bauen davon den Hof aus. Das wird eine Goldgrube. Dafür brauchen wir von euch eine halbe Million.»

Carlsen lachte. «Eine halbe Million? Witzig.»

Kai ließ sich nicht aus der Ruhe bringen. «Besser noch: eine volle Million.»

«Absurd!»

«Bei Wiebke hinterm Deich herrscht eine Ruhe wie kaum woanders auf diesem Planeten, und der Strand ist direkt um die Ecke. Danach sehnen sich sämtliche Städter.»

Carlsen lächelte milde. «Nehmt es mir nicht übel, aber …»

«Komm, lass uns gehen», flüsterte Kai Hauke gerade so laut zu, dass Carlsen es hören konnte. Dann wandte er sich an den Filialleiter: «Wir finden wen anderes», sagte er seelenruhig. «Aber wir wollten die örtliche Bank halt nicht übergehen.»

«Tut mir leid, wir haben bei Krediten strenge Vorschriften», sagte Carlsen.

Kai lächelte. «Föl thoonk, dass du dir Zeit für uns genommen hast. Alles Gute!»

Sie verließen die Weide, ohne sich noch mal umzublicken.

Kai legte ein hohes Tempo vor. Tags zuvor hatte er eine Bank in Luxemburg angerufen und um ein Kreditangebot gebeten. Die schickte es prompt am nächsten Morgen, es war sehr gut.

Mit dem Ergebnis ihrer Verhandlungen fuhren sie ins Krankenhaus. Dort stand Nicole gerade neben Wiebkes Bett und maß ihren Blutdruck.

«Die Kuh ist vom Eis», rief Kai und deutete ein paar Tanzschritte an. Doch «Kuh» war das falsche Stichwort, Wiebke wollte nichts davon wissen. Denn sie würde die Kühe abgeben müssen, damit genug Geld für den Umbau zusammenkam.

«Nein! Niemals gebe ich mein Milchvieh ab. Das bin ich meinen Eltern schuldig.»

Kai und Hauke schauten sich an: Und nun?

30

Endlich war es so weit: Wiebke wurde aus dem Krankenhaus entlassen. Draußen schien die Sonne, schöner ging es nicht. Wiebke war noch auf Stützen angewiesen, aber sie kam damit erstaunlich gut zurecht. Bis sie wieder richtig fit war und voll arbeiten konnte, würden allerdings noch Wochen vergehen.

Zum Abschied umarmten alle Nicole, die in der Klinik alles für Wiebke gegeben hatte.

«Und jetzt?», fragte Hauke.

«Erst mal nach Hause», sagte Wiebke.

Kai machte ein ernstes Gesicht. «Ich muss dich vorwarnen, da wirbelt gerade ein Architekt mit seinen Leuten herum.»

Wiebke hatte dem Plan für den Umbau tags zuvor schweren Herzens zugestimmt. Sie wusste, wenn sie den Hof halten wollte, gab es keine Alternative. «Ich vermisse meine Kühe jetzt schon», seufzte sie.

«Du sollst ja nicht alle abgeben.»

«Ich weiß, ab jetzt soll ich für Touristen einen Bauernhof simulieren.» Sie zwinkerte ihnen zu, aber es schwang etwas Schwermut mit. Der Abschied von den Tieren war das Allerschlimmste für sie.

«Komm, wenn einer mit Menschen kann, dann ja wohl du!», versuchte Hauke ihr Mut zu machen.

«Meinst du?»

Er legte den Arm um sie. «Aber ja!»

«Danke für alles», flüsterte sie.

Hauke grinste. «Es hat richtig Spaß gemacht, oder Kai?»

«Allerdings», bestätigte der.

«Wie ihr die Bank rumgekriegt habt – das hätte ich nie hinbekommen.»

«Kai ist wie ein Bulldozer auf sie los und hat sie alle plattgemacht», sagte Hauke. «Und das Gute ist: Er wird die Umbauarbeiten in den nächsten Wochen beaufsichtigen, solange du noch nicht ganz fit bist.»

«Was willst du dafür haben?», fragte sie Kai.

«Sag du», schlug er vor.

«Mindestens das, was du in der Pizzeria bekommen hast, einverstanden?» Wiebke warf ihm einen fragenden Blick zu. «Habe ich überhaupt so viel?»

«Ja.»

Dann fuhren sie mit Wiebke nach Hause.

Auf dem Hofplatz stürmten die Kinder auf ihre Mutter zu und fielen ihr in die Arme. Sie machten erst mal zusammen einen langsamen Rundgang, und Wiebke war sichtlich erleichtert, wie gepflegt alles war.

«Wie kann ich das nur je wiedergutmachen?»

«Unsinn, unter Freunden», sagte Kai verlegen, und Hauke nickte.

«Wisst ihr, ich finde die Vorstellung, mich zu verkleinern und auf Pension umzustellen, sogar ganz reizvoll. Ich hatte im Krankenhaus genug Zeit, über alles nachzudenken und mich an den Gedanken zu gewöhnen. Aber meine Eltern würden aufstöhnen, wenn sie sähen, was aus ihrem Hof wird.»

«Erklär es ihnen», schlug Hauke vor. «Sie werden es verstehen.»

«Wie das?»

«Ich meine es ernst. Geh auf den Deich und sag es ihnen.»

«Klingt verrückt.»

«Vielleicht hören sie dich, wer weiß das schon? Außerdem ist es gut für dich. Oder schreib ihnen einen Brief.»

Die Kinder wollten jetzt unbedingt mit ihrer Mutter zum Strand, um ihr die zweite Hütte und den Tunnel zu zeigen.

«Sorry, ihr Lieben, aber das ist für mich noch zu weit», sagte Wiebke.

«Unsinn!», rief Kai. Sie hatten für Wiebke eine Sänfte aus Holz gebaut, die Enna und Broder bunt angemalt hatten. Darauf war ein Sitz mit Kissen befestigt. Sie hoben Wiebke vorsichtig darauf, dann trugen Kai und Hauke sie über den Deich. Die Kinder gingen vorweg und bliesen in kleine Trompeten, als wollten sie die Ankunft einer Königin verkünden.

«Platz für die Herrscherin des Wattenmeeres!», rief Hauke.

Alle schrien und jubelten, es war ein Riesenspaß.

Am Strand bestaunte Wiebke die neue Hütte, die nun

tatsächlich durch einen Tunnel mit der alten verbunden war.

Bei aller Freude über Wiebkes Genesung und den genialen Plan für ihre Zukunft spürte Hauke doch, dass sich seit ein paar Tagen ein Schatten über seine Stimmung gelegt hatte. Es war nicht mehr zu leugnen, seine Zeit auf der Insel ging dem Ende zu. Er musste zurück nach Berlin, es standen Interviewtermine und Lesungen an, die er nicht aufschieben konnte. Außerdem wünschte sich sein Verlag ein Exposé für seinen neuen Roman.

Er musste wieder arbeiten, auch wenn sich das seltsam anhörte, denn in den letzten Wochen hatte er so viel gearbeitet wie sonst nur in den Monaten vor Abgabe eines neuen Buches. Und trotzdem: Sein Berliner Leben wartete auf ihn.

Wenigstens musste er sich um Wiebke keine Sorgen machen, Kai würde sie so lange auf dem Hof unterstützen, bis sie wieder fit war. Aber warum war er dann trotzdem so schwermütig?

31

Am Abend vor seiner Abreise kochte Hauke ein großes Abschiedsessen auf der Terrasse im Hofgarten. Alle waren gekommen: Kai, Nicole mit ihrer Tochter Constanze, Greta und Florian. Enna, Broder und Wiebke, die ihr Bein immer noch hochlegen musste, waren ja ohnehin da. Über dem Haus spann sich ein feuerroter Abendhimmel, der purpurfarben marmoriert war. Davor tanzten die beiden Drachen von Enna und Broder, die sie zum Geburtstag bekommen hatten.

Hauke hatte den ganzen Tag in der Küche gestanden und Tapas zubereitet, vegetarisch, mit Fleisch und mit Fisch – von allem war etwas dabei: Datteln im Speckmantel, Auberginen mit Walnuss, knusprige Hähnchenflügel, Chorizo, Kartoffelsalat mit Knoblauch, Garnelen, frittierte Sardellen, selbst eingelegte Oliven, geröstete Paprika und vieles mehr. Dazu servierte er tiefroten Rioja.

Die Tafel bog sich unter dem vielen Essen und den gefüllten Gläsern. Alle redeten fröhlich durcheinander, es wurde viel gelacht. Wiebke war albern und auch ein bisschen beschwipst. Hauke musste immer wieder zu ihr hinüberschauen. Sie hatte sich eine blau-weiß-gestreifte Bluse zu ihrer Jeans angezogen, die Haare hatte sie hochgesteckt, und an ihren Ohren baumelten große Goldringe. Er musste feststellen, dass sie an diesem Abend unwiderstehlich gut aussah. Und das Schönste war: Sie schien sich ihrer Wirkung kein bisschen bewusst zu sein. Sie war einfach sie selbst.

«Hauke, deine Kammer steht immer für dich frei», sagte sie und prostete ihm zu.

«Darauf komme ich gerne zurück.» Er grinste.

«Ich bitte darum.» Ihre Augen funkelten.

Flirtete sie etwa mit ihm? Oder bildete er sich das nur ein? Es fühlte sich auf jeden Fall ziemlich gut an.

Dann erzählte Kai wieder einen Witz, und alle lachten. Aber Hauke war nicht nach Lachen zumute. Der heutige Abschiedsabend führte ihm einmal mehr vor Augen, wie schön es auf der Insel war: bei Wiebke, mit Wiebke. Selbst als sie im Krankenhaus lag, war sie gefühlt die ganze Zeit bei ihm gewesen. Plötzlich wurde ihm bewusst, dass er in den letzten Wochen fast ununterbrochen an sie gedacht hatte, alles hatte sich nur um sie gedreht. Dieses Gefühl kannte er nicht. Fast erschrak er.

Er schaute sie wieder an. Sie flüsterte gerade Nicole etwas ins Ohr, dann lachten sie. Sie blickte zu ihm. Und diesmal blieb ihr Blick an seinem haften. Ihm wurde heiß und kalt.

Aber was bedeutete das alles? Wie sollte er mit diesem Gefühl umgehen? Wiebke hatte doch jetzt bestimmt andere Dinge im Kopf als ihn: die Umgestaltung des gesamten Hofes, die Kinder, ihre Genesung.

«Kommst du wieder, Hauke?», fragte ihn Enna und riss ihn aus seinen Gedanken.

«Aber ja.» Er schluckte.

«Wann denn?» Sie sah ihn mit großen Augen an.

«So bald wie möglich, das verspreche ich dir.»

«Wann ist das?»

Ihm wurde ganz anders. «Sehr bald. Besucht ihr mich denn auch mal in Berlin?»

«Ja klar.»

«Aber wenn ihr kommt, müsst ihr aufpassen.»

«Wieso?»

Er verzog das Gesicht zu einer Grimasse. «Vor meinem Haus ist ein Kanal, da leben ganz viele Krokodile.»

Enna lachte. «Super!» Sie lief zu ihrem Bruder, um ihm die Neuigkeiten zu erzählen.

Spät in der Nacht räumte Hauke zusammen mit Nicole und Kai die Tafel auf. Wiebke war so müde, dass sie fast im Stehen einschlief. Sie hatte am Abend leichtes Fieber bekommen, ihre Knochen schmerzten. Hauke begleitete sie ins Haus und stützte sie. Dabei kam er ihrem Körper so nahe, dass es ihm fast den Atem raubte.

«Du musst dich schonen, versprich mir das», sagte er, als sie vor ihrem Schlafzimmer angekommen waren.

«Ich versuch's.»

Vorm Zubettgehen umarmte Wiebke ihn fest. «Schön, dass du hier warst», sagte sie leise.

«Finde ich auch.»

«Du hast mein Leben gerettet.»

«Ach was.»

«Schade, dass du wegmusst», sagte sie noch.

«Ich bin ja nicht aus der Welt.» Er wandte sich ab. Sie sollte nicht sehen, wie schwer es für ihn war.

Er küsste sie zum Abschied auf die Wange. Wiebke sah total erschöpft aus, und trotzdem leuchteten ihre Augen. Er lächelte, dann schloss er die Tür.

Als Hauke später in seinem Bett lag, konnte er lange nicht einschlafen. Am liebsten wäre er hinüber zu Wiebke gegangen, aber den Gedanken verbot er sich, zumal es ihr wirklich nicht gutging.

Er konnte sich überhaupt nicht vorstellen, wie er ab morgen in seinem Berliner Universum klarkommen sollte.

32

Am nächsten Morgen weckte er Wiebke nicht, sie sollte sich gesundschlafen. Er nahm die Frühfähre. Zwar hatte er das Gefühl, in die falsche Richtung zu fahren, aber es musste sein.

Sehnsüchtig schaute er aufs Wattenmeer. Leider schien auch noch die Sonne, das Wasser glitzerte, die Seehunde auf den Sandbänken schienen zu lächeln. Das machte es ihm noch schwerer.

Er sah Wiebke vor sich. Meistens konnte er an der Art, wie sie ihre Lippen schürzte, vorausahnen, was sie als Nächstes sagen würde. Das war damals schon so gewesen, und daran hatte sich bis heute nichts geändert. Nur, dass es ihm erst jetzt bewusst wurde.

Ihre Stimme erklang in seinem Ohr, warm und sonor. Er sah ihre Blicke, wenn sie sich unbeobachtet fühlte. Oder wenn sie sich die Haare hinters Ohr strich.

Sosehr er sich auch bemühte, sie war überall.

Später auf der Autobahn musste er an seine Hinfahrt denken. Es fühlte sich an, als ob das Jahrzehnte zurücklag. Jetzt kehrte er in seine alte Welt zurück. Nach einem Leben, wie er es in Berlin führte, sehnten sich viele, auch er hatte das lange getan. Doch inzwischen bedeutete ihm das alles nur noch wenig.

Nun komm mal wieder auf den Boden, befahl er sich laut. Du kannst gut davon leben! Welcher Autor kann das schon von sich sagen?

Hauke fuhr kurz auf den Pannenstreifen und öffnete das Verdeck. Vielleicht würde der Wind ihm frische Gedanken bringen. Links und rechts der Autobahn roch er die brandenburgischen Wälder und Seen. Und kurz hinter der Abfahrt Herzsprung gab es wieder einen Stau, in seiner Richtung. Aber diesmal spielte er nicht Flöte, sondern starrte nur nachdenklich vor sich hin.

Zu Hause angekommen, ging er als Erstes auf seine kleine Dachterrasse und schaute aufs Wasser. Die Trauerweiden am Maybachufer aalten sich im Sonnenlicht, die Cafés gegenüber waren geöffnet. Das übliche geschäftige Brummen lag in der Luft, aber die Energie der Millionenstadt schien ihm nichts gegen die Kraft der Gezeiten zu sein. Er schaute auf die Uhr und rechnete einen Moment nach: Auf der Insel hatten sie gerade Ebbe.

Im Treppenhaus hatte er Patricia getroffen. Ihre roten Haare waren strubbelig, sie sah blass aus wie immer, typisch Nachtmensch.

«Hey, du bist braun geworden», stellte sie fest.

«Wie war dein Konzert?», fragte er. Um zwei Uhr nachts, mitten in der Woche.

«Das war noch gar nicht, es wurde auf morgen verschoben. Kommst du?»

Er lächelte müde. «Ich schaue mal.»

«Ich lass dich auf die Gästeliste setzen.»

«Super, danke.»

Er würde hingehen, das nahm er sich vor. Allein schon, um seine Sehnsucht nach der Insel zu bekämpfen. Vielleicht würde ihn ein Konzert ablenken.

«Dein Buch fand ich übrigens toll», sagte sie. «Es war total spannend.»

«Freut mich.»

«Ich habe mir vorgenommen, dass ich unbedingt mal auf deine abgefahrene Insel reisen muss.»

«Auch, wenn da kein Mord passiert?»

Sie grinste. «Das kann man ja ändern.»

Er grinste zurück. «Mach keinen Scheiß.»

«Ist es da wirklich so toll, wie du es beschreibst?»

Er dachte kurz nach.

«Eigentlich ist es noch viel besser.»

Seine Wohnung sah so aus wie immer. Er blickte auf das Gemälde von Nolde, das an der Wand hing – dasselbe Bild wie im Flur des Inselkrankenhauses: Reetdachhäuser und der nordfriesische Himmel in den Farben Gelb, Violett, Blau, Schwarz und Grün. Ihn befiel eine unerträgliche Sehnsucht.

Sein Bett hatte er, bevor er losgefahren war, neu bezogen. Das machte er immer so, bevor er verreiste. Es war schön, sich nach einer Reise in ein frisches Plumeau zu legen. Doch bis auf den Nolde kam ihm hier alles fremd vor. Es fehlte etwas. Jemand.

In seinem Arbeitszimmer lagen Berge von Papieren, auf dem Boden stapelten sich unzählige Bücher. Wer sollte die auch weggeräumt haben? Hier musste dringend klar Schiff gemacht werden. Aus dem Karton mit dem Belegexemplar seines neuen Romans leuchtete ihm das Covermotiv entgegen: der Inselleuchtturm, über dem dunkle Wolken aufzogen.

Er kochte sich einen starken Kaffee und setzte sich an den PC. Was wird mein neues Buch?, fragte er sich und schaute durch, was er in der Datei «Brainstorm» alles notiert hatte. Sein Verlag drängelte schon. Noch ein Mord auf der Insel? Oder etwas anderes? Eine Liebesgeschichte? Eine Geschichte über Freundschaft?

Dann schweiften seine Gedanken ab. Ob ihn Wiebke und die Kinder wirklich in Berlin besuchen würden? Mit den dreien würde er durch die ganze Stadt ziehen: Tierpark Friedrichshagen, Fernsehturm am Alex, Fahrt über den Wannsee zu seinem Lieblingsstrand in Kladow, die Katakomben im alten Wasserwerk, Nachtfahrt mit einer offenen «Cabrio»-U-Bahn. Das würde Enna und Broder bestimmt viel Spaß machen. Nebenbei würde er ihnen wieder versichern, dass nicht Berlin die Hauptstadt des Landes sei, sondern Feddernbüll, was sie zum Quietschen bringen würde.

Er dachte an Wiebke, ihr Lachen. Die in Gummistiefeln eine ebenso gute Figur machte wie mit hochhackigen Schuhen. Hoffentlich ging es ihr gut.

Er griff zu seinem Handy und schrieb eine WhatsApp: «Bin gut angekommen. Ich hoffe, es geht dir besser.»

Zurück kamen drei Sonnen.

Bestimmt hatte sie gerade viel um die Ohren, wegen des Umbaus. Er wandte sich wieder seinem PC zu. Es gab so viel, worüber er schreiben wollte. Was war das Beste? Er brachte nichts zustande.

Abends legte er sich auf die Couch statt ins Bett.

Am nächsten Morgen versuchte er es noch einmal am Schreibtisch. Nachmittags sollte er ein Interview beim RBB geben, er musste also Gas geben. Alles war möglich, die ganze Welt stand ihm für seine Geschichte zur Verfügung, aber es zog ihn wieder zur Insel, wo ihm alles so vertraut war: der Wind, das Meer, die Marsch, das Inselmuseum, die Windmühlen. In dieses Idyll eine Krimihandlung als Kontrast zu legen, wäre normalerweise ein Leichtes für ihn. Er brachte trotzdem nichts zustande.

Konnte das sein? Kein einziger seiner Gedanken lohnte es, verfolgt zu werden. Was er auch versuchte, es lief in eine Sackgasse. Das kannte er nicht von sich. Er schrieb immer irgendetwas. Und auch wenn längst nicht alles gut war, konnte er wenigstens einen Teil davon später in seinen Romanen verwerten.

Vielleicht musste er einfach eine Pause machen, spazieren gehen am Ufer des Kanals? Es fühlte sich falsch an. Sein Problem war etwas ganz anderes.

Also schnappte er sich seinen Koffer, der immer noch unausgepackt in einer Ecke lag. Nachmittags würde das Interview stattfinden. Mit etwas Glück würde er danach die Fähre zur Insel erreichen.

33

Ein heftiger Wind wehte vom Meer über die Marsch und fegte alles weg, was nicht befestigt war. Dazu war es grau und bedeckt. Wiebke hockte auf einem Weidezaun an der Dorfstraße und blickte voller Wehmut auf ihre Kühe, die von Ingwersen und seinen Leuten zum Nachbarhof getrieben wurden. Da trotteten sie mit ihren klugen großen Augen an ihr vorbei: Lotte, Annabell, Ricarda, Bunti, Sarah, Sandrine und die anderen. Die Straße war durch die Freiwillige Feuerwehr gesperrt worden, es konnte ihnen nichts passieren. Kalli und seine Kameraden leisteten ganze Arbeit. Die Tiere würden es bei Ingwersen gut haben, das wusste sie, denn auch er kümmerte sich fürsorglich um sein Vieh.

Jetzt gingen sie am Edeka-Markt vorbei, kurz danach bogen sie ab in den Seitenweg zu Ingwersens Hof. Wiebke drehte sich um und humpelte zurück zu ihrem Haus. Sie wollte sich ihre Gefühle nicht anmerken lassen.

Als Erstes ging sie in den Stall, der wie erwartet trostlos wirkte: fünf Kühe von hundert waren ihr geblieben, das war ein Riesenunterschied. Aber sie hatte sich aus freien Stücken für den Umbau entschieden, und sie wusste, dass es richtig war. Sie tat es für Enna und Broder.

Obwohl sie es mit ihrer unförmigen Orthese noch nicht durfte, kletterte sie auf den Trecker und tuckerte zum nahe gelegenen Deich. Dann humpelte sie hinauf, was unglaublich anstrengend war. Jeder Schritt war ein Kraftakt, alle paar Meter musste sie eine Pause einlegen.

Als sie auf der Deichkrone angekommen war, entspannte sie der Blick über das Sörenswai-Vorland. Der Wind spielte mit dem Dünengras und zauberte ein paar wilde Kreise auf der Wasseroberfläche. In Gedanken ließ sie noch einmal die letzten Wochen vorüberziehen:

Hauke saß an einem Tisch in der kleinen Inselbuchhandlung und las aus seinem Roman vor – wie fremd er da noch auf sie gewirkt hatte. Und Nicole und Kai noch viel mehr, sie waren ihr fast feindselig vorgekommen, was sich beim Treffen im Krögers noch gesteigert hatte. Und dann hockte Hauke einfach vor ihr auf dem Deich und spielte Flöte. Sie sah ihn in der Strandhütte, lachend auf ihrem Sofa, auf dem Trecker. Und sein besorgtes, aber beruhigendes Gesicht, als er sie im Maisfeld gefunden hatte.

Eine Bö fegte vom Meer herüber, die ersten Wellen bekamen kleine Schaumkronen. Sie zückte ihr Handy und wählte Gretas Nummer.

«Moin, Wiebke. Schön, dich zu hören! Wie geht es dir?» Gretas Stimme klang besorgt.

«Moin, Greta. Du, ich habe mal eine Frage: Könnten Enna und Broder eine Nacht bei dir und Florian übernachten?»

«Klar, immer gerne, das weißt du doch. Florian könnte sie mit dem Flugzeug zu einem Rundflug mitnehmen.»

«Sie würden ausrasten vor Begeisterung.»

«Na, dann.»

Auch Greta war die meiste Zeit ihres Lebens alleinerziehende Mutter gewesen. Ihre Tochter Jana war mittlerweile erwachsen und studierte in Finnland. Greta freute sich immer, mit Kinder tun zu haben. Und Enna und Broder liebten sie.

Zu Hause packte Wiebke zwei kleine Rucksäcke und brachte die Kinder dann mit einem Taxi zur Inselbuchhandlung. Das kostete zwar ein Vermögen, das sie nicht besaß, aber in ihrem Zustand konnte sie nun mal nicht selbst fahren. Enna und Broder freuten sich, dass sie heute so lange in der Kinderbuchabteilung herumstöbern durften, wie sie wollten. Greta hatte es ihnen versprochen. Vom Rundflug am nächsten Tag wussten sie noch nichts, das sollte eine Überraschung werden.

Eine Stunde später stand Wiebke auf der Fähre, die sich langsam durchs Wattenmeer Richtung Festland schob. Ein bisschen quälte sie ihr schlechtes Gewissen, weil sie Enna und Broder alleingelassen hatte, aber sie würde ja nicht länger als eine Nacht fortbleiben, und außerdem wusste sie die Kinder bei Greta in guten Händen. Es war Ebbe, das Wattenmeer lag in der Sonne, auf einer Sandbank etwas weiter entfernt dösten ein paar Seehunde. Wiebke war aufgeregt: Was sie vorhatte, konnte genauso gut schiefgehen. Und dann würde nichts sie auffangen.

Im Hafen angelangt, nahm sie den Nahverkehrszug

nach Niebüll und stieg dort nach Husum um. Vor dem Bahnhof wartete bereits der hellgrüne Flixbus nach Berlin. Eigentlich war diese Fahrt viel zu teuer für sie. Mal abgesehen davon, wie beschwerlich die Reise in ihrem Zustand war. Es war komplett unvernünftig. Aber es musste sein.

Auf dem Platz neben ihr saß eine Frau Anfang zwanzig mit Rastafari-Dreadlocks, einem ebenmäßigen Gesicht und großen dunklen Augen.

«Was haben Sie vor in Berlin?», fragte sie Wiebke euphorisch. «Suchen Sie auch das große Glück?»

An das «Sie» auf dem Festland würde sich Wiebke nie gewöhnen.

«Immer», antwortete sie. «Mal sehen, was kommt.» Es brachte ihr Spaß, so zu quatschen, als sei sie auch erst zwanzig. «Und Sie?»

«Kennen Sie zufällig ‹Future-Film›?»

«Nee.»

«Echt nicht? Die sind total bekannt. Das sind Megaproduzenten, die werden von Amazon finanziert. Bei denen will ich ein Praktikum machen.»

«Wird das denn einigermaßen bezahlt?», erkundigte sich Wiebke. Sie wusste, wie doof das klang.

«Jetzt noch nicht, aber später bin ich voll dabei, das haben sie mir versprochen.»

Ihre Naivität klang wie ein Klischee, aber bestimmt würde sie trotzdem ihren Weg machen. Bei sich selbst war Wiebke da gerade nicht so sicher.

Als sie die Abfahrt Herzsprung passierten, fiel ihr ein, dass sie mal einen Roman gelesen hatte, der genauso hieß.

Bis Berlin kam es ihr noch unendlich lange vor. Die Wälder neben der Straße ließen nicht zu, dass sie weit in die Landschaft gucken konnte.

Irgendwann erreichten sie die Berliner Stadtautobahn und kurze Zeit später den Busbahnhof. Die Route hatte Wiebke sich genau zurechtgelegt: Sie nahm die U-Bahn zum Kottbusser Tor und ging die letzten Meter zu Haukes Wohnung unter großen Mühen zu Fuß. Er wusste nicht, dass sie kam, es sollte eine Überraschung werden. Aber für sie war es das totale Risiko. Was, wenn er doch eine Freundin hatte und sie gerade zu Besuch war? Das konnte man nie wissen. Es wäre fatal.

Sie blieb einen Moment stehen. Sollte sie umkehren? Nein, sie war bis hierher gekommen, jetzt musste sie es auch zu Ende bringen!

Am sonnenbeschienenen Paul-Lincke-Ufer gab es eine Menge Cafés, die alle voll besetzt waren. Es sah aus wie zur Hauptsaison an der Promenade des Südstrandes: Die Menschen rekelten sich in der Sonne, allen schien es gutzugehen. Ob Hauke hier auch öfter saß? Bestimmt.

Wiebke entdeckte am Kanal prächtige Trauerweiden, die ihre Zweige ins Wasser hängen ließen. Auf der anderen Uferseite befand sich Haukes Wohnung. Gerade war Markt, die Händler priesen ihre Waren in unterschiedlichen Sprachen an. Sie verkauften Obst, Gemüse, Stoffe, Kunsthandwerk, Schuhe, Gürtel, Portemonnaies, Unterhosen und vieles mehr.

Sie erreichte das Haus, die Tür stand offen. Sie trat ein und entdeckte am Aufzug ein Schild mit der Aufschrift

«Defekt». Ohne zu zögern, kämpfte sie sich über dunkelgrüne Treppenstufen hoch in den vierten Stock. Oben angekommen, brauchte sie bestimmt eine halbe Minute, um wieder zu Atem kommen. Alles hier sah frisch renoviert aus, es roch nach Farbe. Dann drückte sie kurz entschlossen die Klingel neben dem Türschild, auf dem «H. Thorvald» stand. Niemand öffnete.

Sie versuchte es ein paarmal – nichts. Sie zückte ihr Handy und wählte Haukes Nummer. Zum Glück ging er sofort ran.

«Moin.» Seine Stimme verursachte umgehend Herzklopfen bei ihr.

«Moin, ich bin's. Wo steckst du gerade?»

«Vor der Strandhütte am Sörenswai-Vorland.»

Das konnte nur ein schlechter Scherz sein.

«Nein, oder?»

«Wieso, wo steckst *du*?»

«Am Maybachufer, vor deiner Wohnungstür.»

«Nein!»

Kurz sagte keiner von beiden etwas. Dann brachen sie in lautes Gelächter aus. Obwohl es eigentlich schrecklich war.

«Und jetzt?», fragte sie.

«Ich würde am liebsten sofort nach Berlin kommen, aber die letzte Fähre ist schon weg.»

Wiebke überlegte kurz. «Bleib du, wo du bist, sonst fahren wir ewig aneinander vorbei. Ich suche mir in Berlin was zum Übernachten und fahre morgen zurück zur Insel. Hast du einen Tipp für ein günstiges Hotel?»

Es durfte nur möglichst gar nichts kosten, hätte sie am liebsten hinzugefügt.

«Na, klar, den besten sogar! Klingel nebenan bei meiner Nachbarin Patricia. Ich bleibe solange dran.»

Das tat sie. Eine Zwanzigjährige mit rot gefärbten Haaren und großen Augen öffnete und starrte sie neugierig an.

«Ja?»

«Gib sie mir mal», sagte Hauke in den Hörer.

«Moin, Hauke möchte mit dir sprechen», sagte Wiebke und reichte der Nachbarin ihr Handy.

Patricia schien gar nicht zu wundern, was hier vor sich ging.

«Hallo, Hauke.»

Sie hörte ihm zu und gab Wiebke dann das Handy zurück. Kurz verschwand sie in ihrer Wohnung und kam mit einem Schlüssel zurück.

«Hauke sagt, ich soll dich in seine Wohnung lassen.»

«Danke. Ich bin übrigens Wiebke.»

«Patricia. Wenn du Bock hast: Heute Nacht spiele ich mit meiner Band im SO 36 in der Oranienstraße. Für Hauke ist eine Karte hinterlegt, die kannst du haben, wenn du willst. Wir fangen um zwei an.»

«Danke, ich schaue mal.»

Gespannt öffnete Wiebke die Tür zu Haukes Wohnung. Im Flur roch es leicht nach Curry, neben der Garderobe hing ein Poster der britischen Schauspielerin Emma Thompson.

Das Arbeitszimmer erfüllte jedes Klischee vom kreativen Künstler, es war vollgerammelt mit Papieren und Büchern.

Die geräumige Küche ging nach hinten raus zum Hof, in dem ein großer Baum stand, der beinahe bis in den vierten Stock reichte. Die Schränke waren alle von IKEA. Das Wohnzimmer war klein und bestand im Wesentlichen aus einer großen Sitzlandschaft, daneben standen eine Kommode und ein Bauernschrank. An der Wand hing ein Gemälde von Nolde, das die Farben der nordfriesischen Marsch zeigte. Sie kannte es in- und auswendig: Im Krankenhaus hatte sie es jeden Tag angesehen.

Im Schlafzimmer war das breite Bett mit dunkler Bettwäsche bezogen, die an den Nachthimmel zur blauen Stunde erinnerte.

Schön hast du es hier, Hauke, dachte sie.

Dann entdeckte sie etwas, womit sie nie gerechnet hatte. An einer Wand hingen Erinnerungsfotos, die aus der Zeit ihrer Clique stammten: Sie alle in jung am Sörenswai-Vorland, vor ihrer Strandhütte. Nicole mit Ponyfrisur, Kai mit dem lächerlichen Schnurrbart, den er nur zwei Wochen getragen hatte, Hauke mit Flöte in der Hand, sie selbst mit einer unmöglichen Föhnwelle. Alle trugen Jeansjacken und sahen total unschuldig aus.

Mensch, Hauke, du warst all die Jahre doch sentimental, staunte sie.

Dazu kamen zwei Fotos. Das eine zeigte Hauke mit einer beliebten Tatort-Kommissarin. Auf dem anderen war er mit Emma Thompson Arm in Arm zu sehen. Beeindruckend. Aber die Bilder von der Clique berührten sie mehr.

Sie ging kurz ins Badezimmer, um sich bettfertig zu machen, dann legte sie sich in Haukes Bett. Die Gardinen ließ sie offen, von draußen schimmerte der Abglanz des Straßenlichts hoch. Sie konnte nicht einschlafen.

Ob Hauke gerade an sie dachte? Ihre Gefühle überraschten sie nach all den Jahren. Wieso begehrte sie ihn plötzlich so heftig? Hing das womöglich mit ihrer neuen Lebenssituation und den Umbaumaßnahmen auf dem Hof zusammen und gar nicht so sehr mit ihm? Wer konnte so etwas schon unterscheiden?

Später sackte sie leicht weg, doch sie träumte schlecht. Sie lag wieder im Maisfeld, bekam keine Luft mehr und starb sogar.

Schwer atmend schreckte sie hoch. Eigentlich war der Unfall für sie erledigt, und das Leben ging weiter, aber so einfach funktionierte das Unterbewusstsein leider doch nicht.

Sie war hellwach, es war Viertel vor zwei. Ihr fiel das Konzert ein, zu dem Haukes Nachbarin sie eingeladen hatte. Sie gab die Adresse auf ihrem Handy ein, es war nicht weit. Bestimmt war es unvernünftig, aber das war die ganze Berlin-Aktion sowieso, und schlafen konnte sie ohnehin nicht. Also zog sie sich an, schnappte sich ihre Stützen und humpelte los.

Über dem Landwehrkanal stand ein feuchter Nebel, der in Schwaden unter den Laternen entlangzog. Sie staunte, wie belebt die Straßen um diese nächtliche Zeit noch waren, besonders die Oranienstraße mit ihren Bars und Restaurants. Das SO 36 befand sich in unmittelbarer Nähe vom Heinrichplatz, die Leute standen bereits Schlange vor der Tür.

«Ich bin auf der Gästeliste», erklärte sie, weil sie in ihrem Zustand nicht so lange stehen konnte.

«Ick och», schimpfte ein großer Typ mit gefärbten Haaren. «Und alle anderen och!»

Keiner ließ sie vorbei. Doch als der Türsteher ihre Stützen sah, winkte er sie durch.

Drinnen schaute sich Wiebke neugierig um und musste feststellen, dass sie den Altersschnitt um mindestens fünfzehn Jahre anhob. Egal.

Sie kämpfte sich mühsam durch die Menge und ergatterte schließlich einen guten Platz.

Um halb drei ging es endlich los. Die Band rannte auf die kleine Bühne, Patricia setzte sich ans Schlagzeug. Sie strahlte dieselbe Energie aus wie Wiebke damals auf dem Scheunendach, jedenfalls wenn man den Fotos glauben konnte. Jetzt zählte Patricia laut ins Mikro: «ONE – TWO – THREE – FOUR», doch dann gab es eine Pause, anschließend wiederholte sie: «ONE – TWO – THREE – FOUR», dann wieder Pause. Die Spannung im Publikum stieg. Wiebke merkte, dass Patricia in den Pausen präzise weiterzählte. Dann setzten die Gitarren genau auf der vier ein, und es ging in einer unglaublichen Lautstärke richtig ab. Das Publikum sprang auf wie elektrisiert, die Menschen tobten und tanzten. Ihre Bewegungen kamen Wiebke vor wie Wellen bei einer Sturmflut.

34

Hauke saß auf dem Deich und verfolgte den Flug einer Seemöwe zur Nachbarinsel. Mit langen, kräftigen Schlägen zog sie über das aufgewühlte Meer. Der Wind war nicht stark, aber deutlich zu spüren. Die Möwe nahm ihn ganz leicht, sie glitt wie von selbst voran. Irgendwann war sie aus Haukes Sichtfeld verschwunden, und er fuhr mit den Augen den Kamm der Dünen ab, die sich auf der Nachbarinsel gegenüber im Sonnenlicht präsentierten. Eine kokette kleine Wolke schob sich vor den Feuerball und jagte ein paar Schatten übers Wasser.

Er rief Wiebke an, aber sie ging nicht ran. Er wurde unruhig. Hatte sie es sich anders überlegt? Dann müsste sie es ihm wenigstens sagen. Wach sein sollte sie um zehn Uhr morgens auf jeden Fall, als Landwirtin war sie auf frühes Aufstehen programmiert. Er spürte, wie ihn leichte Panik befiel.

Er probierte es bei Patricia, vielleicht wusste sie ja etwas. Zu spät fiel ihm ein, dass sie in der Nacht ihr Konzert gehabt hatte und vermutlich noch schlief. Aber da hob sie ab. Partygeräusche drangen vom anderen Ende der Leitung in sein Ohr. Offensichtlich wurde bei ihr zu Hause noch weitergefeiert.

«Ja, deiner Freundin geht es gut. Sie war bei mir auf dem Konzert», rief sie gegen den Lärm in den Hörer.

Wiebke in ihrem Zustand auf einem Konzert, mitten in der Nacht?

«Wie ist es denn gelaufen?», fragte er, ohne sich sein Staunen anmerken zu lassen.

«Mega.»

«Herzlichen Glückwunsch! Na dann feiert mal schön weiter.»

Der Wind von der See nahm zu, die Wellen wurden höher. Einige hatten weiße Schaumkronen bekommen und hüpften hektisch auf und ab. Ihm wurde kühl, er verzog sich in die Strandhütte. Dort war es windgeschützt und gleich ein paar Grad wärmer.

Etwas später rief sein Verlag an. Seine Lektorin fragte nach dem Exposé für den nächsten Roman. Er stammelte eine Entschuldigung und versprach, in den nächsten Tagen zu liefern. Er hatte jetzt mal Wichtigeres im Kopf.

Der Wind rüttelte am Dach der Strandhütte, das immer noch nicht richtig befestigt war. Erst mal musste Hauke die nächsten vierundzwanzig Stunden überstehen, dann würde er weitersehen.

Er ging über den Deich zurück und setzte sich in sein Cabrio. Mit geschlossenem Verdeck fuhr er zur kleinen Inselbuchhandlung. Nicht mal das bunte Treiben auf der Promenade konnte ihn ablenken. Dieser quälende Zustand würde erst beendet sein, wenn Wiebke wieder da war. Und wenn er wusste, was dann passierte.

Greta kassierte gerade zwei Kunden ab, als sie ihn bemerkte.

«Moin, Hauke», sie kam auf ihn zu. «Warst du nicht schon auf dem Weg nach Berlin?»

«Moin, Greta. Ist anders gekommen.»

«Schreibst du deinen neuen Roman jetzt doch hier auf der Insel?» Sie zwinkerte ihm zu.

«Vielleicht», murmelte er. «Aber jetzt suche ich erst mal Lesestoff.» Er brauchte eine Beschäftigung, um die nächsten Stunden zu überstehen.

«Was Spezielles?»

«Vielleicht etwas, das in Berlin spielt?»

«Welcher Stadtteil?»

«Kreuzberg-Neukölln.»

Sie überlegte. «Wie wäre es mit ‹Herr Lehmann›? Eine sentimentale Reise in die Achtziger.»

«Hm.»

«Neu oder antiquarisch?»

«Egal.»

«Ich habe im Antiquariat einen Roman, der auf der Havelinsel Valentinswerder und in Kreuzberg spielt.»

«Das klingt gut.»

«Ich weiß bloß gerade nicht genau, wo das Buch steht. Hinten ist ja alles nach Farben geordnet.»

«Ich gehe mal schauen.» Die Suche nach dem Buch war jetzt genau die richtige Ablenkung.

Zwar fand er am Ende nicht das, was sie ihm empfohlen hatte, dafür aber zwei andere Titel, die er schon lange einmal lesen wollte.

Er fuhr zurück zur Strandhütte am Sörenswai-Vorland. Doch als er den ersten Roman aufschlug, sah er nur eine verschwommene Buchstabensuppe vor sich. Er konnte sich auf keinen einzigen Satz konzentrieren. Seine Gedanken machten mit ihm, was sie wollten.

Also beschloss er, sich stattdessen auf den Moment vorzubereiten, in dem er Wiebke treffen würde. Als Mann des Wortes sollte er sich vielleicht einen Dialog zurechtlegen.

«Moin», sagte er leise.

«Moin», kam es verhalten von Wiebke zurück.

«Ich wollte dir etwas sagen …»

«Ja?»

«Weißt du, ich hatte in den letzten Wochen eine ziemlich tolle Zeit.»

Nein, Hauke, das war viel zu allgemein! «Toll» klang außerdem zu banal, und war es nicht reichlich unsensibel? Wiebke hatte ja eine extrem schwere Zeit gehabt.

Also alles wieder auf Anfang.

«Moin», startete er.

«Moin», kam es zurück.

«Ich wollte dir etwas sagen …»

«Ja?»

«Es war wunderbar mit dir.»

Wie blöd klang das denn?

Wie konnte es sein, dass er seinen Romanfiguren originelle Sätze in den Mund legen konnte, die genau auf den Punkt waren, aber wenn es um ihn ging, er nichts hinbekam? Im Kopf ging er alle Liebesszenen durch, die er je geschrieben hatte. Keine taugte zu irgendetwas. Konnte das vielleicht daran liegen, dass Wiebke und er nicht zusammenpassten? Die alleinerziehende Bäuerin mit zwei Kindern und der egozentrische Autor? Er selbst hatte da überhaupt keine Bedenken, aber vielleicht sie? Und wenn ja – was dann?

Das Problem war, dass sich seine Gefühle nicht mehr rückgängig machen ließen. Er konnte sich einfach nicht mehr vorstellen, ohne Wiebke zu leben. Dazu gehörten selbstverständlich auch Enna und Broder. Sein Albtraum wäre, wenn Wiebke ihm einen Satz sagen würde wie: «Weißt du, Hauke, ich mag dich wirklich sehr, aber du bist nicht mehr als ein guter Freund für mich. Ich finde, das ist eine Menge wert.» Was sollte er dann antworten?

Seine Gefühle bewegten sich haarscharf auf der Kante zwischen grenzenlosem Glück und Absturz. Er gab sich einen Ruck. Es gab nur eine Möglichkeit, der Gedankenhölle zu entkommen: Er musste sich der Wahrheit stellen, dann war es schnell vorbei. Am besten fing er Wiebke direkt an der Fähre ab und brachte es hinter sich.

Er sprang auf, klopfte sich den Sand von der Hose und wollte gerade zum Wagen gehen. Da kam Wiebke über den Deich auf ihn zu. Sie ging langsam, aber ohne Stützen.

Wie konnte das sein? Er hatte sie viel später erwartet, nachdem er erfahren hatte, dass sie die halbe Nacht auf Patricias Konzert gewesen war. Sie sah ernst aus. Es würde kein gutes Ende nehmen, das spürte er. Wie befürchtet, wollte sie nichts von ihm. Da konnte man nichts machen.

Ob es hinterher doch so etwas wie Freundschaft zwischen ihnen geben könnte? Das wäre bitter, aber besser als ein totaler Kontaktabbruch.

Also Freundschaft, bitte, wenigstens das!

35

Wiebke hatte sich den Wecker auf sechs Uhr gestellt und Haukes Wohnung ohne Frühstück verlassen. Nach dem Konzert hatte sie sich nur eineinhalb Stunden Schlaf gegönnt, den holte sie nun im Bus nach Husum nach. Als sie durch einen dichten Wald fuhren, wachte sie kurz auf. Ihre Gedanken kreisten um eine Frage: Wenn Hauke ihre Gefühle erwiderte, konnte er sich überhaupt auf eine bodenständige Familie wie ihre, noch dazu am Ende der Welt, einlassen? Sie dachte an die Fotos mit den VIPs, die sie in seiner Wohnung und im Netz gefunden hatte, und ihr kamen erhebliche Zweifel.

Auf ihrem Handy sah sie, dass er mehrmals versucht hatte, sie anzurufen. Sie widerstand der Versuchung, sich vom Bus aus zurückzumelden. Zuerst musste sie ihre Gedanken ordnen, außerdem war sie umgeben von fremden Menschen, für deren Ohren nicht bestimmt war, was sie ihm zu sagen hatte.

Immerhin war Hauke zurück auf die Insel gefahren. Aber vielleicht war das reine Sentimentalität gewesen? Vielleicht erträumte er sich mit ihr etwas Unrealistisches, was es gar nicht geben konnte – ein Künstlerleben auf ihrem Bauernhof? Nach so etwas sehnten sich viele Städter, wenn sie gerade gestresst waren. Setzten sie diesen Traum aber konkret um und zogen tatsächlich aufs Land, fehlte ihnen sofort wieder die Stadt. Auf der Insel gab es bloß ein Kino, und Theateraufführungen fanden nur in der Hauptsaison statt. Immerhin, das war ihre einzige Hoffnung: Hauke kam von der Insel und wusste genau, worauf er sich einließe.

Sie sollte vernünftig bleiben, aber sie war nicht nur ein bisschen verliebt: Sie war erschüttert von ihren Gefühlen. Nichts war wie vorher seit seiner Lesung in der kleinen Inselbuchhandlung. Alles in ihr war durcheinandergewirbelt worden, ohne dass sie es noch steuern konnte. Sie war ein anderer Mensch, eine andere Frau. Was würde passieren, wenn sie scheiterten? Was würden Enna und Broder zu alldem sagen?

Von Husum aus musste sie noch zweimal umsteigen und bis zum Hafen fahren, dann ging es mit der Fähre weiter. Ein bisschen hoffte sie, dass das Schiff wegen extremen Niedrigwassers oder einer Sturmflut nicht auslaufen konnte. Das hätte ihr noch etwas Zeit verschafft. Aber sie hatten Flut, die Nordsee war einigermaßen still, es würde keine Probleme bei der Überfahrt geben.

Sie warf einen kurzen Blick auf das vertraute Idyll mit Sandbänken und Seehunden, dann setzte sie sich um, sodass ihr Rücken zum Fenster zeigte. Ein bisschen fühlte sie sich wie im Krankenhaus vor der Operation. Sie schloss die Augen. Hauke wusste nicht, wann sie ankam, er würde also nicht im Hafen warten. Das verschaffte ihr Zeit.

Als die Fähre einlief, sah sie den Inselbus dort stehen. Jan saß am Steuer, er kam aus ihrem Dorf, sie waren zusammen zur Schule gegangen.

«Moin.»

«Moin, Moin.»

In der offenen Marsch war es windig, die Bäume rauschten, das Schilf in den Gräben bog sich. Vor einem einsamen Reetdachhaus flatterte eine friesische Fahne in den Farben Blau-Rot-Gelb. Jan fuhr sie netterweise bis zu ihrem Hof, obwohl das nicht auf der Strecke lag.

Sie ging ins Haus, aber es war natürlich niemand da, weder die Kinder noch Hauke. Ein seltsames Gefühl. Sie rief Greta an, die ihr sagte, dass sie Enna und Broder wie vereinbart zu Nicole und Constanze geschickt hatte, wo Wiebke sie am Nachmittag abholen würde.

Alles war also geregelt – nur eine Frage blieb offen: Wo war Hauke? Sollte sie ihn jetzt anrufen? Nein, das wollte sie nicht, obwohl es am einfachsten gewesen wäre. Sie überlegte: Wo könnte er sein? Wo würde sie auf *ihn* warten?

Darauf gab es nur eine Antwort: in der Strandhütte. Die lag aber zu weit weg, bis zum Deich schaffte sie es auf Stützen noch nicht. Sollte sie wieder den Trecker nehmen? Sie warf einen Blick in den Schuppen. Er war auch leer. Anscheinend war Kai gerade mit dem Trecker unterwegs. Warten wollte sie aber auch nicht. Also ging sie in den Stall, in dem das Moped stand, das Kai ihr netterweise repariert hatte. Alles in ihr sträubte sich, noch einmal auf die Unglücksmaschine zu steigen. Die Bilder waren sofort wieder da: wie sie im Maisfeld lag und dachte, sie würde sterben. Aber wenn sie jetzt gleich zum Sörenswai-Vorland wollte, gab es keine andere Möglichkeit.

Sie nahm das Moped. Es sprang tatsächlich an, und als sie langsam losfuhr, ging es gerade so. Die Stützen hielt sie in der einen Hand, mit der anderen gab sie Gas. Äußerst riskant das Ganze.

Vor dem Deich hielt sie und humpelte auf die Deichkrone. Wie erwartet, saß Hauke vor der ersten Hütte, die die Kinder gebaut hatten, und schaute aufs Meer. Ihr wurde ganz anders zumute. Was sollte sie ihm sagen?

Jetzt entdeckte er sie. Er stand auf und kam ihr entgegen. Nicht in Zeitlupe, wie in einem Film, aber auch nicht überhastet. Sein Gesicht sah ernst aus, der Seewind verwirbelte seine blonden Haare.

Als sie voreinanderstanden, brauchten sie keine Worte. Sie küssten sich. Es war fremd und schön, seine Lippen auf ihren zu spüren. In ihr schien etwas zu explodieren. Als wäre alles in ihrem Leben auf diesen Kuss zugelaufen.

Das Erste, was sie nach einigen Minuten sagte, war alles andere als romantisch, aber es musste einfach sein: «Ich kann nicht mehr stehen.» Ihr Knöchel schmerzte höllisch. Ihre Beinmuskulatur war noch zu schwach. Sie hatte es ausgehalten, bis es wirklich gar nicht mehr ging.

Sie kicherten, und er zog sie vorsichtig in die neue Hütte, die etwas geräumiger war als die alte. Hauke hatte sie mit frischem Bettzeug aus ihrem Haus ausgelegt. Hatte er damit gerechnet, dass es so ausging?

Er zog sie ganz langsam aus und küsste vorsichtig ihre nackten Knöchel. Seine blonden Haare fielen ihm dabei in die Stirn und kitzelten sie. Es erregte sie sehr, das auszuhalten, ohne zu lachen.

Dann zog sie ihn aus.

Es fühlte sich unbeschreiblich an, zusammen nackt zu sein. Der Meereswind strich um ihre Körper. Sie warfen einen kurzen prüfenden Blick über den Strand, ob sie auch wirklich alleine waren. Über ihnen verfärbte sich der Himmel in Pastellfarben. In einem Film hätte sie so etwas unter Umständen zu kitschig gefunden. Aber es war nicht zu ändern: So war die Natur hier auf der Insel nun einmal. Vor allem hatten sie einander – es hätte auch in Strömen regnen können. Und wäre genauso schön gewesen.

Sie küssten sich ganz vorsichtig am ganzen Körper. Bis Wiebke Hauke zu sich zog und sie eins wurden. Sie schwebte in eine andere Welt, befand sich halb noch auf dieser Erde und halb in einem unbekannten Raum.

Sie bekamen nicht genug voneinander. In den nächsten Stunden sagte keiner ein Wort. Das hätte nur gestört.

Sie krochen unter die Bettdecke und kuschelten sich so eng aneinander, wie es nur ging. Sie kroch förmlich in Hauke hinein.

«Hast du damit gerechnet, dass es so mit uns endet?», fragte sie leise.

«Nein, wieso?»

«Immerhin hast du das Bettzeug vorbereitet. Wenn es schiefgegangen wäre, wäre das total peinlich gewesen.»

«Dann wäre es sowieso egal gewesen.»

«Das war eine gute Idee.»

Dann sagten sie nichts mehr, bis sie erneut übereinander herfielen. Und förmlich explodierten.

EPILOG

Das Meer vor den Deichen der Insel kam und ging. Die alte Clique kam regelmäßig zusammen. Nicole arbeitete als Ärztin in der Inselklinik, Wiebke ließ ihren Hof zur Pension umbauen und würde bald die ersten Gäste empfangen, Enna und Broder waren stolze Erstklässler, Kai wurde Empfangschef im Hotel Fering, und Hauke schrieb fieberhaft an seinem neuen Roman. Es hatte ihn selbst überrascht, wie produktiv er hier war. In wenigen Wochen stand schon die halbe Geschichte. Sie handelte von einem Bankräuber, der auf seiner Flucht die Fähre kaperte und Mannschaft und Passagiere als Geiseln nahm.

Seine Wohnung in Berlin aufzugeben, traute Hauke sich noch nicht. Er pendelte noch manchmal in die Großstadt. Es war nur eine Frage der Zeit, bis er das beendete. Denn zu Hause fühlte er sich nur bei seiner Wiebke und ihren Kindern.

Als Wiebke ihre Pension eröffnete, mussten sie nicht lange überlegen, wie das Einweihungsfest ablaufen sollte. Kai und Wiebke bauten Schlagzeug, Mikrophonständer und Verstärker auf dem Dach der Scheune auf. Unten auf dem Hofplatz hatten sich über hundert Premierengäste versammelt.

Eine leichte Brise wehte von der Nachbarinsel über das Meer, die Sonne schien. Der Himmel über der Scheune war tintenblau. Nicole hatte sich ein schwarzes Glitzerkleid mit Kunstfellkragen angezogen, Wiebke ebenfalls. Die beiden Herren trugen schwarze Anzüge und weiße Hemden.

In einiger Entfernung flog eine Gruppe Möwen vorbei. Bevor die vier loslegten, blickten sie einen kurzen Moment hinüber zur Nachbarinsel, als müssten sie dort mit jemandem Kontakt aufnehmen. Wiebke am Schlagzeug und der blonde Hauke an der Gitarre nickten sich zu. Dann zählte Wiebke zwei Takte vor. Kai warf die Bassgitarre an, und Nicole umfasste ihr Mikro mit beiden Händen. Ein gewaltiger Akkord erfüllte den gesamten Raum bis hinauf zum Himmel. Es fühlte sich an, als wenn sich in diesem Moment ein alter Schwur einlöste. Endlich.